AF825101

विशिष्ट कहानियाँ

विशिष्ट कहानियाँ

आबिद सुरती

शारदा प्रकाशन, अंसारी रोड, दरियागंज
नई दिल्ली-110002

संशोधित मूल्य
रु. 495/-
पराग प्रकाशन

ISBN–81-85023-05-२

प्रकाशक : शारदा प्रकाशन
16/एफ-3, अंसारी रोड, दरियागंज, नई दिल्ली-110002

मुद्रक : जैमिनी प्रिंटिंग सर्विस, दिल्ली द्वारा शब्द संयोजन एवं
बालाजी ऑफसेट, दिल्ली द्वारा मुद्रित ।

VISHISTHA KAHANIYAN

by Abid Surti

विशिष्ट कहानियाँ

एक आलोचक की कलम से

आबिद की ये कहानियाँ अनुभव की गहराई और रंगों की चटख से रची कहानियाँ हैं। इनमें रचनाकार के संघर्ष की ध्वनि तो मिलती ही है साथ ही संघर्ष से हताश न होकर नए संघर्ष की भूमि तलाशती मानसिकता की शक्ति का ओजस्वी स्वर भी है। ओजस्वी इसलिए कि वह हार नहीं मानता।

शायद इसी लिए इन कहानियों का विषय-विभाजन—'कोख से कब्र तक', 'लहू का रंग एक है', 'अंधेरे से उजाले तक', 'जीवन के रंग अनेक'—इन चार रूपों में किया गया है। यह केवल अनायास ही नहीं है कि 'कोख से कब्र तक' में सहज अनुभव की कहानियाँ हैं—फिर संघर्षशीलता उभरती है और— दृष्टि तथा प्रकाश पाने की इच्छा से जीवन के अनेक रंगों का एहसास होता है।

एक चित्रकार के द्वारा चित्रित शब्द संघटना में अतीव शक्ति होती है प्रभावशीलता भी।

आप कहानियाँ पढ़ेंगे तो स्वयं ही अनुभव होगी यह सच्चाई।

—डॉ० विनय

कोख़ से कब्र तक

पेड़

टिक : टाक, टिक : टाक, टिक : टाक-

मैं दीवार-घड़ी की आवाज़ सुन सकती हूँ।

आह... आह... आ... अ अ अ अ-

मम्मी कराह रही है।

—रानी! रानी! मैं तेरे पास ही हूँ।

पापा नवर्स हैं।

—नर्स!

—यस, डॉक्टर!

—पेशेंट को लेबर-रूम में शिफ्ट करो।

किचुक.. किचुक... किचुक।

छोटे-छोटे पहियों वाली कार्ट लेबर-रूम की तरफ आगे बढ़ती है।

आह... आ अ अ अ अ-

पापा की आवाज़ नहीं सुनाई पड़ती।

—ग्यारह मिनट बीत गए।

—यस, डॉक्टर!

लेडी डॉक्टर बार-बार मम्मी के गुब्बारे-से पेट पर हाथ रखती है। दबाती है। मेरे अंग स्पंज की तरह आकार बदलते हैं। मेरा शरीर दबाव महसूस करता है। मैं सिकुड़ जाती हूँ। फिर फैल जाती हूँ। मेरे एक-एक अंग में लचीलापन है।

—नर्स!

—यस, डॉक्टर!

—मेरे खयाल से अभी थोड़ा और समय लगेगा।

—कितना?

—दो-चार घंटे और लग जाएँ तो ताज्जुब नहीं! चौबीस घंटों में डिलीवरी होनी चाहिए। नहीं हुई तो ऑपरेशन करना पड़ेगा।

मम्मी को मेज पर से वापस कार्ट पर लिटा दिया जाता है।

किचुक... किचुक... किचुक...

आह... आह...

क्षण-प्रतिक्षण मम्मी की साँसों का सिलसिला क्षीण होता जा रहा है। हर साँस के साथ उसकी पीड़ा बढ़ती जा रही है। साथ में बड़बड़ाहट भी। उसकी स्थिति दयनीय है। उसकी वेदना असह्य है। कोई नहीं जानता कब तक उसे ऐसे ही तड़पना होगा।

पर मैं जानती हूँ।

तेरह घंटे बाद मेरा जन्म होगा। तेरह घंटों तक मम्मी यों ही कराहती रहेगी। उसकी एक-एक आह में एक-एक पाप घुलता रहेगा। वैसे कर्म-सिद्धांत की दृष्टि से देखा जाए तो मम्मी लाभ में है। मैं चाहती हूँ कि वह परियों की रानी बड़ी देर तक रो-कलप करती रहे।

नौ महीनों के ऊपर बारह दिन हो चुके हैं। तेरहवाँ दिन शुरू होने में अभी चार घंटों की देरी है। लेडी डॉक्टर कहती है कि इस बार तकलीफ ज्यादा होगी। तकलीफ का कारण मेरा स्वास्थ्य है। लेडी डॉक्टर की बात गलत नहीं है। मेरे अंगों का विकास पूरा हो चुका है। मैं अपनी मुट्ठियों को खोल सकती हूँ: बंद कर सकती हूँ। सीमित दायरे में पाँव उछाल सकती हूँ। मेरी आँखें खुल गई हैं। मेरे कान तेज हो गए हैं। बाहर की हल्की-से-हल्की आहट भी मैं सुन सकती हूँ।

मम्मी गहरी साँसें लेने की कोशिश करती है। पापा उसे सांत्वना दे रहे हैं-बस, एक-दो दिनों में तू नये बच्चे की माँ बन जाएगी। एक छोटा बच्चा मेरी गोदी में समा जाएगा। मुझे विश्वास है, इस बार लड़की नहीं होगी।

पापा की बात से ऐसा लगता है कि मुझसे पहले एक या एक से अधिक मेरी बहनें जन्म ले चुकी हैं। वे सब मेरी प्रतीक्षा कर रही हैं। सबको उम्मीद है-लड़का

होगा। लड़की की किसी को जरूरत नहीं। भीतर का रहस्य कोई नहीं जानता। कोई कुछ बता नहीं सकता। फिर भी झूठी आशाएँ बाँधते जाते हैं।

हे भगवान! जिस घर में लड़की की जरूरत नहीं, वहाँ मुझे क्यों भेज रहे हो? उनके पास मेरे प्रश्न का उत्तर नहीं है।

मैं दीवार-घड़ी के मधुर डंके गिनती हूँ। एक, दो, तीन, पाँच, छः, आठ... आवाज़ रुक जाने पर फिर टिक : टाक, टिक : टाक, टिक : टाक... शुरू हो जाता है। कोई मम्मी के पेट पर हाथ फेर रहा है। मैं बिलबिलाती हूँ। मम्मी की साँस सहज ही तेज हो जाती है। मैं पाँव उछालती हूँ। मम्मी चीख पड़ती हैं। मुझे मजा आता है।

मम्मी की चीख, मम्मी की वेदना, मम्मी का क्रंदन—मुझे सब कुछ अच्छा लगता है।

पापा गिड़गिड़ा रहे हैं।

-शांत हो, रानी! शांत हो जाओ।

मम्मी को वे 'रानी' कहकर पुकारते हैं। मेरी मम्मी रानी जैसी होगी, यह कल्पना मुझे थोड़ी देर के लिए प्रसन्न कर देती है। मैं स्वर्ग में रहने वाली परियों की रानी का विचार करती हूँ। वह दूध-जैसी उजली होती है। उसकी बगल में पंख होते हैं। तितलियों की तरह वह उड़ सकती है। फूल-फूल, डाल-डाल पर बैठ सकती है। पक्षियों की तरह ऊँचे आकाश को छू सकती है। बादलों पर सवार हो सकती है। उसके चेहरे से सिर्फ सादगी झलकती है। मैं अपनी मम्मी के चेहरे की कल्पना उससे करती हूँ। वह तो दूध-जैस उजली नहीं हैं। फिर भी पापा उन्हें रानी क्यों कहते होंगे? शायद पापा की आँखों में वह रानी होंगी। पापा उन्हें गुलाबी नज़रों से देखते होंगे।

मैं नर्स की आवाज़ सुनती हूँ।

—मिस्टर कोटवाल!

—जी...

—आप बाहर बैठें, अभी काफी समय लगेगा।

पापा जिद करते हैं।

—मैं यहाँ बैठूँ, इसमें आपको हर्ज क्या है?

—नौ बजे के बाद यहाँ बैठने की इजाजत नहीं। नर्सिंग-होम का यह नियम है।

—पर...

—प्लीज और मरीजों को डिस्टर्ब न करें।

पापा के जूतों की दूर होती चरमराहट मुझे सुनाई देती है। मैं मुट्ठियाँ उछालती हूँ। मम्मी चीख पड़ती है, पापा फौरन दौड़ आते हैं।

—रानी! रानी! मैं यहीं हूँ। तू जरा भी चिंता न करना।

नर्स उन्हें लौट जाने को मजबूर करती है।

मम्मी की साँसों का क्रम फिर एक बार क्षीण होता जा रहा है। उनसे मेरी हरकतें सहन नहीं होतीं। उनके मुँह से लानतें भी बढ़ती जाती हैं। उनकी मलामतों का कारण मैं नहीं, उनकी अपनी कल्पनाएँ हैं, अपना तजुर्बा है, और वह सही है। वह जान गई हैं, इस बार भी उन्हें लड़की होगी। और एक लड़की उन्हें इतनी पीड़ा पहुँचाए, यह वह नहीं सह सकतीं। लड़कियों का धर्म तो बाहर आकर चोट पहुँचाना है। सारे घर की बदनामी करना है। कभी-कभी तो कुएँ में कूदने की नौबत भी आती है।

बदनामी और लड़की दोनों साथ-साथ जुड़े हैं। या यह कहूँ कि सड़े-गले समाज में लड़की के जन्म के साथ कलंक भी जन्म लेता है तो वह झूठ नहीं कहलाएगा।

कहीं कोई मुर्गा चीख रहा है। दीवार-घड़ी के डंके मैं पांच तक गिन चुकी हूँ। बाहर की दुनिया में कदम रखने का मेरा समय करीब आ रहा है। थोड़ी ही देर में मैं कोख की दीवारों को भेदकर धरती पर फिसल आऊँगी। प्रकाश की तीव्र किरणें मेरी आँखों को चौंधिया देंगी। मैं चश्मा पहनूँगी। काला, हरा, नीला, गोल, फिर भी मेरी आँखों को ठंडक नहीं होगी।

—हे भगवान, मुझे तुम्हारी स्वर्ग-सी सुंदर सृष्टि नहीं चाहिए, घने अंधेरे में ही मैं खुश हूँ। कोई भले मुझे कुएँ का मेंढक समझे, मेरी यह गुहा तुम्हारे कल-कल बहते नदी-नाले, आकाश से बातें करते पेड़-पर्वत से बेहतर है। मुझे नहीं जाना, कहीं भी नहीं जाना। मैं यहीं पड़ी रहूँगी।

भगवान मेरी एक भी सुनते नहीं। मेरी प्रार्थना बेअसर है या भगवान के कान भी मनुष्यों की तरह बहरे हो गए हैं।

मम्मी मन-ही-मन डिलीवरी के लिए अपने आप को तैयार कर रही हैं। घड़ी के मैं छः के डंके सुनती हूँ। पापा फिर से मम्मी के पास आकर बैठे हैं।

—रानी, नाश्ता कर ले। तेरी चाय ठंडी हो रही है।

मम्मी चाय का गर्म घूँट गले से नीचे उतारती हैं। मेरी हालत चौड़े बर्तन में उबलते सूअर जैसी हो जाती है। मैं दो पाँव उछालकर अपना रोष व्यक्त करती

हूँ। मेरे कान मम्मी की आहें सुनते हैं, लानतें सुनते हैं। पापा के स्वर में करुणा है।

—रानी! रानी! सच बताना, आज से पहले तुझे कभी इतनी तकलीफ हुई है? नहीं न? क्योंकि वे सब लड़कियाँ थीं, इस बार लड़का है। लड़का थोड़ी तकलीफ तो देगा ही।

मम्मी के होंठ कांपते हैं। वह कुछ कह रही हैं। वह ठीक ही कह रही हैं। वह अभागिनी है। उनके पेट में लड़कियों का पेड़ है और लड़कियों के पेड़ पर लड़के नहीं होते।

●●

अंतरमन के इंद्रधनुष

नेहा को कुछ अजीब-सा लगा।

उसकी काजलकारी बड़ी-बड़ी आँखों में हैरत तैर रही थी। उसकी उम्र ज्यादा न थी। सोलहवाँ पूरा कर वह सत्रहवें में दाखिल हुई थी। साहित्य उसका प्रिय विषय था। मुंशी प्रेमचंद, शरत्बाबू, रमणलाल देसाई जैसे धुरंधरों को वह घोल कर पी गयी थी।

उसने सोचा था।

अब वह पात्रों के उतार-चढ़ाव समझ सकती है। 'मानव-मन की गुत्थियाँ सुलझा सकती है। उसका यही विश्वास खोखला सिद्ध हुआ था। उसे लगा जैसे वह सीधी पगडंडी पर चलते-चलते ठोकर खा गयी थी।

ऐसा कैसे हुआ? क्या... जो कुछ उसने अपनी सगी आँखों से देखा था, कान देकर सुना था, वह सब धोखा था? क्या सागरा को समझने में वह गच्चा खा गई थी?

रामजी सागरा चित्रकार था। पचपन और साठ के बीच उसकी उम्र कहीं छिपी थी। फिर भी देखने में वह पचास से कम लगता था। उसकी विशेषता यह थी कि गुलमोहर भवन के और किरायेदारों के बीच कुर्ता-पाजामा में वह बिलकुल अलग लगता था।

स्वाभाविक था कि नेहा उसे अपनी पहली कहानी के मुख्य पात्र के रूप में चुने। उसका पूरा ध्यान चित्रकार की गतिविधियों पर केन्द्रित रहता। जब भी सागरा उसके सामने से गुजरता, वह कनखियों से देख लेती। मौका मिलने पर सीधा भी

देखती। फिर ओटे पर पड़ी आरामकुर्सी में बैठकर अपनी डायरी में स्मरणार्थ नोट दर्ज करती।

जनवरी 14 : आज सागरा घर से बाहर निकला तब उसके बाल उलझे हुए और आँखें सूर्ख थीं। पाँव पछाड़ते हुए वह सामने के मद्रासी होटल में चला गया था। (पत्नी ने शायद सुबह की चाय का पहला कप उसे देने से इनकार किया होगा।)

आखिरी जुमला नेहा ने अपनी ओर से जोड़ा था। शुद्ध यथार्थ एक सफल कहानी का आधार नहीं बन सकता, यह बात उसने अपने अध्ययन के दौरान जान ली थी। दिलकश कहानियों में कहानीकार का भी कुछ योगदान होना जरूरी होता है।

"नेहा बेटी!" दूसरी मंजिल पर रहता दलपतराम दर्जी दूध की बोतल तथा सुबह के अखबार की ताजा प्रति के साथ नेहा के घर के ओटले के सामने खड़ा था, "तुमने देखा न!" मद्रासी होटल की दिशा में नजरें दौड़ाते हुए वह कह रहा था, "एक झगड़ालू बीवी अपने पति की जिंदगी कैसे तबाह कर डालती है।"

नेहा ने उसे प्रोत्साहन न दिया।

मार्च 30 : चौथी मंजिल के सागरा के फ्लैट से आज तीखी आवाजें और चीखें सुनाई दीं। चित्रकार दहाड़ रहा था। उसकी पत्नी चिल्ला रही थी। दोनों के बीच का झगड़ा चरम सीमा पर पहुँचा था।

पत्नी : अपने चित्रों की प्रदर्शनी आयोजित कर तुमने हजारों रुपयों की होली खेली, परिणाम क्या निकला? ज़ीरो। दस-दस वन-मैन शो के बाद आज तुम क्या हो? ज़ीरो।

सागरा : क्या शादी से पहले तुम नहीं जानती थीं कि मैं कलाकार हूँ। तुमसे किसने कहा था मुझसे शादी करने को? मैं नहीं आया था तुम्हारा हाथ मांगने, एड़ियाँ घिसते तुम्हारा बाप आया था मेरी चौखट पर, समझीं?

पत्नी : सोचा था मैं तुम्हें जानवर से इंसान बनाने में कामयाब होऊँगी। लेकिन नहीं, मैं हारी। जीतती भी कैसे? किसी ने गधे को घोड़ा बनते कभी देखा है!

नेहा ने अपने वन रूम किचन के ओटले पर बैठकर जो कुछ सुना था वह लिखा था। अंत में नोट किया था—चौथी मंजिल के झरोखे में से फूलों का एक रंगीन गमला जो चीनी मिट्टी से बना था, उछलता आकर हमारे आंगन में गिरा और कई टुकड़ों में बंट गया। दो टुकड़े उछलकर हमारे ओटले पर भी आ गिरे। एक पर हलके नीले रंगों में रंगी हुई ड्रेगान की आँख थी, दूसरे पर एक नन्हा-सा फूल बना था।

(पत्नी ने सागरा को निशाना बनाकर यह गमला मारा होगा क्योंकि अपनी

तुलना जानवर के साथ होने पर सागरा के तन-बदन में आग लगी होगी। वह पत्नी को सबक सिखाने आगे बढ़ा होगा और उसके हमले को रोकने के लिए पत्नी ने चीनी मिट्टी के गमले का इस्तेमाल किया होगा)

समाज की नजरों में सागरा नाकाम चित्रकार था तो उसकी पत्नी सरस्वती निष्फल शिक्षिका थी। पास की एक कॉन्वेंट स्कूल में वह हिंदी सिखाती थी। जो स्त्री स्वभाव से ग़रम हो, जिसके घर रोना-टंटा लगा रहता हो, वह कभी भी सफल शिक्षिका नहीं बन सकती, ऐसा नेहा का मानना था।

नेहा को शिक्षिका में कम और चित्रकार में अधिक दिलचस्पी थी। सागरा उसकी कहानी का नायक था। जब भी वह नेहा के सामने से गुजरता, नेहा उसे गौर से देखती। उसके चेहरे के भाव, उसकी चाल, उसके वस्त्रों की सलवटें, उसके चप्पल की एक टूटी पट्टी भी नेहा की बाज-नजरों से अनजान न रहती।

कभी नजरें चार होने पर नेहा सिकुड़ जाती। जैसे परीक्षा में चोरी करते हुए पकड़ी गयी हो, ऐसे वह नजरें झुका लेती। सागरा अपने बेतरतीब बालों में उँगलियाँ फेरते हुए आगे बढ़ जाता।

अलबत्ता एक बार नेहा ने साहस कर उसकी आँखों में आँखें डालकर देखा था। उस दिन सागरा ने अपने बालों में उँगलियाँ नहीं डाली थी। पलभर हैरत जताकर उसने मुस्कराहट फैलायी थी। उस मुस्कान की महक काफी देर तक नेहा के इर्द-गिर्द तैरती रही थी। वह लिफ्ट में ऊपर चला गया था।

उस रात नेहा सो नहीं सकी। उस मुस्कान में कुछ ऐसा जादू था कि वह देर तक सोचती रही। आते-जाते औपचारिक स्मित तो गुलमोहर भवन में रहने वाले सभी किरायेदार उसके सामने देखकर फहराते थे लेकिन सागरा की मुस्कराहट में जो मासूमियत, निश्चलता थी वह आज से पहले न उसने कभी देखी थी, न जानी थी। ऐसी मुस्कराहट तो सिर्फ अंतरमन के इंद्रधनुष से ही फूट सकती है, ऐसा उसका खयाल था।

बालक जैसे निर्मल स्वभाव वाले इस शख्स का जीवन इतना वीरान कैसे? क्या सरस्वती को उसकी अनोखी मुस्कराहट छूती नहीं होगी? पत्नी की भावनाएँ क्या इतनी पथरीली हो गयी हैं कि वह अपने ही पति का जीवन ज़हर करने पर तुली है?

अभी कल रात में ही दोनों के बीच ज्वालामुखी भभक उठा था। बात बिलकुल मामूली थी। सागरा दो दिन पहले शुरू किया हुआ कैनवास पूर्ण करने के मूड में था और सरस्वती अपनी स्कूल के लिए उससे एक चार्ट बनवाना चाहती थी। इस बारे में रात देर तक दोनों के बीच चिनगारियाँ उड़ती रहीं। फिर विस्फोट हुआ

था।

गुलमोहर भवन के करीब-करीब सभी किरायेदार जाग उठे थे। रात की खामोशी में पत्नी की चिल्लाहट तथा गालियाँ कानों में उँगलियाँ ठूँसने पर भी स्पष्ट सुनाई देती थीं। अंत में कुछ बरतन टकराये थे, कुछ तश्तरियाँ टूटी थीं। एक कुर्सी उछलती आकर नेहा के ओटले के सामने गिरी थी। उसके बाद ही पूर्ण शांति छायी थी।

चौथी मंजिल पर जो कुछ घटित हो रहा था वह नेहा की कल्पना में बुन रही कहानी में बिलकुल फिट बैठता जा रहा था। उसकी नाजुक उँगलियाँ पहली कहानी लिखने के लिए बेताब हो रही थीं। मन-ही-मन उसने यह भी तय कर लिया था कि वह किस साहित्यिक पत्रिका में अपनी कहानी भेजेगी। लेकिन अब तक उसे अंत नहीं सूझा था।

क्या चित्रकार रामजी सागरा का बेतरतीब जीवन इसी तरह उलझा रहेगा? क्या उसकी किस्मत में आखिरी साँस तक पीड़ा भुगतना लिखा होगा? टकराव के इस कीचड़ से वह कभी भी उबर नहीं पायेगा? और अचानक उसे अंत मिल गया। क्या वह सचमुच अंत था?

सागरा की पत्नी का देहांत हो गया। किसी ने सोचा नहीं था कि चित्रकार से दस साल छोटी उम्र की सरस्वती को रामराज का न्योता पहले मिलेगा। न उसके जिस्म में कहीं खोट था, न उसके नाखून में कोई रोग था।

उस दिन वह स्कूल से पैदल घर लौट रही थी। यह उसका दैनिक क्रम था— पैदल जाना, पैदल आना। जिस स्कूल में वह शिक्षिका थी, वह गुलमोहर भवन से अधिक दूर नहीं था। रोजाना सवेरे वह सीधे फुटपाथ पर सीधी जाती और दोपहर के बाद कभी भी घर आ जाती। आज की बात अलग थी। आज उसकी किस्मत में मौत लिखी थी।

रास्ते के बीच दौड़ जाती बस की चपेट में कहीं से एक बच्चा आ गया। बच्चे को बचाने के फिराक में ड्राइवर ने ब्रेक लगाते हुए स्टियरिंग व्हील घुमाया। बस फुटपाथ पर चढ़ गयी। सरस्वती कुचल गयी। उसी मिनट उसके प्राण निकल गये।

नेहा की कहानी का अंत यहाँ नहीं हो सकता था। यह तो विशुद्ध यथार्थ था। इसमें लेखिका का योगदान कहाँ? इसी कारण उसने कहानी के अंत में अपनी कलम से एक पैरा शामिल करने का फैसला किया। यह पैरा निश्चित रूप लेकर उसके मन के सांचे में ढल गया था।

वह पैरा क्या था?

"पत्नी की आकस्मिक मृत्यु की खबर सुनकर सागरा ने पहले एक झटका

महसूस किया और फिर खिलाखिलाकर हँस पड़ा। उस हँसी में मुक्ति थी—उम्र कैद के उस कैदी जैसी जिसकी सजा वक्त से बहुत पहले रद्द कर दी गयी हो।''

उसकी हैरानी के बीच यथार्थ ने कुछ और ही मोड़ लिया। पत्नी की अर्थी उठी तब सागरा का चेहरा गंभीर था। आँखों में नमी थी। उसकी रीढ़ जैसे टूट गयी हो ऐसे वह आगे की ओर थोड़ा झुक गया था। उसे देखकर ऐसा लगता था मानो वह किसी भी पल टूट कर बिखर सकता है।

नेहा ने सोचा, अचानक लगे आघात के प्रभाव में से उसे बाहर निकलने में थोड़ा और समय लगेगा। इस गिनती में भी वह धोखा खा गयी। पत्नी के स्वर्गवास को हफ्ता गुज़र चुका था और अभी तक उसने अपने फ्लैट से बाहर कदम भी नहीं रखा था।

चहारदीवारी के बीच वह अकेला क्या करता होगा? क्या वह भूखा-प्यासा पड़ा रहता होगा? फिर एक बार प्रश्नों के बादल बरसे और उसके पास एक का भी उत्तर नहीं था।

''यहाँ बैठे-बैठे सारा दिन क्या सोचा करती है, बेटी?'' दलपतराम दर्जी ने अखबार की ताजा प्रति तथा दूध की बोतलों के साथ ओटने के पास रुकते हुए जिज्ञासा प्रकट की।

नेहा ने उसके सामने देखा। ''कलाकार की चिंता होती है।'' उसने सच-सच बता दिया, ''पत्नी नहीं रहने पर उनके घर चूल्हा जलता होगा या नहीं? मेरा मतलब है, दस दिन हो गये और अभी तक बाहर नहीं निकले।''

''क्यों निकलेगा वह पट्ठा?'' दलपतराम दर्जी ने व्यंग्य कसा, ''घर बैठे मुझे दो वक्त की रोटी मिल जाए तो मैं भी पाँव पसारकर पंखे तले लेटा रहूँ।''

नेहा की आँखें फैलीं, ''कौन देता है उन्हें भोजन?''

''उसके पड़ोसी।'' थोड़ा रुककर उसने जोड़ा, ''लेकिन एकाध-दो दिन में उसकी नवाबी के दिन खत्म होने को हैं। निठल्ले से तंग आ गये हैं सब। कोई कितने दिन उसका दुख बाँटे?''

और तीन दिन बीते। नेहा की अकुलाहट बढ़ गयी। उसे मिली जानकारी के अनुसार सागरा के पड़ोसियों ने सचमुच उसे सहकार देना बंद कर दिया था। इसमें उन लोगों का तनिक भी दोष न था। वे लोग अपना फर्ज निभा चुके थे।

सामान्यत: किसी पड़ोसी के घर मृत्यु होने पर गुलमोहर भवन के किरायेदार वियोगग्रस्त परिवार को दो-चार दिनों के लिए संभाल लेते थे। सागरा पर उन्होंने दस-दस दिनों तक तरस खाया था और वह भी इस बढ़ती मँहगाई के दिनों में।

फिर एक बार पुराने प्रश्न कुलबुलाये।

यहाँ ओटले पर आरामकुर्सी में बैठे-बैठे नेहा सिर्फ तरंगें दौड़ा सकती थी। हकीकत में झाँकने के लिए कोई ठोस कदम उठाना जरूरी था। जहाँ तक शुरू की हुई कहानी का अंत न मिले, वह कुछ भी करने को तैयार थी। उसने निर्णय ले लिया।

मम्मी से कहकर थर्मस भरकर चाय बनायी। साथ नाश्ते की दो प्लेटें भी लीं और ये सब एक ट्रे में सजाकर वह लिफ्ट में दाखिल हुई। उसे खयाल आया, उसका अपना फ्लैट तले पर होने के कारण शायद ही उसे ऊपरी मंजिलों पर जाने की आवश्यकता पड़ती थी।

आखिरी बार वह तीसरी मंजिल पर रहते शंकर पाटील के घर मम्मी के साथ गयी थी। उस दिन एस.एस.सी. का उसका परिणाम आया था। मीठीबाई कॉलेज में वह दाखिला लेना चाहती थी। मंत्री जी ने उसे सिफारिशी पत्र लिख दिया था। लेकिन इस बात को लगभग पूरा साल बीत चुका था।

ऊपर की ओर जाती लिफ्ट चौथी मंजिल पर आकर रुक गयी। एक हाथ से ट्रे की समतुला बनाये रखते हुए उसने दूसरे हाथ से लिफ्ट का दरवाजा खोला और बाहर आकर सागरा के फ्लैट की डोरबेल पर उंगली दबायी। (तब वह नहीं जानती थी कि अंत की तलाश में नये रिश्ते की वह शुरुआत कर रही थी। खुद लेखिका मिटकर वह अपनी कहानी का एक पात्र बनने जा रही थी।)

दरवाजा न खुला। उसने बार-बार डोरबेल बजायी। अंत में तंग आकर पाँव से दरवाजे को हल्का धक्का मारा। दरवाजा खुल गया। वह देखती रह गयी। उसे हैरत भी हुई। यह कैसा कलाकार है? कोई उसके घर उसकी सहायता करने आये और वह खड़ा होकर दरवाजा खोलने की परवाह भी न करे? पत्नी के वियोग में भूखे पड़े रहकर वह आत्महत्या करना चाहता है या फिर उम्मीद रखता है कि पड़ोसी उसके मुँह में कौर दें?

वह जहाँ की तहाँ जम गयी। धीरे-धीरे उसकी नजरें कमरे में घूमने लगीं। पूर्ण, अधूरे तथा कोरे कैनवसों के ढेर के बीच सागरा छत को घूरता हुआ फर्श पर लेटा था। उसके दोनों हाथ कुहनियों में से मुड़कर सिर तले तकिया बने हुए थे। शरीर को ढकते श्वेत कुर्ता-पाजामा अब न श्वेत रहे थे, न पहनने के काबिल।

नेहा चिढ़कर वापस लौटने को थी कि सागरा का चेहरा तिरछा हुआ। दूसरे पल वह उठ बैठा। चार आँखें एक हुईं। दोनों हाथों में ट्रे धरकर नेहा स्थिर दृष्टि से उसे देखती रही। अंतरमन के इंद्रधनुष से फूटी मुस्कराहट कलाकार के होंठों पर तैर रही थी।

नेहा का गुस्सा न जाने कहाँ गायब हो गया। इस बार मुस्कान का उत्तर उसने

मुस्कान से दिया। दोनों के बीच स्नेह की एक लकीर खिंच गयी। इतना ही नहीं, दोनों तरफ स्पष्ट परिवर्तन नजर आने लगा।

बिखरे पड़े और धूल सने कैनवसों को झाड़कर सागरा ने उचित स्थान पर सजाना शुरू किया। कई दिनों से पानी में भिगो रखे ब्रश को उसने टर्पेन्टाइल और साबुन से साफ किया। अब वह भोजन लेने के लिए समय पर मद्रासी होटल में भी जाने लगा था।

नेहा भी अब पहले की तरह शर्मीली कहाँ रही थी ? सागरा को देख वह अपनी आरामकुर्सी पर से उठकर दो पल गप्पें लड़ा लेती थी। लेकिन जिस विषय पर उसे चर्चा करनी थी वह उसकी जबान पर नहीं आता था। उसके लिए थोड़े से एकांत की जरूरत थी। यह एकांत चित्रकार के घर मिल सकता था, मगर मिला मद्रासी होटल में।

उस दिन सागरा गुलमोहर भवन से निकलकर शाम की चाय पीने जा रहा था और नेहा कॉलेज से लौटी थी। दोनों की मुलाकात बाहर रास्ते पर हुई। उसने नेहा को चाय पीने का निमंत्रण दिया।

"बुरा न माने तो एक सवाल करूँ ?"

उसने 'ना' में सिर हिलाया।

"अभी तक एक राज सुलझाने में मैं नाकाम रही हूँ।" चाय आये इससे पहले "नेहा ने शुरुआत की थी" पत्नी के स्वर्गवास के बाद आपने जो धक्का महसूस किया, उसे नजरों से देखने पर भी विश्वास नहीं होता।"

"कारण ?"

"क्या... अपनी श्रीमती जी को आप चाहते थे ?" हौले से उसने प्रश्न पूछा।

"नहीं।" सागरा ने एकरार किया, "आखिरी दिनों में तो उसका गला घोंट देने की इच्छा होती थी।"

"तब आपने इतने दिनों मौन पीड़ा क्यों भुगती ?"

"पहली बार मुझे अकेलेपन का एहसास हुआ, जीवन में कुछ कमी महसूस हुई थी।"

"मैं यह मान लूँ कि आप अनजाने ही उसे चाहते थे ?"

उसने फिर 'ना' में सिर हिला दिया।

नेहा उलझ गयी। उत्तर वह श्वेत-श्याम में चाहती थी—हाँ या ना। उसके अनुमान के मुताबिक जहाँ प्रेम होता है, वहाँ वियोग का दुख भी होता है। "आप उससे नफरत नहीं करते थे, आप उससे प्यार नहीं करते थे, तब आपके जीवन में जो सन्नाटा उतर आया, उसे मैं क्या समझूँ ?"

"वह तुम समझ नहीं सकोगी।"

"लेकिन क्यों?"

अब तक बैरा चाय की केतली छोड़ गया था। सागरा नेहा की प्याली पर नली झुकाकर चाय उँड़ेल रहा था। प्याली भर जाने पर नेहा ने उसके हाथ को रोका। "बस, बस! अब इसमें गुँजाइश नहीं।"

"नेहा!" केतली उठा लेते हुए सागरा ने उसके अंतिम प्रश्न का जवाब दिया, "तुम्हारा दिमाग तुम्हारी प्याली की तरह तुम्हारे संस्कारों से भरा है। जब तक तुम वह खाली नहीं करोगी, नये विचार भी स्वीकार नहीं कर सकोगी।"

नेहा भौंचक्का रह गयी। चाय पीते-पीते वह उसी विषय पर सोचती रही। काफी समय तक दोनों खामोश बैठे रहे। अंत में खड़े होकर साथ ही लौटे, सागरा लिफ्ट में ऊपर चला गया। नेहा दो सीढ़ियाँ चढ़कर ओटले पर आयी तब उसे खयाल आया कि उसकी माँ चौखट पर खड़ी है।

"क्यों, मम्मी!" उसने हँसते हुए कहा, "आज मेरा इंतजार हो रहा है!"

"आज से पहले कभी तू देर से नहीं लौटी।"

"मैं तो ठीक वक्त पर आ गयी थी।" नेहा ने पूरी इमानदारी के साथ बता दिया, "यहीं सामने की होटल में थी, कलाकार के साथ। वे रंगीन मूड में थे सो मुझे साथ ले गये।"

माँ ने और कुछ न कहा, फिर भी वह भाँप गयी। सागरा के साथ बैठकर उसका चाय पीना माँ को अखर गया था। लेकिन क्यों? इस प्रश्न का उत्तर उसे अगले महीने मिला, जब सागरा ने उसे अपने घर चाय पर बुलाया।

हकीकत में चित्रकार को एक ऐसे निष्पाप चेहरे की तलाश थी, जिसका अभ्यास कर वह उसे सीता के रूप में कैनवस पर उतार सके। संक्षेप में, सागरा ने उसे एक दिन के लिए मॉडल बनने की विनती की थी।

"नेहा!" माँ ने स्पष्ट शब्दों में जता दिया, "अब तुम कोई छोटी बच्ची नहीं रहीं।"

"तो?"

"किसी मर्द के कमरे में एक पूरा दिन अकेले नहीं रह सकती, यह भी तुझे समझाना होगा?"

पलभर नेहा उसके सामने देखती रही। माँ ऐसा क्यों कहती होगी? क्या हो गया है उसे? क्या मुझ पर से उसका भरोसा डगमगा गया होगा?

माँ उसकी उलझन समझ गयी। इसीलिए हौले से जोड़ा, "मैं नहीं चाहती कि लोग-बाग तुम्हारे बारे में उलटी-सीधी बातें करें।"

"किसी ने कुछ कहा?" कुछ धुंध बिखरने पर नेहा ने पूछा।

"दलपतराम ने तुम दोनों को उद्यान में वॉक लेते हुए दो बार देखा है। बात का बवंडर बनते देर थोड़े ही लगती है!"

"क्या किसी के साथ दो कदम चलना गुनाह है?" वह भड़क उठी, "क्या कलाकार के साथ होटल में बैठकर चाय पीना अपराध है?" माँ उसके सामने एकटक देख रही थीं कि उसने अपने साहस का परिचय दिया। "मम्मी, वे विधुर हैं, अकेले हैं, साठ के हैं। किसी सहारे, किसी आधार की उन्हें जरूरत है। कभी समय निकालकर घर के कामों में भी मैं उनकी मदद करती हूँ।"

बेटी जवान थी। तिलमिला उठी थी। इस समय कुछ अधिक कहना माँ को उचित न लगा। दूसरे दिन उसे मौका मिले इससे पहले तो वह सागरा के फ्लैट में थी। कमरे में तितर-बितर पड़ी चीज़ें वह अपनी-अपनी जगह रख रही थी। कुर्सी पर, फर्श पर पड़े उसके मैले वस्त्रों को उठा बाल्टी में डाल रही थी। साथ बक-बक भी करती जा रही थी, "आपसे कितनी बार मुझे कहना पड़ेगा कि सभी चीज़ें उनकी अपनी जगहों पर रखा कीजिए। क्या आपसे इतना भी नहीं होता?"

सागरा सिगरेट के कश लेता हुआ एक कुर्सी पर बैठा था। उसके हाथ में स्केच-बुक और कलम थे। नेहा की हर हरकत को वह अपनी तेज रेखाओं में कैद कर रहा था। मन-ही-मन मुस्करा भी रहा था। "नेहा!" टोटा हुई सिगरेट को अनजाने ही फर्श फेंकते हुए उसने छेड़ की, "तुम गुस्सा होती हो तब और सुंदर लगती हो।"

"इसे कहते हैं भैंस के आगे बीन बजाना!" सिगरेट के टोटे को सागरा के स्लिपर तले कुचलाता हुआ देख वह आगबबूला हो उठी, "जरा मेरी आँखों की तो शर्म कीजिए!"

सागरा को एहसास हुआ, नेहा को जरूर कुछ खटक रहा है। "क्या हुआ?" स्केच-बुक बंद करते हुए उसने गंभीरता से पूछा।

नेहा ने चौंककर उसके सामने देखा और राखदानी को कचरे की टोकरी में उलटकर उसके करीब पड़े स्टूल पर आवाज़ के साथ रखी। उसी समय दलपत राम दर्जी ने उघड़े दरवाज़े में से झांककर देखा। सागरा ने दीदे फाड़े। कछुवे के सिर की तरह चेहरा गायब हो गया। वह समझ गया।

"लगता है..." खामोश नेहा के सामने देखते हुए उसने फिर कहा, "तुम पर दबाव डाला जा रहा है!"

नेहा को ताज्जुब हुआ, "क्या आपसे भी किसी ने शिकायत की है?"

"इतनी जुर्रत हमारे समाज ने अभी पैदा नहीं की कि वह मर्द को दोष दे

सके।''

''क्या चाहते हैं वे लोग?''

''लेबुल।''

''लेबुल?''

''हमारे रिश्तों पर वे एक लेबुल लगाना चाहते हैं।''

नेहा अभी भी न समझी।

''हम दोनों कौन हैं?'' उसने थोड़ी और स्पष्टता की'' क्या हैं? पति-पत्नी? प्रेमी? भाई-बहन? बाप-बेटी?''

''क्या हर रिश्ते पर लेबुल लगाना जरूरी होता है? क्या इंसान होने के नाते हम एक-दूसरे की मदद नहीं कर सकते?''

''समाज सभी चीज़ों को श्वेत-श्याम में देखने का आदी है।'' कहते हुए सागरा ने गर्व से जोड़ा, ''नेहा, इस बात की मुझे खुशी है कि नये विचारों को स्वीकारने की तुमने शुरुआत कर दी है, वर्ना जो सवाल आज तुमने किया वे तुम्हारी जबान पर न होते।''

इन्हीं शब्दों की जुगाली करती वह नीचे आयी, तब पाँच किरायेदारों की भीड़ माँ को घेरे कमरे में बैठी थी। माँ उन्हें समझाने की पूरी कोशिश कर रही थी। ''नेहा को मैंने जन्म दिया है। अपनी बेटी को मैं नहीं जानूँगी तो और कौन जानेगा?''

दरवाजे के बाहर ओटले पर खड़ी नेहा दीवार से टिककर चुपचाप सुनने लगी। ''बहन!'' मंत्री जी कह रहे थे, ''आपको भरोसा है। मैं भी कहूँगा कि वह बिलकुल निष्कलंक है। लेकिन ऐसा कब तक चलता रहेगा? इस मकान में घर-घर जवान लड़कियाँ हैं, उन पर क्या प्रभाव पड़ेगा? कल मेरी ही बेटी किसी मर्द के कमरे में अकेली दिखायी दी तो मैं क्या समझूँ?''

माँ ने दलील पेश की, ''लेकिन सागरा जवान थोड़े ही है।''

''आप एक बात भूलती हैं, बहन।'' मंत्री जी ने अनुभव की बात कही, ''मर्द कभी बूढ़ा नहीं होता।''

''आप कहना क्या चाहते हैं?''

''कुछ भी नहीं।'' अब की दलपतराम दर्जी ने मुँह खोला, ''सागरा को वह पिता के रूप में स्वीकारे या प्रेमी के, हमें इसमें कोई आपत्ति नहीं। सागरा से वह शादी करना चाहती है तो हम लोग खुशी-खुशी अपनी सहमति देंगे। आखिर इस बात का अंत कहीं तो होना चाहिए न?''

अब नेहा ने दीवार की आड़ से आगे बढ़कर घर में पहला कदम रखा। और

अचानक सन्नाटा छा गया। मंत्री जी नाक पर से चश्मे की कमानी उतारकर उजले रूमाल से कांच पोंछने लगे। दलपतराम दर्जी ने जबरन उबासी ली। पंचों में से बाकी तीन जूतों की पॉलिश में अपनी सूरतें देख रहे थे या मुँह लटकाये हुए थे।

"मम्मी!" जैसे वह कुछ जानती ही न हो ऐसे माँ की कुर्सी के करीब आते हुए उसने कहा, "सागरा जी बताते हैं कि चाय उंड़लने के लिए कप का खाली होना जरूरी होता है।"

सारे किरायेदारों के साथ माँ भी नेहा के सामने देखती रही। कोई कुछ भी समझ नहीं पाया। नेहा ने समझाने की परवाह भी न की।

●●

बैडरूम

छत है। दीवारें हैं। बॉलकनी है। खिड़कियाँ हैं। फर्श है। फर्श पर सोफा, कुर्सी, मेज, साइडबोर्ड, रेडियोग्राम, डबल-बैड, गलीचा है। इन सबके साथ हिमांशु है। हिमांशु सोचता है, यह सब उसके साथ है। दोनों में अधिक अंतर नहीं।

पेडर रोड पर कहीं एक फ्लैट है। फ्लैट में यह सब है। हिमांशु है। वर्षों पुराना अलबम है। डाक टिकटें हैं। वह नया टिकट चिपकाने से पहले गोंदवाला भाग गीला करता है। पन्ने के उचित स्थान पर रखता है। दबाता है। ओल्ड लेडी कहती है-"प्रिया मुझे अच्छी लगती है।"

सर्वेंट्स क्वार्टर है। रसोई है। हॉल है। डाइनिंग रूम है। तीन बैडरूम भी हैं। एक ओल्ड लेडी का, एक बच्चों का, एक हिमांशु का। हिमांशु अब बच्चों के बैडरूम में सोता है। बच्चे श्मशान में सोए हैं। ओल्ड लेडी को श्मशान शब्द से सख्त चिढ़ है। हिमांशु को उतना ही प्यार।

वह अकसर शाम को श्मशान में जाकर बैठता है। यहाँ का वातावरण, यहाँ का एकांत, यहाँ की खामोशी और यहाँ के जलते हुए मुर्दों की दुर्गध- यह सब उसे घर-जैसा लगता है। घर श्मशान जैसा लगता है। दोनों में अधिक अंतर नहीं। घर श्मशान है, श्मशान घर है।

घर और श्मशान के बीच मीलों लंबा अंतर है। यह अंतर पार करने में किसी को क्षणभर भी नहीं लगता। कोई पहले से ही पार कर हमारे बीच में आ जाता है, तो कोई वर्षों तक चलता चला जाता है। कई बार थकता है, कई बार लड़खड़ाकर ढल पड़ता है। फिर उठता है और आगे बढ़ता है।

हिमांशु हँसता है। शाम का सूरज डूबने पर वह वापस चला जाता है। एक श्मशान से दूसरे श्मशान में। एक घर से दूसरे घर में। एक फ्लैट से दूसरे फ्लैट में। यह फ्लैट है। फ्लैट में तीन बैडरूम हैं।

बैडरूम नं. 1

इसमें ओल्ड लेडी का डबल बैड है। ओल्डमैन था, तब अखरता नहीं था। अब काटता है। पागल कुत्ते की तरह भौंकता है। भौंकता है। भौंकता है। पिछले पंद्रह सालों से ऐसा होता आया है। पिछले पंद्रह सालों से ओल्ड लेडी बिस्तर में है। पिछले पंद्रह सालों से उसे चैन नहीं। वह बार-बार हँसती है। अकारण रोती है। बार-बार श्मशान शब्द को दुहराती है। प्रिया कहती है—"ओल्ड लेडी नब्बे के ऊपर है।" ओल्ड लेडी कहती है—"मैं पचहत्तर के नीचे हूँ।" जो भी सच हो, हिमांशु सिर्फ इतना जानता है, ओल्ड लेडी उसकी माँ है।

बैडरूम नं. 2

इसमें भी एक डबल बैड है। प्रिया कहती है-मेरा है। इसमें किसी को कोई आपत्ति नहीं। प्रिया हिमांशु की पत्नी है। हिमांशु प्रिया का पति है। हिमांशु जानता है, प्रिया उसकी पत्नी नहीं। वह प्रिया का पति नहीं। फिर भी प्रिया उसकी पत्नी है। वह प्रिया का पति है।

फिर... एक हौलनाक चीख... कहीं... दिन-पर-दिन शव की तरह फूलती जाती है। दुर्गंध फैलाती जाती है। उसमें कीड़े भी पड़ गए हैं। हिमांशु सच्चे दिल से चाहता है, शव मर जाए तो कितना अच्छा। शव मरता नहीं। शव मर सकता नहीं। उसकी मौत ओल्ड लेडी के शव में है। ओल्ड लेडी कहती है, "अभी तो मैं पचहत्तर के नीचे हूँ।"

प्रिया विचलित हो उठती है—अब मुझसे बर्दाश्त नहीं होता, मैं जाऊँगी। अटैची लिए वह हिमांशु के सामने खड़ी है। हिमांशु केवल एक ही शब्द कहता है-प्लीज। इस शब्द से अधिक असर करने वाली उसकी मुखमुद्रा है। प्रिया राही की आँखों में देखती है। राही हिमांशु की। कुछ समझ में नहीं आता। समझने का प्रयास करने पर समझ में आया हुआ भी धुंधला आता है। प्रश्न : राही कौन है?

बैडरूम नं. 2 (पुनः)

राही हिमांशु का मित्र है। बैडरूम नंबर 2 में प्रिया के साथ रहता है। बैडरूम नंबर 2 में प्रिया उसके साथ रहती है। दोनों में अधिक अंतर नहीं : प्रिया और राही।

राही और प्रिया। बैडरूम नंबर 2 के दरवाजे बंद हैं। अलबम खुला है। हिमांशु की नजर जाने-अनजाने बंद दरवाजे से टकरा, वहीं ढेर हो जाती है। स्वस्थ होते ही वह फिर डाक टिकटें चिपकाने में व्यस्त हो जाता है। जापान की तीन, कैलीफोर्निया की एक, कनाडा की दो :

बेडरूम नंबर 2 का दरवाजा खुलता है। चौखट के बीच राही तस्वीर बना हुआ है। प्रिया डबल बैड के बीच उलटी लेटी है। उसके दोनों हाथ कुहनी से मुड़कर, सिर के नीचे चले गये हैं। थोड़े समय के बाद बैडरूम नंबर 2 का दरवाजा फिर बंद हो जाता है। हिमांशु को आश्चर्य नहीं होता। बैडरूम नंबर 2 का दरवाजा कई बार खुल-बंद होता है। प्रिया की साड़ी की तरह।

प्रिया राही की पत्नी है, हिमांशु प्रिया का पति है। हिमांशु जीभ पर टिकट रखकर भूल गया है। भुलक्कड़पन उसके स्वभाव में आ गया है। एक बार वह यह भी भूल गया था कि वह प्रिया का पति है। एक बार वह यह भी भूल गया था कि पति पुरुष होते हैं। एक बार वह यह भी भूल गया था कि पुरुष सुअर के बच्चे होते हैं।

हिमांशु के पास एक पचहत्तर वर्ष पुराना टिकट है। इस एक ही डाक टिकट को पाने के लिए उसने सवा लाख से ज्यादा रुपये खर्च किए थे। दूसरे टिकट इतने महंगे नहीं हैं। कुछ तो बिलकुल सस्ते हैं। टिकटें इकट्ठा करने का रोग उसे बचपन में लगा था। तब इस रोग को वह हॉबी के नाम से जानता था। अब हर हॉबी को वह रोग कहता है।

बैडरूम नं. 3

दो बालकों का था। कुछ साल पहले उनकी मृत्यु हो गई। एक की पोलियो में, दूसरे की कार-दुर्घटना में। बैडरूम नंबर 3 अब हिमांशु के अधिकार में है। हिमांशु अब बैडरूम नंबर 3 के अधिकार में है। दोनों में अधिक अंतर नहीं। बैडरूम नंबर 3 और हिमांशु, हिमांशु और बैडरूम नंबर 3।

यहाँ उसे शांति नहीं है। (कहाँ है ?) ओल्ड लेडी चौबीसों घंटे अपनी चीख-पुकार से उसे परेशान करती रहती है। घर के नौकर भी अब उकता गए हैं। ओल्ड लेडी से नहीं, उसके बुढ़ापे से। जवानी में वह कुछ और थी। अब कुछ और ही है। विचित्र।

हिमांशु को यहाँ चैन नहीं है। (कहाँ है ?) कभी-कभी वह सारी रात जागकर बिताता है, कभी आधी। कभी सिगरेट फूँकता है। सारा कमरा धुएँ से भर जाता है। हाथ बढ़ाकर वह पंखे का स्विच ऑन करता है। पंखा चलने से धुआँ तितर-

बितर हो जाता है। आल्ड लेडी पूछती है-प्रिया कहाँ है?

हिमांशु यहाँ सुखी नहीं है। (कहाँ है?) रात है। खामोशी है। अचानक दोनों बच्चों के शव बैठे होकर उससे लिपट जाते हैं। साथ ही कहीं से बिसुरने की एक आवाज़ उठती है। फिर दूसरी, फिर... धीरे-धीरे सारा कमरा क्रंदन से भर जाता है। उसे एक बार फिर पंखा खोलने की आवश्यकता पड़ती है। पंखे के चलने से क्रंदन तितर-बितर हो जाता है। किसने कैडबरी मांगी? किसने कहा लॉलीपाप चाहिए? परेशान चेहरा लिये वह कमरे के बाहर निकल जाता है।

ओल्ड लेडी चिल्लाती है-"प्रिया!"

बैडरूम नंबर 1 में से एक के बाद एक चले आ रहे 'प्रिया' शब्द हिमांशु के सामने कतार बांधे खड़े हैं। लाचार हो वह बैडरूम नंबर 2 की ओर कदम बढ़ाता है। वहाँ तक जाते-जाते वह कई बार न जाने के लिए कोशिश करता है। दो-तीन बार पीछे मुड़कर बढ़ती हुई कतार को भी देख लेता है। देख नहीं पाता। उसकी उँगली अपने आप ऊपर उठकर 'डोरबेल' तक चली जाती है।

टन-न-न-टन-न-न-न-!

राही दरवाजे में खड़ा है।

—क्यों?

—प्रिया सो गई?

—नहीं,

हिमांशु राही के कंधे पर से भीतर झांकता है। प्रिया टेबललैंप की रोशनी में 'ह्वेयर लव हैज गान?' पढ़ रही है।

ओल्ड लेडी याद करती होगी? राही पूछता है। हिमांशु सिर्फ इशारे से हाँ करता है। पुस्तक को उलटी रखकर प्रिया बैठी होती है। आलस तोड़ती है। एक लंबी जम्हाई लेती है और डबल बैड पर से नीचे सरक दोनों के बीच में से गुजरती हुई बैडरूम नंबर 1 की दिशा में आगे बढ़ जाती है।

●●

बीती हुई शाम का कैफे

''फाउंटेन'' की बस ने उसे यूनिवर्सिटी के पास छोड़ा। उसे थोड़ा आश्चर्य हुआ। आज से पहले वह 'फाउंटेन' की बस में बैठकर 'फाउंटेन' ही उतरा था।

बस 'रीगल' की ओर दौड़ जाने पर उसने अपनी नजरों को खुला छोड़ दिया। 'काला घोड़ा' का बुत कहाँ गया? यहीं रास्ते के बीच में था। एक काला घोड़ा, एक अंग्रेज सवार। 'कहाँ गया वह' के सवाल पर सोचते हुए उसने कदम बढ़ाये। जहांगीर आर्ट गैलरी करीब आती गयी। सवाल धुंधला होता गया। अंत में धुआँ हो गया।

जहाँगीर आर्ट गैलरी उसके सामने थी। दोनों हाथ फैलाये एक-मंजिली इमारत उसके सामने खड़ी थी। दोनों हाथों को पीठ के पीछे बांधकर वह इमारत के सामने खड़ा था। आर्ट गैलरी में दाखिल होने से वह कतरा रहा था। कोई अनजाना भय-नहीं, कोई अनजानी बू-नहीं, कोई अनजाना स्वाद उसके मुँह में कड़वाहट पैदा कर रहा था।

कड़वा घूंट निगल जाते हुए उसने पूरी इमारत आँखों के सामने से ओझल कर दी। अब उसकी नजरें सिर्फ मुख्य प्रवेश पर टिकी थीं।

ऐसे कई और प्रवेश उस प्रवेश के भीतर थे। मसलन, ऑडिटोरियम का प्रवेश, 'नटाशां' दुकान का प्रवेश, कैमोल्ड गैलरी का प्रवेश, पुस्तकालय का प्रवेश, समोवर का प्रवेश...

समोवर!

जहाँगीर आर्ट गैलरी के कैंटीन के इस नाम में अब कहीं कुछ अपरिचित-

सा लगता था।

उसने कलाई-घड़ी में देखा, चार चालीस और दौड़ती हुई सेकंड की सूई। आज की शाम को उसने बीते हुए कल में देखने का साहस किया और लंगोटे हिप्पी के साथ खुलकर हँसता हुआ एक मिनी स्कर्ट उसके करीब से गुजर गया। टूथपेस्ट के विज्ञापन की मॉडल जैसे चमकीले दांत चंद पलों के लिए उसके सामने हँसते रहे। हँसी की गूँज वह सुनता रहा।

न जाने कैसे उसकी आँखों में भी कहाँ से उतरकर धुंध छा गयी। अचानक... बिलकुल अचानक मौसम बदल गया। पश्चिम के बादलों ने धँस आकर ढलते सूरज को ढकने के समय से पहले लिटा दिया। शाम खुशगवार हो गयी। ऐसी कई शामों का एक ढेर उसके सामने खड़ा होने लगा, खड़ा हो गया।

उसने गौर से देखा। ढेर अपने दो पैरों पर खड़ा था। दो पाँव... जीते जागते दो पाँव पीछे खिसके। ढेर पीछे खिसका। खिसकते-खिसकते बीते हुए कल में दौड़ गया। उसका स्थान बिजली की गति से आये हुए एक प्रश्न ने लिया।

कंचन आयी होगी?

दूसरे पल उसे अपनी बेवकूफी पर हँसी आ गयी। सात साल बीत चुके थे, उस बात को। सात साल पहले की शाम और आज की शाम में आकाश-पाताल का फर्क था। सात साल पहले की शाम में दखलअंदाजी करना व्यर्थ था। उस... उस शाम को छेड़ने का उसे अधिकार भी क्या था?

कंचन मिस कंचन नहीं रही थी। कंचन अब उसकी पत्नी नहीं रही थी। फिर भी शाम के एक-आध टुकड़े को जबान पर रखकर जुगाली करने से वह किसी को किसी भी प्रकार की हानि नहीं पहुँचा रहा था। कोई कानून नहीं तोड़ रहा था।

जो शाम कंचन की थी वह उसकी अपनी भी थी। जिस समोवर काफे में कंचन की बैठक थी, उसमें उसकी अपनी भी बैठक थी। जिस मेज की कुर्सी पर कंचन बैठती थी, उसी मेज की दूसरी कुर्सी पर वह बैठता था। दोनों आमने-सामने बैठते। फिर कंचन 'आठ एम. एम.' में मुस्कराती थी। फिर 'सोलह एम एम' में हँसती थी। फिर 'पैंतीस एम. एम.' में ठहाके के साथ हँसता उसका चेहरा सिनेमा स्कोप हो जाता था।

वह देखता रहता। बस, एकटक देखता ही रहता—उजले श्वेत दांत की चमक को।

धीरे-धीरे आगे बढ़कर वह मुख्य प्रवेश में दाखिल हुआ और दाहिनी ओर मुड़ गया। आठ-दस कदम और क्रिकेट के पिच से पट्टे पर सजे समोवर काफे

के मेज-कुर्सी उसके सामने आ जायेंगे! मेजों पर झूलती नाजुक घंटियों की आवाज़ उसके कानों में गूंज उठेंगी। कैसेट से बहता रविशंकर का सितारवादन खुशबू की तरह फैल जाएगा।

वह और दो कदम बढ़ेगा। प्रवेश में सजा शीशा उसकी आँखों में झाँकेगा। आज वह नहीं रुकेगा। आज वह माथे पर उतर आये बालों को पीछे नहीं करेगा। वह सीधा ही चौथी मेज की ओर आगे बढ़ जायेगा।

कंचन आयी होगी?

फिर प्रश्न जागे इससे पहले ही उसके होठों से शब्द फिसल गये। 'एब्सर्ड! एब्सर्ड! सब कुछ असंगत!''

समोवर काफे में वह दाखिल हो गया। उसके पैर तेजी से आगे बढ़ गये। पहली मेज, दूसरी मेज, तीसरी मेज, चौथी... कोई पीठ दिखाकर ठंडे पेय की बोतल के सामने बैठा था... कोई बैठा था... चौथी को घेरकर कोई बैठा था। वह रुक गया।

''कंचन!'' चेहरा सामने आने पर उसने हौले से कहा।

कंचन उसके खड़े चेहरे में देखती रही। यह अबान था। वही अबान, वही बेरंग आँखें, वही बढ़ी हुई दाढ़ी, वही छरहरा ऊँचा शरीर। बाल पक गये थे। उमर भी अब कहाँ कच्ची रही थी।

''कंचन नहीं,'' अबान की गलती सुधारते हुए उसने कहा, ''श्रीमती परेरा कहो।'', और वह मुस्करायी।

''ओह, यस-यस...'' जैसे अचानक याद आ गया हो ऐसे वह बोला। ''श्रीमती परेरा...'' आगे क्या कहा जाए यह समझ में न आने पर वह 'श्रीमती परेरा' को दोहराता रहा। अब तक वह बैठा नहीं था।

''क्या मैं बैठ सकता हूँ?''

''ज़रूर।''

वह बैठ गया। वही काली जुल्फें, वही नीली आँखें, वही गोरी चमड़ी, वही पतली कमर। आँखों में 'कान्टेक लेंस' बैठाये गये थे। नाम के साथ 'परेरा' जुड़ गया था। यह वह कैसे चुक गया?

संग्रहालय के मैले गुंबद पर से उड़कर कबूतरों के झुंड को वापस अपनी जगह लेते हुए उसने झुटपुटे में देखा, ''कैसी हैं आप, श्रीमती परेरा?''

(श्रीमती परेरा... कैसा अजीब लगता है!)

''ठीक हूँ।'' कंचन ने कहा। उसे अपनी ही आवाज़ नहीं सुनाई दी इसलिए जोर देकर दुबारा कहा, ''मजे से हूँ।'' और आदतन मुस्करायी। ''प्रा. अबान! आपने

उम्मीद की थी कि आज मैं यहाँ मिलूँगी?"

उसने सच नहीं बताया। "नहीं।" क्यों नहीं बताया, यह एक सवाल था। उसे खुद को भी ताज्जुब हुआ। "सच कहूँ तो..." खामोशी की चंद पलों के बाद उसने आगे कहा, "आपका खयाल जरूर आया था।"

'खयाल' शब्द सुनकर कंचन से बिना हंसे नहीं रहा गया। लेकिन वह ज्यादा देर तक नहीं हँस सकी। तुरंत अपनी मुक्त हँसी पर कैंची चलाकर उसने अपने बाल संवारे। "प्रा. अबान! (प्राध्यापक अबान... कैसा अजीब लगता है!) आप चाय लेंगे?"

"यह तो मुझे पूछना चाहिए।"

"आज आप मेहमान हैं।"

"लेकिन आज आप यजमान नहीं।"

अबान की इच्छा कंचन पर चोट करने की नहीं थी। यजमान शब्द उसने सहजता से इस्तेमाल किया था लेकिन कंचन पर उसका असर उलटा हुआ है। यह उससे अनजान न रहा। कंचन ने ठंडे पेय की नली होंठों के बीच ली और एक ही साँस में बाकी बोतल पूरी कर दी।

बैरा सामने खड़ा था। दोनों अजनबियों की तरह एक-दूसरे को देख रहे थे। दोनों जानते थे, दोनों एक-दूसरे के सामने बैठे थे, फिर भी दोनों के बीच मीलों का फासला था।

"आपके लिए एक और ड्रिंक मंगवाऊँ?" अबान ने खामोशी तोड़ी।

कंचन ने 'ना' कहा। उसने अपने लिए एक कप चाय का ऑर्डर लिखवाया। कलाई-घड़ी में देखा, पाँच बीस और दौड़ती हुई सेकंड की सुई। छह पैंतालीस पर उसे 'भवंस' पहुँचना था। सात पंद्रह से उसका प्रवचन शुरू होने वाला था... 'एब्सर्ड स्टेज और दर्शक' अगले चार दिनों तक वह इसी विषय को लेकर विस्तार से बोलने वाला था।

अलग-बगल एक उचटती निगाह डालकर उसने कहा, "चेहरे नये हैं।"

कंचन चुप रही।

"सभी नये लगते हैं।"

कंचन मौन रही।

"यहाँ मेरा परिचित कोई नहीं।"

'हमारा' शब्द की जगह अबान ने 'मेरा' शब्द का प्रयोग सोच-विचारकर किया था। वह यह भी जानता था, उसके आखिरी और दोमानी जुमले के कारण उसी पल दोनों के बीच का फासला और बढ़ जायेगा।

दोनों पूरे अजनबी बन गये।

कंचन कभी दाहिनी ओर देखती थी तो कभी बायीं। उसकी आँखें कहीं भी टिक नहीं पा रही थीं। अबान एकटक छत पर जाती सीढ़ियों को देख रहा था।

"श्रीमती परेरा!" उसने सामने देखे बगैर ही कहा, "आपको किसी का इंतजार तो नहीं?"

"मेरे पति आने वाले हैं।" कंचन ने उसके चेहरे पर नजरें केन्द्रित कीं। "दिल्ली से आप कब पधारे?"

"आज।" कहते हुए अबान की नजरें डगमगा गयीं। उसे लगा, यहाँ, इस मेज की कुर्सी पर बैठकर उसने गलती की थी। यहाँ बैठने की उसे जरूरत नहीं थी। दूसरी कई मेजें खाली थीं। वह खड़ा हो गया।

"आप बैठ सकते है।" कंचन ने उसकी परेशानी भाँप लेते हुए कहा, "उनके आने में अभी समय है।"

वह फिर बैठ गया।

बैरा ने मेज पर चाय का सामान रखा और खाली ट्रे में पेय की बोतल उठाकर लौट गया।

अबान ने चाय की केतली उठायी। प्याली में चाय उंड़ेलने से पहले वह थोड़ा वक्त लेना चाहता था। कंचन के साथ रहते उसने कभी भी चाय बनायी हो ऐसा उसे याद नहीं था। कंचन ने कनखियों से देखा। वह समझ गयी। पर कोई निर्णय ले पाये इससे पहले केतली की नली प्याली पर झुक गयी थी।

"श्रीमती परेरा!" चम्मच से शक्कर हिलाते हुए अबान ने पूछ लिया, "आपके पतिदेव को कभी मेरी याद आती है?"

"कुछ दिनों पहले ही आपका जिक्र छिड़ा था।" कंचन ने बटुवे से सिगरेट की डिबिया निकालकर एक सिगरेट होठों के बीच फंसायी, "आप पियेंगे?"

"जी नहीं।" कहते हुए अबान ने चाय की घूंट भरकर प्याली वापस मेज पर रख दी। "जिक्र की कोई वजह भी होगी?"

"खास नहीं थी।"

"फिर भी..."

"वे आपका आभार मान रहे थे।"

"मेरा!" उसने दूसरी घूँट ली।"

"चौदह तारीख को हमारी शादी के पाँच साल पूरे हुए और हमारी शादी से आप जुड़े हुए हैं इसलिए स्वाभाविक है कि... "बाकी के शब्द सिगरेट के कश के साथ भीतर कहीं डूब गये।

अबान को वे दिन याद आये जब वह संशोधन में खोया रहता था। उसका सिर किताबों में डूबा रहता था। उसकी आँखें काले अक्षरों पर दौड़ती रहती थीं। उसे 'प्राचीन मंच' पर एक ग्रंथ तैयार कर दिल्ली भेजना था। उस समय उसके साथी थे-चाय की प्याली और सिगरेट। कंचन तंग आ गयी। प्यार पिघल गया। हकीकत सामने आ गयी। कलह बढ़ता गया। आग फैलती गयी।

अबान ने उसे तलाकनामा लिख दिया। कंचन ने स्वीकार नहीं किया। वह जानती थी तलाकशुदा औरतों के लिए दूसरी शादी करना आसान नहीं होता।

अबान अपनी पत्नी के लिए एक योग्य पति ढूँढने की कोशिश में जुट गया। लोग उस पर हँसने लगे। परिचितों ने उसका मजाक उड़ाया। रिश्तेदारों ने उसे काठ का उल्लू कहा। उसे किसी की परवाह नहीं थी।

"आप दोनों सुखी हैं..." अबान ने चाय पूरी की, "यह जानकर मुझे सचमुच तसल्ली हुई।"

"प्रा. अबान!" कंचन की आवाज़ स्पष्ट थी। "हम दोनों साथ रहकर भी सुखी नहीं हो सके, इस बात का अफसोस मुझे आज भी है।"

"लव मैरिज बड़ी मुश्किल से कामयाब होती है, वह हम भूल गये थे।"

"नाकाम शादी के लिए मैं प्रेम को दोष नहीं देती।"

"तब?"

"आपको।" कहते हुए कंचन ने सिगरेट का टोंटा ऐश-ट्रे में दबा दिया। "शादी के बाद भी आपने मुझे यह शाम दी होती तो मैं कभी भी दूसरी शादी नहीं करती। खैर, अब उन बातों से क्या फायदा? आज तो मैं भी आपका आभार मानूँगी। आपने मुझे दरियादिल पति दिया और उस पति ने मुझे मेरी शामें लौटा दीं।"

●●

कब्र पर खिले दो फूल

बूढ़ी शबाना लकड़ी के सहारे कोठी से बाहर निकली तब बर्फ से ढके पूरब के पहाड़ धुंध में गायब थे। बस के अड्डे के पास बैठे नेपाली कुलियों की आँखें दूर तक चली गयीं—तारकोल की टेढ़ी-मेढ़ी सड़क की धुंध भेदने की कोशिश करतीं, लेकिन करीब के पेड़ों, मकानों के छज्जों और रास्ते पर जमी हुई बर्फ के सिवाय कुछ और देख पाना उनके लिए मुमकिन नहीं था। सर्द खामोशी में बीड़ी के कश लेते वे अल्मोड़ा से आने वाली बस का इंतजार कर रहे थे।

बुढ़िया को न बस में दिलचस्पी थी, न कुलियों से उसे कोई सरोकार था। न बरगद के पेड़ तले के मदरसे से उसे मतलब था, न ही चौराहे की भीड़ से। फिर भी उन सबको नजरअंदाज करना थोड़ा मुश्किल था, कम-से-कम फूलवाले की दुकान को।

चलते-चलते बुढ़िया पलभर के लिए वहाँ रुकी। उसे कुछ कहने की जरूरत न थी। फूलवाले ने एक पुड़िया के साथ सात धूपबत्तियाँ उसके हाथ में थमा दीं। वह फिर आगे बढ़ी।

इन रास्तों से उसका वर्षों पुराना रिश्ता था। यहाँ के हर मोड़ पर खड़े कई छोटे- बड़े निशान सत्तर साल की उर्म में भी उसके मन पर स्पष्ट अंकित थे। यहाँ की कौन-सी सड़क भुवाली और मुक्तेश्वर जाती है और किस मार्ग से वह दुल्हन बनकर पहली बार इस गाँव में दाखिल हुई थी, यह बतलाना उसके लिए उतना ही आसान था, जितना कि प्रेमियों के लिए आँखों-आँखों में दिल की बातें समझना होता है।

तब शबाना भी जवान थी। उसकी चाल में नजाकत थी। (चलते-चलते वह जूतियाँ नहीं घिसटती थी।) उसकी आँखों में नशा था, उसकी आवाज़ में जादू था। 'तालकटोरा' में कहा जाता था कि ताज़ियादारी तो कोई शबाना से सीखे, मर्सियाखानी तो कोई उससे सुने। जन्नतनशीं नवाब अमीरुद्दौला के बेटे सआदतजां ने वह सुनी और दिल दे बैठे।

बात यों हुई थी कि उन दिनों सआदतजां मोहर्रम मनाने के लिए पड़ोस के गाँव तालकटोरा की करबला के पूरब में अपना तंबू ताने हुए थे। रात के सन्नाटे में उन्होंने एक दर्द भरी आवाज़ सुनी। वह बाहर दौड़ आये तो उन्होंने क्या देखा?

चारों ओर चाँदनी बिखरी थी। काली पोशाक में लिपटी हुई कुछ स्त्रियाँ ताज़िया लिये दूर से आ रही थीं। सभी के बाल खुले थे। आगे चल रही एक औरत के हाथ में मशाल थी। उसकी रोशनी में एक ऊँची, सुडौल युवती मीर अनीस की किताब से पढ़कर तरन्नुम में मर्सिया गा रही थी। बाकी औरतें बीच-बीच में उसका साथ दे रही थीं।

जब कारवाँ-ए-शहर मदीना लूटा हुआ।
पहुँचा करीब शाम के कैदी बना हुआ
नेज़े पर सिर हुसैन का आगे धरा हुआ
और पीछे-पीछे बीसियों का सिर खुला हुआ।

वह सन्नाटा, रात का वह वक्त, बिछी हुई चाँदनी, खुले सिर मातम करती आ रही वे औरतें और करुणाभरी धुन... सआदत जां की जगह कोई और होता तो वह भी दिल दे बैठता। पर शबाना को पाना सिर्फ सआदत जां की ही किस्मत में लिखा था।

बर्फ से ढके रास्ते पर जूती और लकड़ी के निशान छोड़ती वह कच्चे रास्ते की तरफ मुड़ गयी। उसे लगा कि हमेशा की तरह आज भी वह अपने कदम गिने, ताकि तीन सौ ग्यारह की गिनती पूरी होने पर क़ब्रिस्तान में प्रविष्ट होने का उसे खयाल रहे। यह जरूरी भी था, क्योंकि कभी-कभार अपनी सनक में वह क़ब्रिस्तान के आर-पार चली जाती थी। फिर लौटकर आना दुश्वार हो जाता था। मुश्किल यह थी कि बदले हुए मौसम के कारण बार-बार उसकी साँस फूल रही थी और ऐसी स्थिति में गिनती याद रखना आसान नहीं था।

उसने दुआओं का सहारा लिया। जूतियाँ घिसटती एक-एक कदम उठाती वह क़ब्रिस्तान में दाखिल हुई और पैंतीस क़दम पर स्थित पति की क़ब्र की दिशा में अपनी ऐनक के पीछे से कुछ मिनट देखती रही। इतना समय साँस पर काबू पाने के लिए ज़रूरी भी था।

जी चाहा कि प्रवेशद्वार के अंदर, रास्ते के दोनों किनारे आमने-सामने रखे गये दो बेंचों में से एक पर वह बैठ जाए। (दूसरे पर एक बूढ़ा बैठा था।) पर उसमें एक खतरा था। यह मरी उम्र ही ऐसी होती है कि एक बार बैठने के बाद उठने को मन ही नहीं करता था। और अगर बैठना ही हो तो क़ब्र पर सिर झुकाये क्यों न बैठा जाए? वहाँ पति के करीब होने का सुख तो मिलता है।

बेंच का मोह छोड़कर वह फिर आगे बढ़ी और कुछ देर में पति की क़ब्र पर आ पहुँची। सबसे पहले उसने करीब के पेड़ से छड़ी टिकायी और साथ लायी पुड़िया खोलकर फूलों की चादर क़ब्र पर बिछा दी। अभी तो उसने धूपबत्तियाँ भी जलायी नहीं थीं और आँखें नम हो गयीं। भरसक कोशिश करने के बावजूद वह टूट गयी, जहाँ खड़ी थी वह वहीं पर बैठ गयी। धूपबत्तियाँ बिखर गयीं। उसके दोनों हाथ क़ब्र पर फैल गये। मानो वह क़ब्र से नहीं, पति सआदत जां से लिपटकर रो रही थी। आज अगर शादी की सालगिरह का दिन न होता तो शायद वह अपने जज़्बात पर से क़ाबू भी न खोती।

औरत की जिंदगी में एक यही तो दिन होता है जिसकी यादों का कारवां उसके दिल के किसी अज्ञात कोने में डेरा डालकर पड़ा होता है। बस, उसे तो एक बहाना चाहिए किस्सागोई के लिए।

सआदत जां की ओर से जब कोई 'मश्शाता' शादी का प्रस्ताव लेकर आयी तो शबाना के घर में मानो यकायक ईद का चाँद निकल आया हो ऐसे हड़बड़ी मच गयी। शबाना के पिता मीर अली हसन भी कोई मामूली शख्सियत नहीं थे, लेकिन सामने से रिश्ता आना और वह भी एक देदीप्यमान, कुलीन, सुसंस्कृत नवाब का, अपने आप में अहमियत रखता था।

सब कुछ इतनी तेजी से हो गया कि शबाना खुद चौंधिया गयी। मुँह-दिखाई की रस्म में उसने पहली बार दूल्हे का चेहरा शीशे में देखा था और वह भी झलक भर। इस झलक को कल्पना में संजोकर वह अपने मन में अंकित करे इससे पहले तो बारात आ पहुँची। डोली उठी, तब उसकी एक आँख रो रही थी और दूसरी हँस। कैसे-कैसे भाव उठे थे भीतर! न कभी जाने, न पहचाने थे।

"बेगम..." वस्ल की रात सआदत जां ने घूँघट उठाकर कहा था, "हम आपको शबाना के बजाय सुबू बेगम कहें तो आप बुरा तो नहीं मानेंगी?"

उसने 'ना' में सिर हिला दिया।

"जानती हैं, सुबू का मतलब क्या होता है?"

उसने 'हाँ' में सिर हिला दिया।

"हम कैसे मानें?"

बेगम शबाना को होंठ खोलने पड़े, "सुबू माने सुराही शराब की- हम सुबू!"

"जाम भी तू, मय भी तू, मीना भी तू..." कहते-कहते सआदत जां ने रोशनी गुल कर दी थी।

बुढ़िया के जीवन में आज न रोशनी थी, न रौनक। पति के देहांत के बाद कुछ बचा था तो वह भी एक कब्र और थोड़े आँसू।

माथे पर किसी के प्यार भरे हाथ का स्पर्श होने पर उसने चेहरा उठाया। "बेगम साहिबा!" बूढ़ा शराफत अली कह रहा था, "इंसान दुनिया में दो राज़ नहीं जान पाया—एक जिंदगी, दूसरी मौत। ये दोनों खुदा के करिश्मे हैं। वही जिंदगी देता है और वक्त आने पर उसे वापस लेने का हक भी उसी को है।"

बुढ़िया ने कुछ सुना ही नहीं। वह लकड़ी के सहारे सामने खड़े बूढ़े को एकटक देखती रही। उसका चेहरा झुर्रियों से भरा था। जिस्म उम्र से आगे निकल चुका था। चमड़ी सूखे, पुराने कागज़-सी जीर्ण लगती थी। कमर जमाने के थपेड़े खाकर थोड़ी झुक गयी थी।

बुढ़िया सोच रही थी। जब वह यहाँ आयी तब शराफत अली प्रवेश के एक बेंच पर उदास बैठा था। इस वक्त सामने खड़ा था। कुछ कह रहा था। शायद दिलासा दे रहा था। बुढ़िया की आँखों से बहते आँसू अभी भी रुके न थे। अलबत्ता रुक-रुककर आते थे और चुपचाप बह जाते थे।

जब वह पति की मौत के बाद पहली बार यहाँ आयी थी, सीना पीट-पीट कर रोई थी। उसके आँसुओं का बाँध टूट गया था। फिर घंटों तक वह चुपचाप हरी घास पर बैठी रही थी। तब उसका दुःख बाँटनेवाला यहाँ कोई न था।

"रोने से मरनेवाले वापस तो नहीं आते!" कहते हुए बूढ़ा उसके सामने बैठ गया। और वैसे भी आपके शौहर को जन्नतनशीं हुए एक अर्सा बीत गया, "क्यों मरहूम की रूह को तकलीफ पहुँचा रही हैं!"

अब बुढ़िया ने होंठ खोले, "अपनों की याद में दो आँसू बहाना भी...'

"आपकी सेहत के लिए ठीक नहीं। देखिए, मेरी इन आँखों को देखिए। आपको एक बूँद भी नजर नहीं आयेगी।"

"सच कहें तो हम भी रोना नहीं चाहते। मगर यह आँसू हैं जो न रुकते हैं, न खत्म होते हैं..."

दुपट्टे से चेहरा पोंछकर उसने लकड़ी उठायी और उसी के सहारे धीरे-धीरे खड़ी हो गयी। "आपकी बेगम का इंतकाल इसी महीने हुआ है न?"

"बीस दिन पूरे हुए।" बूढ़ा भी खड़ा हो गया था, "यही वक्त था जब ज़नाज़ा यहाँ लाया गया था।"

"और इतनी जल्दी आप उन्हें भूल भी गये?" दोनों साथ-साथ प्रवेशद्वार की ओर कदम बढ़ा रहे थे। "काश कि हम भी मर्द होते!"

बात थोड़ी चुभने वाली थी, पर बूढ़े ने बुरा नहीं माना, बल्कि उसने बातों का सिलसिला आगे बढ़ाया, "आप अपने मरहूम की कब्र पर हफ्ते में एक बार आती हैं, सच?"

"यह हमारा उनसे वादा था, जब तक जियेंगे जुमेरात-जुमेरात फूलों की चादर चढ़ाने बराबर आते रहेंगे।"

"मैं यहाँ रोजाना आता हूँ।" प्रवेशद्वार के बेंच तक आकर बूढ़ा रुक गया। फिर हाथ टेककर बैठते हुए उसने आगे कहा, "ऐसा लगता है जैसे मैं अपने सहन में खाट बिछाकर बैठा होऊँ और बेगम अभी-अभी गाजर का हलवा बनाकर दरी पर लेटी हों। जो... जो मेरी हर साँस में धड़कती हो, उसके लिए मैं कैसे आँसू बहाऊँ?"

बुढ़िया उसके करीब बैठते हुए बोली, "क्या आपको जरा भी अकेलापन महसूस नहीं होता?"

"जब मैं उसे आवाज़ देता हूँ और सामने से कोई जवाब नहीं आता, तब जरूर एहसास होता है।"

"तब आप क्या करते हैं?"

"किसी काम में मसरूफ हो जाता हूँ। कोई काम न हो तो मैं पैदा करना भी जानता हूँ। मसलन..." कहते हुए उसने जेब से माचिस की डिबिया निकालकर दोनों के बीच, बेंच पर उलट दी। "मसलन एक-एक तीली उठाकर फिर से डिबिया में सजाने का काम।"

बुढ़िया आश्चर्य से देखती रही। बेंच पर बिखरी पड़ी तीलियों को, बूढ़े की उँगलियों को, जो एक-एक तीली को उठाकर सलीके से डिबिया में रख रही थीं।

"मेरी मदद नहीं करेंगी, आप?"

जुमला कानों में पड़ते ही बुढ़िया अपने खयालों से सहसा जाग उठी, फिर थोड़ा-सा मुस्करायी और बूढ़े के साथ वह भी व्यस्त हो गयी।

उस दिन रात देर तक वह सो न सकी। अपने कमरे के बीच अँगीठी रख शरीर को तापती बैठी रही। उसका दिल परदार हो गया था। ऐसा हल्का कि जैसे किसी उड़ती चिड़िया का एक पंख टूटकर हवाओं के साथ बहता चला जा रहा हो।

उसकी नींद भी वैसी ही मुलायम थी। उसकी पलकें भरी थीं पर वह सो रही थी या सिर्फ लेटी थी यह कहना मुश्किल था, क्योंकि उसके होंठ मुस्करा रहे थे।

उसने आँखें खोलीं तब नीम-अँधेरा था और सामने खड़ी चंदा तीखी आवाज़ में कुछ कह रही थी, "आपने मुझे बुलाया, मालकिन?"

वैसे यह सवाल उसने दुबारा किया था। बूढ़ी शबाना अभी भी उसे हैरत से देख रही थी, जैसे अपनी नौकरानी को उसने पहले कभी देखा ही न हो।

"तुम... अब तक जाग रही हो!" आखिर उसने पूछा। जवाब में चंदा खिड़की तक गयी और बड़े-बड़े परदे किरकिरी आवाज़ के साथ हटा दिये। सूरज की किरणों का सैलाब भीतर धँस आया। बुढ़िया सीने पर से कंबल खिसकाकर बैठी हो गयी।

"अब बताइए..." चंदा ने फिर सामने आते हुए कहा, "क्या काम है?"

बुढ़िया ने सिर खुजलाया। कुछ न सूझा तो यों ही पूछ लिया, "माचिस होगी?"

"माचिस का आप क्या करेंगी?"

"हाँ, तुम ठीक ही कहती हो।" कहते-कहते वह मुस्करा दी। उस मुस्कराहट में बिखरी हुई कुछ तीलियाँ थीं, "ऐसा करो, चंदा, यहाँ से अँगीठी ले जाओ और हमारे लिए एक प्लायी चाय ले आओ।"

केतली में चाय की पतीली उंड़ेलते हुए चंदा को लगा आखिर उसकी अच्छी-खासी, सुलझी हुई मालकिन भी सठियाने लगी है। पर उसे क्या पता कि यह तो सिर्फ शुरुआत थी।

एक ट्रे में चाय की केतली और प्याली रख वह बुढ़िया के कमरे में लौटी तो चौखट में ही उसके पाँव ठिठक गये। बुढ़िया एक स्टूल पर चढ़ी थी और बरसाती में रखे पुराने सामान के बीच फंसी हुई सिलाई की मशीन को खींच निकालने के लिए जैसे कुश्ती लड़ रही थी। मशीन भी मानो पिछले जन्म की सौतन हो, ऐसे टस से मस नहीं हो रही थी।

चंदा जहाँ खड़ी थी वहीं उसने चाय की ट्रे रखी और बुढ़िया के पास दौड़ आयी। अब? न वह स्टूल पर चढ़कर बुढ़िया की मदद कर सकती थी, न ही बुढ़िया का हाथ खींचकर उसे जबरन नीचे उतारने की उसकी औकात थी।

"मुझ पर न सही..." झुंझलाकर वह बोली, "कम-से-कम अपनी उमर पर तो तरस खाइए!"

"तुम जरा इस तरफ आ जाओ!" बुढ़िया ने उसकी सलाह अनसुनी कर उसे स्टूल और बरसाती के बीच खड़े रहने को कहा तो वह और झल्लायी, "आज आपको क्या हो गया है? कहीं टांग-वांग टूट गयी तो इस बुढ़ापे में..."

"बुढ़ापा!" सिलाई की मशीन का पिंड छोड़ बुढ़िया ने सिर झुकाकर सीधे चंदा के सामने देखा, "कौन है बूढ़ा यहाँ? तुम? तुमने तो अभी-अभी सोलहवाँ

सावन देखा है।''

चंदा सोच न पायी कि उसे डांटा जा रहा है या उससे मज़ाक किया जा रहा है।

''कमबख्त, यह निगोड़ा संचा भी ऐसे फंसा है कि...'' कहते हुए एकाएक बुढ़िया सिलाई की मशीन की ओर मुड़ी और स्टूल डगमगा गया। अगर चंदा सही समय सही जगह खड़ी न होती तो बुढ़िया के सौ साल उसी क्षण पूरे हो गये होते।

बुढ़िया को इसकी परवाह कहाँ थी। वह फिर स्टूल पर चढ़ने गयी। लेकिन इसके पहले चंदा ने स्टूल को अपनी ओर खिसका लिया। फिर खुद ही ने ऊपर चढ़कर सिलाई की मशीन नीचे उतारी।

हाथ की यह छोटी-सी मशीन अगर अपने डिब्बे में बंद होती तो हर्ज न था। लेकिन यह तो खुली थी और न जाने कितने साल से कबाड़ में पड़ी थी। इसे साफ करने में चंदा के दो-तीन घंटे शहीद हो जाने वाले थे।

रसोईघर से वह झाड़न ले आये तब तक तो बुढ़िया ने अपने एक पुराने दुपट्टे से सफाई का काम शुरू कर दिया था। जैसे कोई दाई शिशु को मालिश कर रही हो, वैसे बड़ी नज़ाकत से वह मशीन की घिस-घिसकर सफाई कर रही थी। चंदा को यह नागवार लगा।

''घर के सारे काम आपने खुद करने का फैसला कर लिया हो तो यहाँ मेरी क्या जरूरत है?'' वह गुर्रायी, ''दे दो छुट्टी!''

''छुट्टी...'' पुर्जों में तेल डालते हुए बुढ़िया मन-ही-मन मुस्करायी, ''हम तो तुम्हें इस कोठी की मालकिन बनाने की सोच रहे हैं।''

चंदा की आँखें थोड़ी फैलीं तो बुढ़िया ने जोड़ा, ''हमने तुम्हारी जगह ले ली। तुम हमारी ले लो।''

चंदा को लगा बुढ़िया के दिमाग के पुर्जों में भी तेल डालने की जरूरत है। हो-न-हो उसका एकाध पुर्जा जरूर खिसक गया है; वर्ना यह बुढ़िया इतनी रसीली कभी न थी—आखिरी दो सालों से तो नहीं ही।

चंदा को भी इस कोठी में आये दो साल हो गये थे। तब से आज तक बुढ़िया कभी हँसी हो या मुस्कराकर व्यंग्य किया हो, ऐसा उसे याद न था। उसने तो अब बुढ़िया की ओर देखा था, एक संजीदा चेहरा उसके सामने आया था। लेकिन अब बात और थी।

जुम्मन चाचा को एहसास हुआ, बात अनोखी भी थी। ''बेगम साहिबा, आप!'' बुढ़िया को अपनी दुकान के सामने खड़ी देख उसने ताज्जुब से कहा, ''कहीं रास्ता तो नहीं भूल गयीं?''

"इत्ता-सा गाँव है।" बुढ़िया की नजरें दुकान में काम कर रहे दर्जी तथा उनकी बड़ी-बड़ी मशीनों पर घूम रही थीं, "इसमें छोटी-सी एक सड़क है। इस सड़क पर सत्तर साल में हम राह नहीं भूले तो अब क्या भूलेंगे।"

"सत्तर साल में आपने भूले से भी कभी हमारी दुकान में कदम नहीं रखा।" बुढ़िया को ओटले की दो सीढ़ियाँ चढ़कर अंदर आते देख जुम्मन ने कहा, "कहिए, चाय लेंगी या दूध?"

"हम तो काम लेने आये हैं।"

"क्या! क्या कहा?"

अब तक बुढ़िया उसने सामने चटाई पर बैठ गयी थी। दोनों के बीच एक कलमदान था जिस पर हिसाब-किताब की एक लाल पोथी खुली पड़ी थी।

"हमें ऑर्डर का काम चाहिए, चाचा!" बुढ़िया ने इत्मीनान से कहा।

जुम्मन हँस दिया, "खिंचाई कर रही हैं आप!"

"हम भला आपसे क्यों मज़ाक करें?"

"आपका बेटा दिल्ली में है। करोड़पति है। हर माह कम-से-कम दो-पाँच हज़ार रुपये तो भेजता ही होगा।"

"मियाँ, जो मिठास मेहनत की कमाई में होती है, वह बेटे की कमाई में कहां?"

जुम्मन की आँखें अभी भी बूढ़ी शबाना का चेहरा टटोल रही थीं, "ये एहसास आपको अचानक कैसे हुआ?" उसने फिर पूछा।

"अब आप हमें काम देते हैं या हम किसी और दुकान पर जायें?"

"आपके पास सिलाई का संचा है?"

"कल ही साफ करके तेल डाला है।"

"अरे मुश्ताक!" झाडू से कपड़े की कतरनें इकट्ठी करते नौकर से उसने कहा, "थैलियों के पचास टुकड़े बाँध दे।" और बुढ़िया की ओर मुड़ा, "एक थैली सीने के हम दस पैसे देते हैं।"

"हमें मंजूर है।" कहते हुए बुढ़िया की आँखों में एक हल्की-सी चमक उभर कर चेहरे पर फैल गयी।

बुढ़िया की दिनचर्या अब बदल गयी। पहले वह तड़के उठती थी, फजर की नमाज़ पढ़ती थी और चाय पीकर सो जाती थी। फिर ग्यारह और बारह के बीच जागकर रसोईघर में एक चक्कर लगाती थी, चंदा को कुछ हिदायतें देती थी, तब तक ज़ोहर और अस्त्र की नमाज़ का वक्त हो जाता था। वह नमाज़ पढ़, खाना खाकर फिर सो जाती थी तो शाम में उसकी आँखें खुलती थीं।

उसका यह समय सहन में बैठकर आसमान को निहारने का था। वह देर तक घूरती रहती। परिंदों के झुंड को एक दिशा से दूसरी दिशा में जाते हुए देखती रहती, सोचती रहती—ये पंछी कहाँ जाते होंगे? जन्नत कहाँ होगी? उसके मियाँ कहाँ होंगे? कौसर के किनारे हूरों के बीच बैठे होंगे? ऐसे हसीन माहौल में उन्हें हमारी याद आती होगी?

इन सवालों के जवाब मिलें इससे पहले सूरज ढल जाता। वह भी मगरिब इशा की आखिरी सात रकात नमाज़ पढ़, खाना खाकर सो जाती थी।

आज पहली बार बुढ़िया अपनी सवेरे की नमाज़ चूक गयी। उसने घंटा भर बाद, देर से कज़ा नमाज़ अदा कर दिल को दिलासा दिया-खुदा तो गफुरूर रहीम है, परम कृपालु है, माफ कर देगा-और सिलाई का संचा लेकर दरी पर बैत गयी। तुरंत वह काम में भी जुट गयी। उसके नाजुक हाथ फुर्ती से पहिया घुमाने लगे... उसकी अँगुलियाँ नाचती हुई सुई के इर्द-गिर्द खेलने लगीं। मशीन से उठती हुई खड़खड़ाहट कोठी की खामोशी में गूँज उठी।

चौखट पर बैठ गेहूँ साफ करती चंदा बीच-बीच में कनखियों से बुढ़िया की ओर देख लेती थी। उनकी नजरों में कुछ प्रश्न थे तो कुछ तल्खी भी थी। अब तो सिलाई की मशीन की आवाज़ भी उसे खलने लगी थी। पर वह लाचार थी। जब भी उसने बुढ़िया की उम्र की ओर इशारा कर कुछ कहने का साहस किया था, बुढ़िया चिढ़ गयी थी। लेकिन जवाब हँसकर ही दिया था, "अभी हमें बुढ़ापा नहीं आया, बेटी। देखो, हमारे हाथों में तो बिजलियाँ भरी हैं।"

"मालकिन!" चंदा ने आज नया रुख अपनाया, "आपके बेटे को पता चलेगा कि आप दस-दस पैसों में थैलियाँ सिलती हैं तो वह नाराज़ नहीं होंगे?"

बुढ़िया ने उसकी ओर बिना देखे ही 'ना' में सिर हिला दिया।

"क्यों?"

"हम पैसों के लिए थोड़े ही काम करते हैं।"

"तब?"

"तीलियों के बदले करते हैं।" पहिये को रोक उसने चंदा के सामने देखा, "या तो माचिस उलटो या फिर संचा चलाओ। हमें यही काम ठीक लगा।" आखिरी जुमला कहते-कहते बुढ़िया ने फिर मशीन शुरू की और थैलियाँ सिलने में व्यस्त हो गयी। चंदा के हाथ में गेहूँ की थाली धरी की धरी रह गई। वह एकटक बुढ़िया के चेहरे में देखते हुए सोच रही थी कि बुढ़िया के जवाब में पहेली थी या पागलपन?

हकीकत में बूढ़ी शबाना थोड़ी शरारती भी हो गयी थी। कभी-कभी चंदा को जान-बूझकर उलझाने में उसे अनोखा लुत्फ आता था। खासकर जुमेरात के

दिन जब वह तैयार होकर आदमकद आईने के सामने खड़ी होती तब चंदा के दीदे बाहर निकल आते।

आज जुमेरात का दिन था। आज पति की कब्र पर फूलों की चादर चढ़ाने और फातिहा पढ़ने का दिन था। बुढ़िया हाथ में छड़ी लिये जूतियाँ घिसटते हुए सीधी सड़क पर सीधी जा रही थी।

बस के अड्डे पर इस वक्त खासी भीड़ थी। अलमोड़ा से अभी-अभी आयी हुई बस के यात्री बाहर निकल रहे थे और कुली बस पर चढ़कर सामान उतारने के लिए आपाधापी कर रहे थे।

बच्चे की इंद्रधनुषी नजरों से सब कुछ देखती हुई बुढ़िया बरगद के पेड़ तले के मदरसे के सामने से गुजरी। "दो दूनी चार।" जईफ मुल्ला हाथ में बेंत लिए बच्चों के गिर्द घूमते हुए चिल्ला रहा था। बच्चे उससे भी ऊँची आवाज़ में दुहरा रहे थे, "दो दूनी चार।"

बुढ़िया को अपना बेटा याद आ गया। वह भी तो इसी मदरसे में पढ़कर आगे बढ़ा था। बढ़ते-बढ़ते पट्ठा इतना आगे बढ़ गया था कि दिल्ली में जा बसा। पर बुढ़िया को इसका अफसोस नहीं था। बेटा आज भी उसे उतना ही चाहता था जितना कि एक नेक बेटा अपनी माँ को चाहता है। इसकी वजह थी... परवरिश, प्यार, कोई कमी नहीं छोड़ी थी मियाँ-बीवी ने।

छठी की रस्म के वक्त बेगम शबाना को नहलाने के लिए जब गरम-गरम पानी लाया गया तो वह ठिठक गयी। पर यह परंपरा थी। प्रसव के बाद पहले स्नान का पानी गुनगुना नहीं, खौलता हुआ होना चाहिए। घर की बुढ़ियाओं ने बताया कि माँ की सेहत के लिए यह जरूरी भी था। अगर माँ शिथिल और रोगिस्ट रहने लगेगी तो बच्चे की देखभाल कौन करेगा? इस आखिरी तर्क ने शबाना को विवश कर दिया।

बच्चे के खातिर न जाने कितनी बार उसे अपने उसूलों के साथ समझौते करने पड़े थे। बेटा एक साल का हुआ तो 'रस्मे मुसलमानी' आ खड़ी हुई। आले-इब्राहीम की यह जरूरी रस्म है। इसी रस्म यानी 'सुन्नत' के बाद लड़का मुसलमान कहलाता है।

इस बार सआदत जां भड़क उठे। उनका एतराज सुन्नत से नहीं, उससे जुड़े हुए जुलूस से था। क्या जख्म भर जाने के बाद बच्चे को घोड़े पर बिठाकर बैंडबाजों के साथ सारे गाँव में घुमाना जरूरी है? यह दिखावा और फिजूलखर्ची किसलिए? पर नये खून का तर्क कौन सुनता है?

और—

जब मुन्ना चार वर्ष, चार महीने और चार दिन का हुआ तो 'बिस्मिल्लाह' का अवसर आया। इस मौके पर मियां-बीवी दोनों एक साथ अड़ गये थे। वे चाहते थे कि अपने लाड़ले की पढ़ाई का शुभ मुहूर्त किसी अदबी शख्स द्वारा हो। लेकिन घर के बड़े-बूढ़े बरगद के पेड़ तले के इसी मदरसे के इसी मुल्ला को पकड़ लाये। इतना ही नहीं, मुन्ने को एक साल मदरसे में तालीम भी लेनी पड़ी, जबकि वे बड़े से बड़े विद्वानों को घर बुलाकर मुन्ने को उत्तम शिक्षा देने की क्षमता रखते थे।

अलबत्ता साल पूरा होने पर उन्होंने वैसा ही किया। वैसे क्या कुछ नहीं किया था उसे आदमी से इंसान बनाने के लिए? आज वह माँ के पाँव धोकर पिए तो वह भी कोई नयी बात नहीं होगी।

"चार दूनी आठ!" चिल्लाते हुए मुल्ला सामने आया तो बुढ़िया ने मुस्कराकर उसे आदाबअर्ज किया और आगे बढ़ गयी। अबकी वह सीधी फूलवाले की दुकान पर पहुँची और रुक गयी।

"सुना है..." फूलवाले ने उसके हाथ में पुड़िया थमाते हुए कहा, "आप जुम्मन चाचा से थैलियाँ सिलने का काम लेती हैं!"

"बिलकुल सही सुना है तुमने।" बुढ़िया ने बेहिचक बताया। फिर जोड़ा, "कहीं शादी-ब्याह हो और ढेर सारे गजरे तैयार करने का ऑर्डर आये तो तुम हमें याद कर सकते हो। हम तुम्हारा हाथ भी बंटायेंगे।"

बुढ़िया कब्रिस्तान में दाखिल हुई तब अपने में खोया बूढ़ा शराफतअली अकेला बेंच पर बैठा था। अकेले-अकेले प्रलाप रहा था, मानो उसकी जन्नतनशीं बीवी जिंदा हो और उसके सामने खड़ी हो।

"बार-बार तुमसे कहा, हजार बार कहा, कहा था या नहीं? पर तुम्हारे कानों पर जूं तक नहीं रेंगी। आखिर मैं क्या करूँ? कहाँ-कहाँ ढूँढूँ? अब तो मेरी बिनाई भी मेरा साथ छोड़ रही है।" बड़बड़ाते हुए उसकी आवाज़ थोड़ी ऊँची हुई। "कुछ सुनायी दिया?"

बुढ़िया ने सिर्फ आखिरी जुमला स्पष्ट सुना था। वह दो कदम बढ़ाकर उसके सामने आ गया। "आपने हमसे कुछ कहा?"

"क्या तुम इतना भी नहीं जानतीं कि सोते वक्त अपनी ऐनक ठीक जगह रखनी चाहिए?"

"हम बिलकुल जानते हैं।" नाक पर उतर आयी कमानी को ऊपर चढ़ाते हुए उसने तपाक से जवाब दिया।

"तब दालान में क्यों छोड़ आयी थीं? बोलो! जवाब दो! अब यह मत कहना

कि इस बूढ़े को सताने में तुम्हें मजा आता है!'' कहते हुए वह मंद-मंद हँसा और आगे कहा, ''बेगम, वैसे तुम सताती हो तो अच्छा लगता है। कसम परवरदिगार की, तुम हो तो यह जहाँ है। जब तुम न होगी तो खुदा जाने हम कहाँ होंगे? अब मुस्करा भी दो!''

बुढ़िया मुस्करायी। पर यह मुस्कराहट वह नहीं थी। वह खड़ा हुआ। सामने का चेहरा भी वह नहीं था। वह समझ गया। अपने जज्बातों के साथ वह खुद बह गया था।

''आज जुमेरात है, है न?'' बुढ़िया के हाथ से फूलों की पुड़िया लेते हुए उसने कहा।

''हम इसी रोज़ अपना वादा निभाने आते हैं।''

''मुझे आप पर नाज है।''

''कैसे?''

छड़ी के सहारे दोनों साथ-साथ कब्रों की दिशा में आगे बढ़ रहे थे।

''लोगबाग तो जिंदगी में भी वादा वफा नहीं करते'' बूढ़े ने बताया, ''और एक आप हैं कि...''

''वह देखिए!'' छड़ी से इशारा करते हुए बुढ़िया बीच में बोल उठी।

''क्या है?''

''हमारे मरहूम की कब्र पर खिले दो फूल।''

बुढ़िया के पति की कब्र के सामने दोनों खड़े थे। बूढ़ा अपने माथे पर एक हाथ रखकर अभी भी फूलों को ढूँढ़ रहा था कि बुढ़िया ने अपनी ऐनक उतारकर उसकी नाक पर लगा दी।

''रंग गुलाबी है।'' गौर से देखकर बूढ़ा बोला, ''बारहमासी है। हर मौसम में यह फूल खिलते हैं, पर कब्र पर तब खिलते हैं, जब मरहूम ने अपनी जिंदगी में किसी का दिल न दुखाया हो।''

''किसी दूसरे का न सही,'' बुढ़िया ने उसके हाथ से पुड़िया वापस लेते हुए कहा, ''कम-से-कम हमारा तो दुखाया है।''

''वह कैसे?''

''जिंदगी भर साथ निभाने की कसम खायी थी उन्होंने और हमें अकेली छोड़कर चले गये।''

''क्या आप सचमुच अकेली हैं?''

फूलों की चादर बिछाकर बुढ़िया ने उसके सामने देखा और देखती ही रह गयी। चाँदी के तारवाले उसके अपने चश्मे में बूढ़े का पुराना चेहरा नया लग रहा

था।

कुछ देर बाद दोनों बेंच पर बैठे थे। प्रवेश में आमने-सामने रखे दो बेंचों के आसपास फुलवारी थी। रंग-बिरंगे फूल उसमें डोल रहे थे। सुबह की कोमल धूप में तितलियाँ पर तोल रही थीं। कभी पीले फूलों पर बैठती थीं तो कभी नीले। यह कब्रिस्तान पहले तो कभी इतना खूबसूरत नहीं लगा था, बूढ़ा यह सोच रहा था कि उसे खयाल आया, बुढ़िया की ऐनक उसने अभी नहीं उतारी थी।

''आज आप रोयी नहीं!'' अपने हाथों से बूढ़े ने उसे ऐनक पहनाते हुए कहा।

''आपने जो टोका था।''

''किसी को टोकने की आदत नहीं है मुझमें। अलबत्ता गुजारिश जरूरी की होगी।''

''और हमने मान भी ली।''

''अगर मैं एक़ और गुजारिश करूँ तो?''

''फरमाइए।''

बूढ़े ने अपने लंबे कोट की जेब से एक चुरमुरा काग़ज निकालकर हौले से खोला। ''इसमें मीठे चने हैं। खाने में जरा भी तकलीफ नहीं होगी। चखकर देखिए।''

बुढ़िया ने एक दाना उठाया।

''मुँह में रखते ही दाना पिघल जाता है, है न?''

बुढ़िया ने 'हाँ' में सिर हिलाते हुए कहा, ''आप भी तो खाइये!''

''हलवाई की दुकान से दो पुड़िया बँधवा लाया था। अब तक मैं एक खा चुका हूँ।'' उसने थोड़ा जोर देते हुए जोड़ा, ''यह सिर्फ आपके लिए है... चलें?''

''जल्दी है?''

''घर में दो बेटे हैं, पर मेरा इंतजार करने वाला तो कोई नहीं।''

अब बुढ़िया ने अपने कुरते में से एक रूमाल निकाला और हथेली पर खोलकर उसके सामने हाथ बढ़ाया।

''क्या है?''

''चखकर आप ही बतायें।''

रूमाल में दोना था। दोने में हलवा था। बूढ़े ने एक उँगली डालकर मुँह में रखी और चंद पलों के लिए चूसता रहा। फिर एकाएक बोल उठा, ''ये... यह तो गाजर का हलवा है!''

''हमने अपने हाथों से बनाया है।'' बुढ़िया ने गर्व से कहा, ''उम्मीद करते हैं, जैसा लजीज हलवा आपकी बेगम बनाती थीं, वैसा ये भी होगा!''

उसके हाथ से पूरा दोना उठा लेते हुए बूढ़े ने तारीफ में सिर्फ एक ही शब्द कहा, ''माशाअल्लाह...'' और यह एक शब्द प्रशंसा के पुल पर भारी था।

यही तो वह शब्द था जिसे पति के मुँह से सुनने के लिए बेगम शबाना हफ्ते में कम-से-कम एक बार कोई ऐसी स्वादिष्ट और अनोखी डिश बनाती थी कि दुश्मन के होंठों से भी लार के साथ 'वाह' टपक पड़े।

गुलजार पुलाव, नूर पुलाव, कोको पुलाव, मोती पुलाव और चमेली पुलाव-लखनऊ के प्रसिद्ध सात पुलावों में से ये पाँच बनाना शबाना के बाएँ हाथ का खेल था। लेकिन उसके हाथों बनी 'शीरमाल' खाकर सआदत जां सुब्हानअल्लाह के साथ अलहम्दोलिल्लाह जैसे प्रशंसा के दो-चार शब्द और जोड़ देते थे। हक़ीकत में यह रोटी, परांठे, तंदूरी, रूमाली, बाकिरखानी और गुजराती फुलकों की तुलना में अधिक लजीज, महकीली और देखने में खूबसूरत भी होती थी।

सुबह की भूली बुढ़िया शाम में लौटी तो उसके पाँव कोठी से कुछ अंतर पर ठहर गये। प्रवेश के सामने एक लाल मारुति खड़ी थी। झुटपुटे में कुछ अधिक ही सुंदर लग रही थी। क्या यह गाड़ी उसके बेटे अकीक की हो सकती है?

वह कुछ कदम बढ़ाकर प्रवेश तक आयी तो उसकी नज़र फव्वारे वाले चबूतरे पर उदास-सी बैठी एक बच्ची पर पड़ी। बच्ची की दोनों कुहनियाँ घुटनों पर टिकी थीं और चेहरा दोनों हथेलियों में डूबा था।

''अरे रूही...'' उसको पहचान लेते हुए बुढ़िया ने अपने हाथ बढ़ाये तो बच्ची दौड़कर पीछे चली गयी। बुढ़िया वहाँ पहुँचे तब तक बच्ची बरामदे में खाट बिछाये बैठे अपने पापा की ओट में दुबक गयी थी।

''आदाब, अम्मी!'' अकीक ने खड़े होते हुए कहा।

''जीते रहो, बेटा।'' रूही को भूलकर बुढ़िया उसकी ओर मुड़ी, ''न कोई तार, न कोई खबर...''

''बस, अचानक ही महीने के लिए अमरीका जाने का तय हुआ और...''

''बहू कहाँ है?'' बुढ़िया ने उसे रोकते हुए पूछा।

''वह साथ नहीं आ सकी।'' बातें करते हुए दोनों अंदर की ओर चले, ''अभी काफी काम निबटाने हैं, कई तैयारियाँ करनी है।''

रूही बेमन पीछे-पीछे चली।

''दो-चार दिन रुकोगे तो सही न?''

''अब तो दो-चार घंटे रुकना भी मुमकिन नहीं। आपके इंतजार में आधा दिन वैसे ही शहीद हो चुका है।''

इन चंद मिनटों में अकीक माँ से काफी कछ प्रश्न पूछना चाहता था। मसलन,

पहले तो कभी कब्रिस्तान में वह दो-तीन घंटों से ज्यादा नहीं रुकती थी, अब क्यों पूरा दिन बिताती है? मसलन...

"क्या मैं पूछ सकता हूँ..."

"रूही की फिक्र करने की जरूरत नहीं।" बैठकखाने में दाखिल होते हुए बुढ़िया ने फिर उसे टोका, "वह हमारे साथ रहेगी।"

तुरंत दोनों के पीछे से आवाज़ उठी, "मुझे यहाँ नहीं रहना।"

"क्यों? क्यों?" बुढ़िया ने पलटकर उसकी ओर देखा।

"यहाँ न टी.वी. है, न वीडियो।"

"तो क्या हुआ? यहाँ भोंपूवाला बाजा तो है।" कहते हुए वह साइडबोर्ड पर सजाकर रखे हुए पुराने ग्रामोफोन की तरफ आगे बढ़ने गयी कि बेटे के शब्द उसे सुनाई दिये।

"क्या मैं एक सवाल पूछने की गुस्ताखी कर सकता हूँ, अम्मी?"

धीरे-धीरे चेहरा घुमाकर उसने बेटे के सामने देखा।

"क्या आपकी गुजर पाँच हजार रुपयों में भी नहीं होती?"

"ओह!" खाने की मेज पर प्लेटें सजा रही चंदा को कनखियों से देखते हुए बुढ़िया ने कहा, "चंद घंटों में तुम्हें सारे गाँव की खबरें मिल गयीं।"

"जब मैंने सुना कि आप दस-दस पैसों में थैलियाँ सिलने का काम लेती हैं तो शर्म से मेरा सिर झुक गया।" कहते हुए वह करीब के सोफा पर बैठ गया। "ज़रा सोचिये! गाँववाले क्या कहते होंगे? बेटा अपनी बूढ़ी माँ को भी..."

"बूढ़ा कौन है?" बुढ़िया तड़पकर बोल उठी, "हम तो बूढ़े नहीं हैं।"

ऐसे मुँहतोड़ जवाब की अकीक ने उम्मीद नहीं की थी। तिस पर बुढ़िया ने यौवन और वृद्धावस्था पर एक भाषण ही झाड़ डाला। फिर भोंपूवाले ग्रामोफोन पर एक रेकॉर्ड लगाकर हैंडल घुमाते हुए जोड़ा, "हाँ, हमारी उमर जरूरी बढ़ी है, बाल भी पके हैं पर हमारा दिल आज भी बचपन का है, समझे?"

अकीक एकटक माँ की ओर देख रहा था और ग्रामोफोन से बेगम अख्तर की आवाज़ उभरी... "अभी तो मैं जवान हूँ, अभी तो मैं जवान हूँ।" रूही हैरत से ग्रामोफोन को देख रही थी। ऐसा नायाब मॉडल उसने आज से पहले कभी नहीं देखा था। तभी बुढ़िया ने उसका हाथ थामा और उसके साथ गोल-गोल घूमने लगी। शुरू में तो रूही कतराकर बुढ़िया के साथ घिसटती रही पर जैसे-जैसे गजल रंग पकड़ती गयी, उसमें भी जान आती गयी। दादी और पोती को साथ-साथ नाचते देख अकीक और चंदा के लिए यह कहना मुश्किल था कि कौन किससे ज्यादा उछल रहा है!.

गजल खत्म हो इससे पहले दोनों ने मिलकर चंदा को घेर लिया। ना-ना कहती चंदा भी आखिर शामिल हो गयी।

अकीक ने देखा कि यहाँ से खिसक जाने का ऐसा बढ़िया मौका दुबारा मिलना मुश्किल है। हौले से वह सोफा पर से खड़ा हुआ और तीनों को एक-दूसरे के हाथ थामकर गोल-गोल घूमते छोड़ दबे पाँव बाहर निकल गया।

"दादी!" रात में सोते वक्त रूही ने कहा, "पापा बड़े सयाने हैं। यहाँ से ऐसे गायब हुए जैसे गधे के सिर से सींग!"

रात के दस बज चुके थे। बुढ़िया जवाब देकर बच्ची को प्रोत्साहन देना नहीं चाहती थी और बच्ची थी जो हर बार एक नया विषय छेड़कर उसे उत्तर देने पर विवश करती थी। अबकी बुढ़िया ने करवट बदलकर पीठ दिखा दी तो रूही ने अपने दोनों हाथों का इस्तेमाल कर उसे जबरन अपनी ओर घुमाया।

"दा... दी.!"

"क्या है?" उसने खीझकर कहा।

"नींद नहीं आती।"

बात तो सच थी। बुढ़िया सोच में पड़ गयी। फिर कहा, "नींद तो हमें भी नहीं आती। बताओ, अब क्या करें?"

"बताऊँ?"

"बोलो, बोलो!"

"एक कहानी आप मुझे सुनाइए।" रूही ने दिमाग कसकर सुझाव दिया, "मुझे नींद आ जायेगी। फिर एक कहानी आपको मैं सुनाऊँगी। आपको भी नींद आ जायेगी।"

"वाह, खूब!" बुढ़िया बज उठी, "लेकिन पहले कहानी तुम सुनाओगी?"

"आप भी पापा से कुछ कम नहीं, दादी।" रूही ने सयानी बहू की तरह कहा। "पहले मैं कहानी सुनाऊँ और आपको नींद आ जाये तब मुझे कौन सुनायेगा?"

"परियाँ सुनायेंगी," लेटे-लेटे ही उसकी नाक पर अपनी नाक रगड़ते हुए बुढ़िया बोली, "चांद-तारे सुनायेंगे। क्या सुनायेंगे?"

"लोरी।"

"चंदा है तू, मेरा सूरज है तू..." बुढ़िया शुरू हो गयी, "ओ मेरी आँखों का तारा है तू..."

गाते-गाते दोनों की आँखें कब लग गयीं, इसका पता किसी को न चला।

बुढ़िया खुश थी। पोती के आने से उसकी सबसे बड़ी समस्या हल हो गयी थी। दो जुमेरातों के बीच अजदहा-से रेंगते हुए छः दिन किसी तरह काटे नहीं

कटते थे, वे अब हवा से बातें करते हुए उड़ने लगे। उसे खुद ताज्जुब हुआ। अभी कल ही तो जुमेरात का दिन था और आज फिर जुमेरात है।

"अरी चंदा!" खाने की मेज पर से नाश्ते का सामान इकट्ठा करती नौकरानी से उसने कहा, "जरा फिर एक बार कैलेंडर में देखो तो, आज कौन-सा दिन है।"

चंदा भड़क उठी। अब तक वह चार बार देख चुकी थी। झल्लाकर बोली, "मेरे पास वक्त नहीं है।" और एक ट्रे में जूठी प्यालियाँ तथा केतली उठाकर रसोईघर की ओर चल दी।

नाश्ता कब का खत्म हो चुका था। लेकिन इतना जल्दी कोई कब्रिस्तान में फातिहा पढ़ने थोड़े ही जाता है! अभी तो सबेरे के आठ भी नहीं बजे थे। रूही खाने की मेज पर ही एक फोटो अलबम रखकर उसके पन्ने उलट रही थी। बुढ़िया उसकी बगल में बैठी थी। "यह हैं तुम्हारे दादा मरहूम।" एक तसवीर पर अँगुली रखकर वह बोली।

रूही ने तपाक से कहा, "मैं बताऊँ, ये तसवीर कहाँ खींची गयी होगी?"

"कहाँ?"

"फैन्सी ड्रेस कांपिटीशन में।"

बुढ़िया हँस दी। "पगली! तुर्की टोपी, काली शेरवानी, चौड़ा पाजामा.. ये तो उनका पुश्तैनी लिबास था।" फिर गर्व से आगे कहा, "नवाब साहब थे वह दस गांव के।"

सच। नवाबी कब की खत्म हो चुकी थी। एय्याशी के कारण अच्छे-अच्छे और बड़े-बड़े नवाब महलों से उखड़कर रास्ते पर आ गये थे। सआदत जां की बात और थी। उन्हें न मुजरों का आकर्षण था, न शराब का व्यसन। उन दिनों भी जबकि अमीर-उमराओं का किसी वेश्या से रिश्ता नहीं होना उनकी शान में कमी मानी जाती थी, सआदत जां अपने सिद्धांत से चलित नहीं हुए थे।

हाँ, अगर उन्हें कोई शौक था तो वह खान-पान का था। मौत से पहले यही तो उनकी आखिरी ख्वाहिश थी-अपनी बेगम के हाथों बनी शीरमाली खाने की। उस दिन शबाना ने अपना सारा प्यार गूंधकर ऐसी नरम शीरमाली बनायी थी कि उसका टुकड़ा मुँह में रखते ही पिघल जाए।

पहला टुकड़ा मुँह में रखा और सआदत जां की आँखों में अनोखी चमक उभरी। वह आखिरी चमक थी। वह आखिरी रोटी थी। दो टुकड़े और तोड़ने के बाद उन्होंने दम ही तोड़ दिया था।

"ये कौन हैं, दादी?" पन्ना पलटकर रूही ने एक बच्चे की तसवीर दिखाते हुए पूछा।

"तुम्हारे अब्बू।"

रूही को सचमुच आश्चर्य हुआ, "क्या कहती हैं आप! इनकी पैंट कहाँ हैं?"

"ये तसवीर तब खींची गयी थी जब वह तुमसे भी दो साल छोटे थे..." बुढ़िया ने उसे समझाते हुए कहा, "और ये हैं तुम्हारी अम्मी, उसके साथ सेहरे में छिपे खड़े जनाब हैं तुम्हारे पापा। शादी की तसवीर है यह।"

उस तसवीर को गौर से देखने पर उसे एहआस हुआ, तसवीर में काफी भीड़ थी। मम्मी-पापा के इर्द-गिर्द भरा-पूरा परिवार था। "इसमें तो मेरे अलावा सभी हैं।" दुखी होने का ढोंग करते हुए वह बोली, "दादी, तब मैं कहाँ थी?"

"आसमान पे।"

"फिर वहाँ से मुझे कौन ले आया?"

"सफेद परों वाला एक बगुला।"

"सब झूठ!" शरारतभरी मुस्कराहट से दादी की ओर देखते हुए उसने बताया, "बच्चे तो माँ के पेट से जन्म लेते हैं, हाँ..."

हैरान बुढ़िया उसके सामने देखती रही। तभी लोलकवाली जर्मन घड़ी ने भी नौ बजाये। चंदा रूही को तैयार करने लगी। बुढ़िया तो सवेरे से ही तैयार बैठी थी।

"दादी, आप मुझे आज कहाँ ले जायेंगी?"

"सबसे पहले हम बाजार चलेंगे।"

पंद्रह मिनट बाद दोनों जुम्मन चाचा की दुकान के सामने खड़े थे। जुम्मन ने थैलियों की गिनती कर कलमदान के दराज में हाथ डालते हुए व्यंग्य में कहा, "बेगम साहिबा, अगर थैलियाँ सिलने का भी कोई मुकाबला होता तो इनाम आप ही जीततीं। ये लो दो सौ बीस थैलियों के बीस रुपये।"

रूही ने फौरन अपनी उँगलियों पर हिसाब जोड़ा और बोल उठी, "और बेईमानी का कोई मुकाबला होता तो वह इनाम आप ही को मिलता, चाचा।"

जुम्मन चौंका।

"दस थैलियों का एक रुपया।" रूही ने आगे कहा, "इस हिसाब से दो सौ बीस थैलियों के बाईस रुपये होते हैं-निकालो दो रुपये और!"

जुम्मन ऐसा तिलमिलाया कि उसका जी चाहा, बच्ची के गाल पर एक चांटा रसीद कर दे! मन-ही-मन कुढ़ते हुए उसने फिर दराज में हाथ डाला और दो रुपये का सिक्का निकालकर रूही के हाथ में थमा दिया। उन दो रुपयों से दादा की कब्र पर चढ़ाने के लिए उसने चार ताजा गुलाब खरीदे।

जब वे कब्रिस्तान में दाखिल हुए तो बुढ़िया के आगे बढ़ते हुए कदम अचानक

रुक गये। प्रवेश में फुलवारी के बीच स्थित दोनों बेंच खाली थीं। मियां शराफतअली आज नहीं आये होंगे ? कहीं बीमार तो नहीं पड़ गये होंगे ?

ऐनक के शीशों के पार देखती हुई उसकी आशंकित आँखें दूर-दूर भटककर एक कब्र पर ठहर गयीं। वह कब्र शराफतअली की पत्नी की थी। आज बूढ़ा सिर झुकाये वहीं बैठा था। बुढ़िया ने उसके गम में खलल पहुँचाना उचित न समझा। और गम में शामिल होने के लिए अभी बुढ़िया के पास काफी समय था।

''ये हैं तुम्हारे मरहूम दादा हुजूर की कब्र।'' रूही के साथ अपने पति की कब्र पर आते हुए उसने कहा।

यह आवाज़ कुछ फासले पर बैठे बूढ़े ने भी सुनी। धीरे-धीरे उसका सिर ऊँचा हुआ और उसकी धुंधली आँखें आवाज़ की दिशा टटोलने लगीं।

बुढ़िया ने कब्र पर फूलों की चद्दर बिछा दी थी। ''तुम्हें फातेहा पढ़ना आता है ?'' अगरबत्ती जलाते हुए उसने पोती से पूछा।

रूही ने कब्र के चारों कोनों पर एक-एक गुलाब सलीके से रखते हुए कहा, ''आप सिखायेंगी तो मैं सीख जाऊँगी।''

बूढ़े ने यह भी सुना और उसे अपने पढ़े-लिखे बेटे याद आये, बहू याद आयी, दो पोते याद आये। वह उन सबके साथ रहता था और फिर भी कोई उसके साथ नहीं था। यह तो सिर्फ एक बदकिस्मती हुई।

बुढ़िया ने फातेहा खत्म करते हुए कहा, ''आमीन।'' रूही ने वह आखिरी शब्द भी दुहराया और बुढ़िया की हरकतों की नकल करते हुए अपने दोनों हाथ मुँह पर फेरे। ''शाबाश!'' बुढ़िया प्रसन्न हो कर बोली।

''अब न तो वक्त रहा है, न वो ईमान।''

जैसे ही वे दोनों प्रवेश की ओर जाने के लिए मुड़े तो बूढ़ा उनके सामने खड़ा था। कुछ कह रहा था, ''यह कैसी बदनसीबी है कि हमारी कब्र पर हमारे बच्चे फातेहा भी नहीं पढ़ पायेंगे।''

बुढ़िया ने उसकी तल्खी को नजरअंदाज करते हुए पूछा, ''क्या आज आप भी अपनी बेगम की कब्र पर फातेहा पढ़ रहे थे ?''

''फातेहा तो जन्नत-न-शीनों की कब्र पर पढ़ा जाता है। वो... वो जिंदा है।'' बूढ़ा बता रहा था, ''मैं जब यहाँ आया तो उसने फौरन मुझे आवाज़ दी। पूछा- क्यों मियाँ, आज अपनी छड़ी कहाँ छोड़ आये ?''

''हम भी आपसे यही पूछने वाले थे।'' कहते हुए रूही का एक हाथ थामकर वह आगे बढ़ी। बूढ़े ने उसका दूसरा हाथ थामा।

''दादी!'' रूही चहकी, ''आज आप भी तो अपनी छड़ी भूल आयी हैं!''

''हम भूले नहीं,'' बुढ़िया ने तुरंत अपना विरोध दर्शाया, ''अब तुम जो हमारे साथ हो। तुम्हारी उँगली थामे हम यहाँ तक आये या नहीं?''

''यह तो सच है।''

अब बुढ़िया बूढ़े की ओर मुड़ी, ''मियाँ, अभी तक आपने ये नहीं बताया कि आप इस मंजिल तक पहुँचे कैसे?''

''अब कुछ भी पराया नहीं लगता।'' बेंच के करीब आने पर बूढ़ा बैठ गया, '' ये रास्ते तो बरसों से जाने-पहचाने हैं।''

''लेकिन हम आपको नहीं पहचानते।'' रूही ने दोनों के बीच बैठते हुए कहा।

जवाब में बूढ़े ने उँगली से इशारा किया, ''वह क्या है?''

''धूप।''

''बस, यही मेरी पहचान है। अभी है, अभी गायब।''

''दादी!'' रूही ने बुढ़िया के कान में कहा, ''यह बुढ़ऊ क्या कहता है?''

फिर भी बूढ़े को भनक मिल गयी। ''तुम अपनी दादी को तो बुढ़िया नहीं कहतीं।'' वह बोला, ''मुझे बुढ़ऊ क्यों कहती हो?''

''क्योंकि आप सूरत से ही बुड्ढे लगते हैं।''

''फिर भी... यह दिल तो जवान है।''

''तो क्या हुआ! हमारी दादी तो हमें मीठी-मीठी लोरियाँ सुनाती हैं। आप गा सकते हैं?''

बूढ़ा सोच में पड़ गया तो बुढ़िया ने उसकी सहाय की, ''बेटी, मर्द लोरियाँ नहीं गाते।''

''बिलकुल सच।'' बूढ़ा बोल उठा, ''हम मर्द हैं।''

रूही पीछे हटनेवाली नहीं थी। ''हमारी दादी नाच भी सकती है। आप नाच सकते हैं?''

''क्यों नहीं! पर एक शर्त है, तुम्हें कोई बढ़िया गीत गाना होगा।''

वह खुश हो गयी।'' लो, अभी शुरू हो जाती हूँ।'' कहते हुए वह सचमुच शुरू हो गयी,'' चंदा है तू, मेरा सूरज है तू, ओ मेरी आँखों का तारा है तू...''

बूढ़ा धीरे-धीरे खड़ा हुआ और अपने अंदाज से नाचने लगा। पलभर तो बुढ़िया उसे हैरत से देखती रही। फिर रूही को इशारा किया। गाते-गाते वह भी खड़ी हो गयी। उसे अपने साथ नाचती देख बूढ़ा और खिल उठा। पर बुढ़िया अभी तमाशबीन की तरह बेंच पर जहाँ की तहाँ बैठी थी।

रूही ने नाचते-गाते उसे संबोधित कर गीत आगे बढ़ाया, ''दादी है तू, मेरी चंदा है तू, ओ मेरी आँखों का तारा है तू...''

अब बुढ़िया को खड़ा होना पड़ा। उसका एक हाथ रूही के हाथ में था तो दूसरा बूढ़े के। हकीकत में दोनों ने मिलकर उसको लगभग घसीट लिया था। संकोच दूर होने पर बुढ़िया भी रंग में आ गयी। तीनों एक-दूसरे के हाथ थामकर नाचते-गाते गोल-गोल घूम रहे थे।

हरी-हरी घास के तिनके लहरा रहे थे। दो बेंचों के पीछे से सिर उठाते हुए रंग-बिरंगे फूल मुस्करा रहे थे। फुलवाड़ी के पौधे मस्ती में डोल रहे थे। शाखों में छिपी चिड़ियाएँ चहचहा रही थीं। पेड़ के पत्तों से गुजरती हवा में संगीत था।

बुढ़िया को लगा जैसे अचानक संगीत रुक गया हो। चिड़ियाएँ खामोश हो गयी थीं। पौधे शांत पड़ गये थे। फूलों के मुख पर से मुस्कराहट झर गयी थी। दूब तड़फड़ा उठी थी। बूढ़े को दिल का दौरा पड़ा था। करीब में ही एक ताजा कब्र पर पानी का छिड़काव करता कब्रिस्तान का माली दौड़ा नहीं आया होता तो बूढ़े की बाकी उम्र वहीं पूरी हो जाती।

मृत्यु बूढ़े को छूकर क्या गुजरी, बूढ़े ने खाट पकड़ ली। कब्रिस्तान जाना तो दूर रहा, उसे घर से बाहर निकलने की भी इजाजत न थी। और इजाजत होती भी तो वह दहलीज के बाहर कदम नहीं रख पाता। अब उसमें इतनी शक्ति कहाँ बची थी कि वह किसी के सहारे के बगैर दो कदम भी चल सके। उसका दुर्भाग्य यह था कि उसके दोनों बेटे अब उसके नहीं रहे थे। एक बहू थी जो उसकी सूरत से नफरत करती थी।

इसी कारण पत्नी के देहांत के बाद वह सारा दिन कब्रिस्तान में गुजारना अधिक पसंद करता था। कम-से-कम वहाँ उसे अकेलापन नहीं सताता था। कभी गलती से मायूसी के बादल घिर आते तो वह अपनी पत्नी की कब्र पर जाकर दो बातें कर लेता। उसका जी बहल जाता।

बुढ़िया से मुलाकात होने के बाद इस सिलसिले में काफी फर्क आ गया था। अपने सुख-दुख की बातें अब वह बुढ़िया के साथ करता था। तब भी उसे जुमेरात का इंतजार रहता था। आज भी उसे जुमेरात का इंतजार था। इस दिन बुढ़िया कब्रिस्तान जाने से पहले यहाँ रुकती थी। घंटा भर उसके साथ बिताती थी और जूतियां घिसटती अकेली कब्रिस्तान की ओर चल देती थी।

बूढ़े की विडंबना यह थी कि जब वह मौत के लिए तरसता था तब खुदा ने उसे उम्रेदराज दी, अब वह जिंदगी चाहता था और मौत उसकी खिड़की पर आकर बैठ गयी थी।

बूढ़े के खाट से लगने के बाद बुढ़िया के जीवन में भी परिवर्तन आया था। पहले वह रोजाना सौ से ज्यादा थैलियाँ सिलती थी। अब वह अंक घटकर पचास

के नीचे आ गया था। अब वह पहले की तरह हँसती-बोलती भी कहाँ थी? अकसर वह किसी कोने में चुपचाप बैठी नजर आती थी। छत पर टिकीं उसकी आँखों में देखने से ऐसा लगता था मानो वह दुआ माँग रही हो कि बूढ़े से पहले खुदा उसे उठा ले।

जब भीतर के अंधेरे घने हो जाते तब वह रूही की किलकारियों में पनाह ढूँढ़ती। कभी वह उसके साथ तितलियाँ पकड़ने बगीचे में चली आती तो कभी उसके किसी निर्दोष खेल में ही शामिल हो जाती। बूढ़े की गैरमौजूदगी में रूही उसके लिए दिल बहलाने का एक खिलौना थी। बल्कि यों कहा जाए कि बूढ़े की तरह रूही भी उसके जीवन का एक हिस्सा बन गयी थी तो गलत नहीं होगा।

अंधेरे कोने में वह अकेली बैठी सोच ही रही थी कि उसके कानों से रूही की आवाज़ टकरायी—"दादी, पापा आ गये... पापा आ गये!" और उसका पुराना दिल दो धड़कनें चुक गया। एक अजीब-सी कुलबुलाहट उसने आंतों में महसूस की।

थोड़ी देर में तो रूही अकीक का हाथ थामे उसे खींचती हुई आकर सामने खड़ी भी हो गयी। "देखो पापा!" उसने बुढ़िया की ओर इशारा करते हुए कहा, "दादी यहाँ छिपी है।"

"यह क्या, अम्मी!" अकीक हैरत से उसे देख भी रहा था और बोल भी रहा था, "रूही ने जब कहा कि आजकल आप अंधेरे तलाशती रहती हैं तो मुझे यकीन ही नहीं हुआ। आपकी तबीयत तो ठीक है न?"

बुढ़िया कोने की दोनों दीवारों का सहारा लेकर खड़ी हुई तब उसकी नजर बहू पर ठहरी। वह अकीक के पीछे-पीछे आकर कुछ अंतर पर रुक गयी थी। "कब आये?" प्रश्न करते हुए उसने फिर बेटे के सामने देखा।

"दो दिन पहले ही अमरीका से लौटे हैं।" अकीक ने खिड़की के परदे हटाते हुए बताया, "एक दिन आराम कर हम सीधे यहाँ चले आये।"

चंदा कार में से एक फैंसी थैली ले आयी तो अकीक की पत्नी लयला ने कहा, "देखिए, माँ जी! हम आपके लिए क्या लाये हैं!"

थैली में एक छोटा-सा कैसेट प्लेयर था। लयला ने वह निकालकर हौले से उसका एक बटन दबाया। संतूरवादन की मधुर ध्वनि सूनी कोठी में गूँज उठी। "अब आपको गाना सुनने के लिए ग्रामोफोन का हैंडल नहीं घुमाना पड़ेगा।" उसने आगे कहा, "आपकी मनपसंद गजलों के ढेर सारे कैसेट भी हमने खरीद हैं। वे भी इसी थैली में है।"

बुढ़िया के चेहरे पर प्रसन्नता की एक लहर भी नजर नहीं आने पर लयला

को संदेह हुआ। "क्या आपको खुशी नहीं हुई?"

"यह तो बताइए..." बुढ़िया कुछ उत्तर दे इससे पहले रूही ने पूछा, "आप लोग मेरे लिए क्या-क्या अजूबा लाये हैं?"

जवाब अकीक ने दिया, "एक बड़ा-सा टैडी बैर, बार्बी गुड़िया, कार्टून फिल्मों के वीडियो कैसेट, फैन्टम का पुतला और नये-नये ड्रेस।"

"सच!" कहते हुए रूही का चेहरा रसगुल्ला बन गया, "मैं रोजाना गुड़िया से खेलूँगी और नयी-नयी ड्रेसेज पहनूँगी।"

"जरूर।" लयला बोली, "लेकिन अभी कोई भी पुरानी वाली पोशाक पहन लो।"

"घंटे भर में हमें यहाँ से निकलना पड़ेगा।" अकीक ने वजह बतायी। बुढ़िया चौंकी, "ले जाओगे उसे?"

"छुट्टियाँ खत्म हो गयीं। कल से इसका स्कूल भी खुल रहा है।"

"मैं नहीं जाऊँगी।" कहते हुए रूही दादी से लिपट गयी, "मैं यहीं रहूँगी।"

अकीक को ताज्जुब हुआ। "कमाल है!" वह बोला, "एक महीने के लिए हम दूर क्या रहे, हमारी तो दुनिया ही बदल गयी! जो जीना जानती थी, वह मुस्कराना भूल गयी और... जो गाँव से नफरत करती थी, वह शहर को भूल गयी!"

अब बुढ़िया को कहना पड़ा, "बेटा, इसे यहीं रहने दो।"

"लेकिन..."

"यहाँ भी एक स्कूल है। इसकी सारी पढ़ाई-लिखाई का जिम्मा मैं लेती हूँ।"

"कहाँ गाँव की पढ़ाई और कहाँ शहर की!" अकीक बोला, "अम्मी, कोई मुकाबला ही नहीं।"

"यह मत भूलो कि तुम यहीं से पढ़कर आगे बढ़े हो।"

"सही, मगर अब जमाना वह नहीं रहा।"

बहस आगे बढ़े इससे पहले लयला ने बुढ़िया के भीतर झांका, "माँ जी, आपका दुख मैं समझती हूँ। ये सूनी-सूनी दीवारें, यह अकेलापन बर्दाश्त करना किसी के लिए भी मुश्किल है। क्यों न आप हमारे साथ चलतीं?"

"वहाँ मोटरगाड़ियों और इमारतों की भीड़ में क्या है हमारे लिए?" बुढ़िया की आवाज़ खो गयी, "यहाँ तो कदम-कदम पर यादें बिखरी पड़ी हैं।"

"रूही!" अकीक बच्ची की ओर मुड़ा, "हमारे पास ज्यादा वक्त नहीं है।"

"मैंने कहा न," वह दादी के पीछे दुबक गयी, "मैं नहीं जाऊँगी।"

"अच्छे बच्चे जिद नहीं करते।"

"नहीं... मुझे दादी के पास रहना है।"

अकीक ने झपटकर उसकी कलाई थाम ली। "अगली छुट्टियों में हम दोबारा यहाँ आयेंगे।" उसे घसीटकर ले जाते हुए वह कह रहा था, "दादी के साथ पूरा महीना बितायेंगे।"

"बेटा!" गिड़गिड़ाती बुढ़िया कुछ कदम पीछे चली, "तिनके का सहारा भी छिन गया तो हमारे लिए सांस लेना दुश्वार हो जायेगा। दया करो इस करमजली पर..."

रूही की चीख-पुकार में बुढ़िया की मिन्नतें किसी ने नहीं सुनीं, जैसे उसकी आवाज़ उभरने से पहले ही डूब गयी थी। पर रूही की आवाज़ बीस कमरों वाली इस कोठी में रातभर गूँजती रही, दीवारों से टकराती रही, फर्श पर से उछलती रही। जैसे कमरे में चमगादड़ घुस आयी हो!

बुढ़िया ने उठकर खिड़की खोल दी—यह सोचकर कि चमगादड़ पंख फड़फड़ाता हुआ बाहर निकल जायेगा। किस्मत ने यहाँ भी साथ नहीं दिया। सांय-सांय करती हवा अंदर धंस आयी, पर चीखों की गूँज बरकरार रही।

खिड़की के परदे लहराने लगे। पलंग की चद्दर बल खाने लगी। कुरता फड़फड़ाने लगा। बाल बिखरने लगे। आज का दिन माकूल न था, फिर भी बुढ़िया बाहर जाने के लिए तैयार हो गयी। ट्रे में चाय की केतली लेकर आ रही चंदा यकायक रुक गयी।

"आज जुमेरात नहीं है।" उसने चौखट पर से कहा।

बुढ़िया ने कोई जवाब नहीं दिया। वह ऐनक ढूँढ रही थी और तकिये के नीचे से मिल जाने पर उसने नाक पर बिठा दिये।

"आप नाश्ता तो करेंगी न?"

वह दरवाजे की दिशा में आगे बढ़ी। यही उसका मौन उत्तर था। चंदा उसके रास्ते से हट गयी। उसे लगा बुढ़िया के दिमाग का कोई पुर्जा फिर गड़बड़ाया है। वर्ना ऐसे तूफानी मौसम में वह बिना वजह बाहर थोड़े ही जाती?

चंदा का जी चाहा कि वह उसे रोके, यह उसके लिए मुमकिन न था। मालकिन की सनक और तेवरों से वह भलीभांति परिचित थी। आखिर तो वह मरहूम नवाब सआदत जां की बेगम थी।

जैसे-जैसे बुढ़िया आगे बढ़ती गयी, हवाएँ तेज होती गयीं। उसे अपनी लकड़ी याद आयी। कुछ दिन पहले जाने कहाँ रख दी थी। आज साथ होती तो इन हवाओं में रुई के फाहे की तरह उड़ जाने का डर तो न होता।

उसे आज ज्यादा दूर नहीं जाना था। बूढ़े शराफतअली की याद बेतहाशा आयी थी, उसी के घर जाना था। उसी से अपनी बिपदा सुनानी थी। कैसा घोर अन्याय

उसके साथ हुआ था। कैसी निर्दयता से उसका अपना बेटा और बहू उसकी नजरों के सामने नन्ही-सी जान को घसीटकर ले गये थे। और मियां, आप शिकायत करते हैं कि सिर्फ आपके बेटे आपके नहीं रहे?

यह सच भी था। आज तक बेटों और बहू की फरियाद हमेशा वही किया करता था। तब बुढ़िया खुदा का शुक्र अदा कर अपने बेटे अकीक और बहू लयला की तारीफों के पुल बांधती थी।

चारों दिशा से बहती हवाओं के धक्कों में बुढ़िया झोले खाने लगी। अब उसके पाँव भी सीधे नहीं पड़ रहे थे। दूर से ऐसा लगता था जैसे कोई शराबी नशे में लड़खड़ा रहा हो, दो कदम आगे बढ़ता हो और एक-आध कदम पीछे खिसकता हो।

चंद कदम ही बचे थे कि बुढ़िया को बिजली के खंभे का सहारा लेने की आवश्यकता पड़ी। चक्रवात में उड़ जाने से बचने के लिए खंभे से वह लिपट गयी। आँखें चुंधिया गयी थीं। माहौल धुंधला गया था। पेड़ से झड़े पत्ते इधर-उधर टकरा रहे थे। बुढ़िया ने बमुश्किल आँखें खोलकर बूढ़े के मकान की ओर देखा और टकटकी बाँधे देखती रही। हकीकत में उसने स्पष्ट कुछ भी नहीं देखा था। फिर भी उसने जितना देखा था उसके लिए उतना काफी था।

बूढ़े के मकान के बाहर छोटी-सी भीड़ इकट्ठा हुई थी। धुंधलाए हुए वातावरण को रोशन करने के लिए दो मजदूर माथे पर पेट्रोमेक्स लिये खड़े थे। फिर भी सब कुछ साया-दर-साया-सा लग रहा था, दरवाजे के बाहर पड़ा जनाजा भी। कल रात में ही बूढ़े का देहांत हो गया था।

बुढ़िया गुमसुम हो गयी। उसके जीवन के पिछले पहर में आये दोनों सहारे, छोटा और बड़ा छिन गये थे। रूही को उसके माँ-बाप अपने साथ दिल्ली ले गये थे। यहाँ तीलियों का खेल भी समाप्त हो चुका था। किसी गुमनाम कैदी की तरह बुढ़िया अपने भीतर और बाहर के अंधेरों में गायब हो गयी थी। न कोई उसे दिलासा देने वाला था, न कोई उसका दुख बांटने वाला था।

दो सप्ताह बीत चुके थे मगर बुढ़िया की दिनचर्या में कोई फर्क नहीं आया था। और अब उसकी दिनचर्या क्या थी? जरूरत पड़ने पर बिस्तर से उठना और फिर लेट जाना। अब तो वह खाना भी अपने कमरे में खाती थी। अगर चंदा वक्त पर थाली परोस जाए तो, वर्ना भूखी ही पड़ी रहती थी।

दूसरे दिन जुम्मन आया। सूरत से वह त्रस्त लगता था। आते ही वह गरज के साथ बुढ़िया पर बरस पड़ा। "तीन सौ थैलियों का कपड़ा पंद्रह दिनों से दबाकर बैठी हैं आप! जब काम नहीं होता तो मुझसे ले क्यों आयीं? क्या कहूँ मैं अपने

मालिक से? आखिर मुझे भी तो किसी को जवाब देना होता है!''

''मियाँ!'' डूबी आवाज़ में बुढ़िया ने सिर्फ एक ही जुमला कहा, ''अब मैं भी बूढ़ी हो गयी।''

पलभर जुम्मन उसकी तरफ देखता रहा। फिर अपनी थैलियों के कपड़े का गट्ठर बनाकर खुद ही को कोसता हुआ चल दिया।

●●

लहू का रंग एक

भैसों वाली गली

विधवा

आतंकित

मुर्दा

भैंसोंवाली गली

छोटे-बड़े बच्चे वक्त से पहले ही आकर ओटले पर बैठ गये।

भैंसोंवाली गली में तीन तरफ मकान थे। एक मंजिले और दो मंजिले मकानों के प्रवेश बाहर ओटले थे। बीच में चौक था। पानी का एक नल भी सार्वजनिक उपयोग के लिए यहाँ था। नल की चौकी संडास के पास थी। तीन संडास एक-दूसरे के आसपास थे। संडास के दरवाजे की पट्टियाँ गली जैसी ही पुरानी और वनराज वकील जैसी जर्जर हो गयी थीं।

गली के इतिहास के जीते-जागते नमूने-से बुजुर्ग वनराज वकील अपने दरवाजे में दिखायी दिये। शोर करते बच्चों पर एक सरसरी नजर डाली और गला खखारते हुए बच्चों के बीच बैठ गए। उनकी टेढ़ी कमर थोड़ी और झुक गयी। कपड़ों में उन्होंने सिर्फ धोती ही पहनी थी, वह भी मैली। इसके अलावा कुछ और उनके बदन पर था तो वह जनेऊ। सीने पर सफेद बाल थे। सिर पर कुछ नहीं था।

चमकती चाँद पर हाथ फेरते हुए उनकी नजर सामने के ओटले तक पँहुँच गयी। उनकी आँखों ने गौर से देख दलपतराम मास्टर को पहचान लिया। हौले से वे खड़े हुए, धीरे-धीरे कदम बढ़ाते हुए वे सीढ़ियों पर आये और चौक पार कर दलपतराम मास्टर तक पहुँच गये।

उसी वक्त मंछा काकी के घर से ठहाके की आवाज़ उठी—हा... हा... हा... ! कोई अट्टहास कर रहा था। लेकिन उस ओर किसी ने ध्यान नहीं दिया। बच्चों ने भी नहीं। वास्तव में इस अट्टहास के सब आदी हो गये थे। खासकर पिछले कुछ दिनों से वे इस हौलज़दा हँसी की गूँज दिन-रात सुनते आये थे। अलबत्ता,

रात के सन्नाटे में मासूम बच्चों पर इसका असर जरूर पड़ता था। कच्ची नींद में से चौंककर वे उठ बैठते थे।

जैसे-जैसे सूरज सिर पर चढ़ता गया, चौक में भीड़ बढ़ती गई। दिन इतवार का था। छुट्टी का था। मर्द-औरत सभी समय से पहले सुबह के काम निपटाकर अपने-अपने दरवाजे के बाहर ओटले पर दिखाई दे रहे थे। माहौल में रविवार की सुस्ती थी। साथ उत्सुकता की चमक भी दिखायी देती थी।

कहीं से एक कुत्ता आया और पूँछ हिलाता चौक के बीच में खड़ा हो गया। वहाँ एक खंभा था। इस खंभे को देख उसका एक पैर उठ गया। उसी वक्त संडास में से बाहर निकले एक बच्चे ने डालडा का खाली डिब्बा दे मारा। कुत्ता चीखता हुआ भाग निकला। ओटले पर बैठे सभी बच्चे हँस पड़े।

फिर एक बार मंछा काकी के घर के बत्तीस डायनों की भयानक हँसी जैसी आवाज़ उभरी। और उस आवाज़ के खत्म होने से पहले ही मंछा काकी आँगन में दिखाई दी। उसने नजरें फैलाकर देखा तो अब तक सारे ओटले खचाखच भर गये थे। बच्चे पैर हिलाते ओटले के किनारे बैठे थे। उनके बीच कुछ नौजवान, अधेड़ भी दिखाई दे रहे थे। बाकी लोग बच्चों के पीछे कुर्सी डालकर बैठे थे। औरतें दीवार से लगकर खड़ी थीं। चौखट में खड़ी थीं। दरवाजे के बीच में खड़ी थीं। कुछ पहली मंजिल की खिड़कियों से झांकती भी नजर आती थीं। सबकी नजरें मंछा काकी पर टिकी थीं।

मंछा काकी ने आसपास, ऊपर-नीचे नज़रे घुमायीं और पीठ फेरकर वापस अंदर चली गयीं। घड़ी से ग्यारह की टंकार सुनायी दी। वनराज वकील के बेटे की आँखें दीवार-घड़ी तक जाकर फिर झुक गयीं। उसके हाथ में विज्ञान की किताब थी। कॉलेज की परीक्षा के लिए वह तैयारी कर रहा था। बाहर की भीड़ से उसे कोई मतलब नहीं था।

ओझा शिवराम सेहन में दाखिल हुआ और भीड़ में चेतना आयी। अलसाये बैठे मर्दों की उबासियाँ बंद हो गयीं। आरामकुर्सी पर बैठे इत्मीनान से रविवारीय परिशिष्ट पढ़ते सज्जनों ने अखबार बंद करके एक ओर रख दिए। ओझा ने जान-पहचानवालों से नेता की तरह दूर से ही जय-जय की और मंछा काकी के दरवाजे के सामने खड़े होकर आवाज़ लगायी, "आऊँ क्या, मंछा काकी?"

दूसरे ही पल मंछा काकी दरवाजे में फिर दिखाई दी। "आओ! आओ!" कहते हुए उसका चेहरा खिल उठा, "आपका इंतजार करते-करते मैं तो बूढ़ी हो गयी।"

शिवराम ओझा नाखून से सिर खुजलाते हुए मंछा काकी के पीछे-पीछे चला।

दोनों जने भीड़ की नजरों से थोड़े वक्त के लिए ओझल हो गये। अब भीड़ की नजर मंछा काकी के दरवाजे पर टिकी थी।

"हो... हो... हो!" अट्टहास के साथ इस बार थोड़े से स्पष्ट शब्द भी सुनाई दिए, "हाँ, मैं जोगिनी माता हूँ, चुड़ैल हूँ। सबको खाने के लिए आयी हूँ। कच्चा चबा जाऊँगी। काले कुत्ते को भी नहीं छोड़ूँगी।"

मकान के अंदर एक छोटे कमरे में और बंद दरवाजे के सामने ओझा के साथ मंछा काकी खड़ी थी। कभी वे बंद दरवाजे को देखते तो कभी एक-दूसरे के चेहरे की ओर। आखिर ओझा ने होंठ खोले, "सब ठीक हो जायेगा। चिंता करने की जरूरत नहीं।"

मंछा काकी से कहे बिना रहा नहीं गया, "अपनी बहू का चिंता मैं नहीं करूँगी तो और कौन करेगा?"

"सही! सही!" ओझा ने सिर हिलाकर नाखून से फिर गर्दन खुजलायी और हाथ में कुछ कीड़े जैसा आया था उसे दो अँगुलियाँ के बीच मसलकर फेंक दिया। फिर जोड़ा, "सगी बेटी से ज्यादा प्यार आपने बहू को दिया है। आपकी चिंता मैं समझ सकता हूँ।"

मंछा काकी की आँखों में न जाने कहाँ से पानी भर आया। चुपके से उसने पलकों पर अँगुली फेरकर गीलापन पोंछा। फिर भी ओझा से यह अनजान न रहा। मंछा काकी खुलकर रो पड़े, इससे पहले उसने कह दिया, "आप बाहर जायें तो मैं दरवाजा खोलूँ।"

"पर... पर..." आँखें झुकाते हुए मंछा काकी ने पीठ फेरी और बड़े-बड़े दो आँसू छलक गये। "शिवराम भाई! होशियार रहना, बहू दो दिन की भूखी है।" बाहर निकलने से पहले वह बोली।

ओझा मूंछों में हँसा।

मंछा काकी के अपने आँगन में आते ही सब उन्हें टुकुर-टुकुर देखने लगे। मंछा काकी को किसी की परवाह न थी। चुपचाप वह अपने मकान की दीवार से सटकर ओटले पर खड़ी हो गयी। किसी ने कुछ पूछा भी नहीं। सब जानते थे, थोड़ी ही देर में नाटक शुरू होने वाला है।

नाटक शुरू हो, इससे पहले वनराज वकील के पोते अशोक ने किताब में से सिर उठाया। साढ़े ग्यारह बज चुके थे। भोर से अब तक उसने विज्ञान की परीक्षा के लिए लगातार तैयारी की थी। परीक्षा कल थी। अभी आधा दिन और पूरी रात बाकी थे।

एक लंबी उबासी लेकर उसने किताब टेबल पर रखी और बाहर आया। नहीं,

वह केवल दरवाजे तक ही आ पाया। वहीं उसके पिता आरामकुर्सी पर बैठे थे। ओटले पर औरत-मर्द बच्चों के साथ बैठे थे, बाकी खड़े थे। इतना ही नहीं, आसपास के मकानों के ओटले भी भर गये थे।

अशोक को हैरत हुई। इतनी सारी भीड़ कब इकट्ठी हुई, इसका उसे पता ही नहीं चला। किसलिए इकट्ठी हुई, यह दूसरा सवाल था और दूसरे सवाल का जवाब उसे पहले मिला। ओझा शिवराम मंछा काकी की चौखट से अलाउद्दीन के जिन्न की तरह फूट निकला।

दर्शकों की आँखें फैल गयीं। शुरुआत ही ऐसी धाँसू होगी, इसकी किसी को कल्पना नहीं थी। ओझा के दाहिने हाथ की मजबूत पकड़ में मंछा काकी की बहू की चोटी थी। बाल खिंचने की वजह से बहू का चेहरा ऊपर उठ गया था। वह चीख रही थी, "छोड़ दो! मुझे छोड़ दो!" अपनी चोटी छुड़ाने के लिए वह जबरदस्त कोशिश कर रही थी।

ओझा ने उसका एक हाथ भी जकड़कर पीछे की तरफ मरोड़ दिया। मंछा काकी की बहू के गले से आह निकल गयी। ओझा ने गर्व से दर्शकों की ओर देखा। अपनी बहादुरी पर खुद ही मुस्कराया और बहू को घसीटते हुए चौक के खंभे तक ले आया।

अशोक हैरत से देख रहा था। वह अपने घर की चौखट में खड़ा था। उसके पैरों के पास आरामकुर्सी पर बैठे उसके पिता मुँह में नमकीन उँडेल रहे थे। अशोक ने उनके पास उकड़ूँ बैठते हुए हौले से पूछा, "ओझा क्या करेगा, बापू?"

"क्या करेगा?" श्यामलाल, उसके पिता ने सवाल-पर-सवाल दागा और साथ जवाब भी दिया, "अपना काम करेगा।"

मंछा काकी और ओझा, दोनों मिलकर बहू को खंभे से बाँध रहे थे।

"क्या आप मानते हैं कि निर्मला पर किसी चुड़ैल का साया पड़ गया है?" अशोक ने फिर पूछा।

"क्यों?" श्यामलाल ने उसकी ओर देखे बिना ही कहा, "तुझे शक है?"

अशोक को जवाब देना ठीक न लगा। उसे चुप देख श्यामलाल ही आगे बोले, "पिछले दो दिनों से उसने आसमान सिर पर उठा रखा था। चुड़ैल का साया न हो तो कोई ऐसा उधम थोड़े ही मचाता है?"

"शायद पागलपन हो!"

श्यामलाल ने चेहरा घुमाकर पहली बार बेटे के सामने देखा और किसी बेवकूफ की ओर देखते हों, ऐसे कहा, "कोई समझदार लड़की एक रात में पागल हो गई हो, ऐसा तुम्हारे कॉलेज की किसी किताब में कहीं लिखा है?"

अशोक खामोश हो गया।

बच्चे जिज्ञासा से देख रहे थे। स्त्री-पुरुषों की नजरें भी चौक के मध्य में टिकी थीं। ओझा और मंछा काकी ने मिलकर बहू निर्मला को खंभे से कसकर बाँध दिया था। निर्मला फटी आँखों से चारों ओर देख रही थी। बाल बिखरे हुए थे।

शादी कर सोलह साल की उम्र में पति के घर आयी, तब उसका एक-एक अंग ताजा खिले गुलाब की तरह खुशबूदार था। सत्रह साल की उम्र में रेल-दुर्घटना में पति की मौत होने पर गुलाब गुलाब रहा था, लेकिन उसकी खुशबू उड़ गयी थी। आज अठारह साल की उम्र में न गुलाब बचा था, न उसकी महक। चेहरा मुरझा गया था। गाल बैठ गए थे। पसलियाँ उभर आयी थीं। फिर भी डूबी हुई दो आँखें चमक रही थीं।

अचानक उसने चीख मारी और हँसने लगी। ओझा की ओर देख बंदर की तरह दाँत पीसने लगी। ओझा ने उसकी हरकत की बिना परवाह किये थैले में से एक छोटी-सी छुरी निकाली और सब सुन सकें इतनी ऊँची आवाज़ में निर्मला से कहा, "कौन हू तू? भूत है, जिन है या चुड़ैल?"

"तेरी माँ!" निर्मला ने बेशरमी से जवाब दिया।

यहाँ से जाने की क्या कीमत लेगी?" हक़ीकत में ओझा निर्मला के भीतर कुंडली मारकर बैठी प्रेतात्मा से संपर्क साधने की कोशिश कर रहा था। लोग ध्यान से सुन रहे थे।

"यहाँ से चुपचाप चली जाने के लिए राज़ी हो तो तेरे नाम से हम एक बकरे की बलि देंगे," कहते हुए ओझा ने कड़ककर जोड़ा, "वरना तेरा बुरा हाल होगा।"

निर्मला ठठाकर हँस पड़ी। फिर कहा, "मूर्ख! ये मेरे बंधन खोल दे। मैं चली जाऊँगी। कहीं भी चली जाऊँगी। कुएँ में छलाँग लगा दूँगी। साबरमती में कूद पड़ूँगी। पर यहाँ, अपनी इस सास का थोबड़ा देखने वापस नहीं आऊँगी।" इतना कहने पर उसकी साँस भर आयी, दशा दयनीय हो गई, शब्द भीग गये।

"शिवराम भाई!" उसने नये सिरे से शुरुआत की, "भगवान की सौगंध खाकर कहती हूँ, मेरी बात का यकीन कर। मुझे कुछ भी नहीं हुआ।"

ओझा मूँछों में मुस्कराया और पास खड़ी मंछा काकी की ओर देखकर दबी आवाज़ में कहा-"चुड़ैल सयानी है। मेरी जगह कोई और ओझा होता तो अब तक धोखे में आ जाता। पर मैं इतनी आसानी से फँसनेवाला नहीं। कसम गंगा माई की, इस चुड़ैल को आपकी बहू की रग-रग से निकालकर बाहर न करूँ तो मेरा नाम भी शिवराम ओझा नहीं।"

वह झटके से निर्मला की ओर घूमा। निर्मला फटी आँखों से उसकी तरफ़

देख रही थी। उसके हाथ में चमकती धारकार छुरी को देख रही थी और एक कँपकँपी निर्मला के बँधे हुए जिस्म में दौड़ गयी।

"जाती है या नहीं?" ओझा चिल्लाया।

निर्मला की आँखें घूमने लगीं।

"जाती है या नहीं?" ओझा फिर चिल्लाया और कुछ जवाब न मिलने पर उसने छुरीवाला हाथ बढ़ाकर निर्मला के दोनों गाल पर एक-एक चीरा लगा दिया। गालों से ख़ून की धाराएँ फूटीं और रेले नीचे की तरफ बहने लगे। चेहरे में जलन शुरू हुई। निर्मला कुछ समझे, उससे पहले ही ओझा का छुरीवाला हाथ फिर बढ़ा और....

"बापू!" अशोक बोल उठा। उसकी आवाज़ भारी थी। आरामकुर्सी में बैठे, नमकीन चबाते श्यामलाल ने अपने जबड़े उसकी ओर घुमाये और उसी क्षण उसकी आवाज़ दब गयी। अब उसने हौले से कहा-"बापू! आपको नहीं लगता कि जो कुछ हो रहा है, वह गलत है?"

श्यामलाल ने आसानी से 'ना' कहा और जोड़ा, "तुझे ऐसा क्यों लगा?"

"जी..." जवाब देने से पहले उसने थोड़ा सोचा, "निर्मला विधवा है।"

"विधवाओं को प्रेतात्मा नहीं छेड़ते, ऐसा तेरा मानना है?"

"जी... नहीं... नहीं..." वह थोड़ा हकलाया, "शायद छेड़े, पर... पर... पर निर्मला... ?"

"बोल! बोल!"

"उसे दूसरी शादी करने की इजाजत दी गयी होती तो शायद आज का दिन नहीं देखना पड़ता।"

"मतलब?" श्यामलाल की आँखें चौड़ी हो गयीं। नमकीन चबाते जबड़े रुक गए।

"अपने प्रेमी से शादी करने के लिए ही तो उसने यह होहल्ला शुरू किया था।"

निर्मला तड़प उठी। ओझा ने और तीन चीरे उसके सूखे जिस्म पर लगा दिए थे-दो कंधों पर और एक छाती के बीच में। विवश निर्मला तड़प उठी।

दो दिन की वह भूखी थी। ओझा के आदेश के मुताबिक अनाज का एक भी दाना उसे नहीं दिया गया था। एक अँधेरी कोठरी में उसने आँसू बहाते हुए दो दिन गुज़ारे थे। मंछा काकी से प्रार्थना करते हुए बिताए थे। बार-बार उसने हाथ भी जोड़े थे। आखिर चुपचाप अँधेरी दीवारों को वह ताकती रही थी। यह उसके नसीब में लिखा था। कोई उससे शादी करने को तैयार था। वह विधवा थी, फिर

भी कोई उसे स्वीकारने को राजी था। लेकिन यह मिलन उसके भाग्य में नहीं लिखा था।

"जाती है या नहीं ?"

ओझा के शब्द कान में पिघलते सीसे की तरह गिरते ही उसने झटके से चेहरा उठाया और चीख पड़ी-"नहीं।" एक-एक घाव में से दुगुनी रफ्तार से खून बहने लगा। उसका सफेद ब्लाउज अब तक लाल हो गया था। दर्द पल-पल बढ़ता जा रहा था। लेकिन वह जानती थी, दर्द की भी एक सीमा होती है। इस सीमा के पार दर्द दर्द नहीं रहता। शायद इसीलिए बदले की भावना की एक चिनगारी उसकी आँखों में दिखायी दी थी।

"हिम्मत नहीं हारते, बहू बेटी!" ओझा के पास माला लेकर खड़ी मंछा काकी उसकी दयाजनक हालत देख कह रही थी, "हौसला रख, पलक झपकते ही तू पहले जैसी भली-चंगी हो जायेगी।"

वनराज वकील और दलपतराम मास्टर बच्चों के बीच बैठे थे। बच्चों की तरह उनके पैर भी ओटले पर से झूल रहे थे। दलपतराम मास्टर की गोद में चिप्स का पैकेट था। दोनों बुजुर्ग हौले-हौले चिप्स खा रहे थे और चौक में होती ट्रेजेडी पर चर्चा कर रहे थे।

"यह चुड़ैल इतनी आसानी से काबू में आये, ऐसा मुझे तो नहीं लगता।" दलपतराम मास्टर ने अपनी राय दी।

"तो ?" वनराज वकील ने उनकी ओर देखे बिना ही सवाल उछाला।

"इसे तो मिर्च का धुआं देना चाहिए।"

"ओझा शिवराम ऐसे पुराने विचारों को नहीं मानते।" कहते हुए वनराज वकील ने चिप्स उठाते हुए जोड़ा, "किसकी दुकान से खरीदी ?"

दलपतराम मास्टर ने उनका सवाल शायद सुना नहीं था। उनकी आँखें ओझा पर टिकी थीं। ओझा के हाथ में माचिस थी। माचिस में से उसने एक तीली निकाली, सुलगायी और जल्दी से निर्मला के एक घाव पर चिपका दी।

एक दर्दनाक चीख माहौल में उठी और गली की दीवारों के साथ आकाश भी काँप उठा। लेकिन भीड़ पर इसका असर अधिक न हुआ। भैंसोंवाली गली में रहने वाले किरायेदारों की चमड़ी भैंसों से कुछ ज्यादा ही मोटी थी।

इतवार का सूरज सिर पर चढ़ा। गर्मी बढ़ने लगी। ओटले पर बैठे लगभग सभी लोग छाया में थे। लेकिन चौक धूप में तपता रहा था। ओझा की गरदन से लगातार पसीना बह रहा था। माला जपती मंछा काकी बार-बार साड़ी के पल्लू से चेहरा पोंछ लेती थी। ओझा बार-बार नाखूनों से सिर खुजा लेता था।

खंभे से बँधी हुई निर्मला की हालत गंभीर थी। घावों से रिसते खून में उसका चेहरा भयानक हो गया था। खुले घावों पर सूरज की किरणें सैकड़ों सुइयों की तरह चुभ रही थीं। ऊपर से ओझा उन घावों पर एक के बाद एक जलती तीली लगाता जा रहा था। बेबस प्राणी की तरह वह चीखती जा रही थी। लेकिन उसकी चीखें ज्यादा देर टिक न सकीं। बेहोश होकर वह खंभे पर ही लटकी रह गयी। केवल उसका सिर एक तरफ लुढ़क गया।

ओझा के लिए यह कोई नया तजुर्बा नहीं था। इससे पहले कई केसों में कोई एक बार तो कोई तीन-चार बार बेहोश हुआ था। और कोई चुड़ैल होश खो दे तब कौन-सा उपाय आज़माना चाहिए, यह वह अच्छी तरह जानता था।

निर्मला के सारे बंधन खोलकर ओझा ने उसे तपती ज़मीन पर लिटा दिया। अब होश में आने में उसे ज्यादा देर नहीं लगेगी, ऐसा वह यकीन के साथ कह सकता था। तब तक-

"मंछा काकी!" नाखून से सिर खुजाते हुए उसने मंछा काकी की ओर चेहरा घुमाया, "यह साली हरामी है, जाने में थोड़ा-सा वक्त लेगी।"

रामनाम की माला जपती मंछा काकी की नजर जमीन पर चित लेटी हुई बहू पर टिकी थी। बिखरे हुए बालों पर पड़ा निर्मला का खून में रंगा और तीलियों से झुलसा हुआ चेहरा डरावना लगता था। सफेद ब्लाउज करीब-करीब लाल हो गया था। साड़ी उसके बदन को ढकने की नाकाम कोशिश करती चुपचाप पड़ी थी।

मंछा काकी की आँखों में आँसू आ गये। उसने भीगा चेहरा उठाकर सामने देखा तो कई चेहरे उभर आये। चेहरे और चेहरे। दरवाजे में खड़े चेहरे। खिड़कियों से झाँकते चेहरे। ओटले पर चिप्स खाते चेहरे। आरामकुर्सी पर बैठे नमकीन चबाते चेहरे।

"मिर्ची का थोड़ा-सा चूरा मिलेगा?" ओझा के शब्द फिर कानों से टकराने पर उन्होंने हैरानी से उसकी ओर देखा। बहू को वापस हँसती-गाती देखने के लिए वह मिर्ची के चूरे का पूरा मर्तबान उठा लाने को तैयार थी। लेकिन यह ओझा तो नये विचारों वाला था। उसे मिर्ची के चूरे की क्या ज़रूरत पड़ी?

"धुआँ दोगे?" आखिर मन में उठती शंका होंठों पर आ गयी।

ओझा ने 'ना' कहकर अकड़कर बताया, "आज दिन तक आपने कहीं ऐसा सुना है कि ओझा शिवराम ने किसी चुड़ैल को धुआँ दिया हो?"

मंछा काकी कुछ सोचते हुए भीतर गयी और चाय की प्याली में मिर्च का चूरा लेकर वापस आयी। तब तक उसकी बहू ने आँखें खोल ली थीं।

तपता सूरज आँखों में पड़ते ही निर्मला ने आँखें बंद कीं और होंठ खोले- "पानी...पानी!"

"हाँ, रंडी!" ओझा नौटंकी के नट की तरह चिल्लाया। धूप और गर्मी की वजह से वह खुद भी परेशान था। "अभी तुझे ऐसा शीतल जल पिलाऊँगा कि मरते दम तक याद करेगी।" कहते हुए उसने मिर्च का थोड़ा चूरा लेकर निर्मला की छाती के बीच घाव में दबा दिया।

"ओ माँ! ओ माँ!" चिल्लाती निर्मला तड़पने लगी। उसकी पीड़ा देखकर ऐसा लगता था जैसे तलवार के एक वार से दो टुकड़े हुई नागिन छटपटा रही हो।

अशोक से यह अत्याचार देखा न गया। सहा न गया। वह मचलकर आगे बढ़ने गया। ओटले पर जमी भीड़ के बीच से अभी उसने कदम भरा ही था कि श्यामलाल ने उसकी कलाई थाम ली। श्यामलाल को इस पल का मानो इंतजार ही था।

उसने पिता की आँखों में देखा। श्यामलाल एकटक उसकी आँखों में देख रहे थे। अशोक को आँखें झुकानी पड़ीं। उसकी साँस रुँध गयी। ज्यादा वक्त यहाँ रुके रहना उसके लिए मुमकिन न था। चुपचाप वह अंदर चला गया। नहीं, दरवाजे को एक जोरदार लात जमाकर अपने कमरे में चला गया।

निर्मला भाग निकलने के लिए जूझ रही थी, लेकिन उसकी सारी कोशिशें बेमाने थीं। एक ओर से उसके दोनों पैर मंछा काकी ने दबा रखे थे तो सिर की ओर बैठे ओझा के सख्त पंजों में उसके दोनों हाथ फँसे थे। वह बेचारी चैन से तड़प भी कहाँ सकती थी?

"ऐ चुड़ैल की औलाद!" फिर एक बार सब सुन सकें, उतनी ऊँची आवाज़ में ओझा ने ललकारा, "मैं तुझसे बड़ा हरामी हूँ। बोल! जाती है या नहीं?"

"पानी... पानी..."

दोनों घुटनों के नीचे निर्मला के हाथ दबाकर उसने और दो घावों में मिर्ची का चूरा भरा और वह 'ओ माँ! ओ माँ!' की पुकार करती जिस्म को छुड़ाने के लिए भरपूर कोशिश करने लगी। उसका अंग-अंग चिता पर लेटे मुर्दे की तरह उछल-उछलकर पछाड़ें खाने लगा।

"शांति रख, बहू! धीरज धर!" मंछा काकी उसे दिलासा दे रही थी। इसके अलावा वह कर भी क्या सकती थी!

ओझा की तिलमिलाहट भी कम न थी। आज तक उसने ऐसे कई प्रेत सिर्फ दो झापड़ मारकर निकाले थे। कुछ पुरानी चुड़ैलों को उसने एक ही बार में उखाड़ फेंका था। लेकिन यह कमबख्त चुड़ैल नहीं थी, चुड़ैलों की रानी थी।

सड़क का कुत्ता भटकता-फिरता वापस गली में आया। इस वक्त सबका ध्यान पछाड़ें खाती निर्मला पर टिका था। किसी ने कुत्ते की ओर देखने की दरकार तक नहीं की। कुत्ता पूँछ हिलाता ओझा के करीब आया और अचानक उसका एक पैर ऊपर ऊठ गया। यह कोई नयी बात न थी। जब भी वह खंभा देखता था, उसका पैर उठ जाता था। लेकिन आज ओझा वहीं बैठा था।

कुत्ते ने पेशाब की पिचकारी मारी और पूँछ हिलाता चला। तभी ओझा को महसूस हुआ कि पीठ गीली है। उसने चेहरा घुमाकर वजह जानने की कोशिश की और चौक में से कुत्ते को जाते हुए देख वजह उसकी समझ में आ गई।

उसी वक्त मंछा काकी चीख पड़ी, "शिवराम भाई!" ओझा कुछ समझे, इससे पहले निर्मला उछलकर उस पर टूट पड़ी। ओझा की गर्दन उसके हाथ में आ गयी थी। पूरी ताकत लगाकर वह ओझा की गर्दन दबा रही थी। दर्शकों की साँसें रुक गयीं। हालात में अचानक आये परिवर्तन ने लोगों को चौंका दिया था। बाजी पलट गयी थी। चुड़ैल ओझा पर सवार हो गयी थी।

"अब ओझा की खैर नहीं!" किसी ने कहा, "उसकी जान लेकर ही यह चुड़ैल गर्दन छोड़ेगी।"

गर्दन उससे पहले ही छूट गई। दो दिनों का उपवास और आज के अत्याचारों की वजह से निर्मला इतनी कमजोर हो गयी थी कि ओझा के उलटे हाथ के एक ही वार ने उसे धूल चटा दी। वह लुढ़ककर गिरी, उसी तपती जमीन पर। ओझा राक्षस की तरह उस पर सवार हो गया। सबसे पहले उसने निर्मला का ब्लाउज फाड़ा। फिर साड़ी खींच ली। ब्रा और पेटीकोट खोल डाले। वह पूरी तरह नंगी हो गयी।

ओझा ने फिर एक बार छुरी खोली और उसके सारे बदन पर एक-एक इंच का अंतर रखकर लाल लकीरें खींच डालीं। निर्मला का पूरा जिस्म खून में रंग गया। अब उसमें इतनी भी शक्ति न थी कि वह तड़प सके। हाथ उठा सके। लाश की तरह वह खामोश पड़ी थी।

ओझा उसके दुर्बल बदन की दोनों ओर एक-एक पैर रखकर दैत्य की तरह खड़ा हो गया। लेकिन अब भी यह चुड़ैल जाने का नाम क्यों नहीं लेती?

हाथ बढ़ाकर उसने मंछा काकी से मिर्च के चूरे की प्याली ली। एक मुट्ठी भर चूरा लिया और प्याली फेंककर निर्मला की दोनों जाँघों के बीच ठूँस-ठूँसकर भर दिया। "ओ माँ!... ओ माँ..." बस, फीकी आवाज़ में निर्मला इतना ही बोली और बेहोश हो गयी।

ओझा हाथ झाड़ता हुआ उठ खड़ा हुआ। मंछा काकी की ओर देखा।

तमाशबीनों की ओर देखा। भीड़ को वह करीब-करीब भूल ही गया था। मंछा काकी रामनाम की माला जपती हुई लहूलुहान पड़ी बहू को टुकुर-टुकुर देख रही थी। ओझा कह रहा था, ''कल सुबह तक ठीक हो जानी चाहिए, वरना मुझे बुलाने में संकोच न करना।''

●●

विधवा

आग बरसाते हुए मई महीने का सूरज। चिलचिलाती धूप, हवाओं के साथ बहती लू, चौपाटी का उबलता हुआ समंदर, छिछले पानी में तपती काली शिलाओं के उठे हुए सिर... 123 नंबर की बस लड़कियों के हॉस्टल के सामने से सपाटे से गुज़र गयी।

श्री तोलाराम ने खिड़की से बाहर सिर निकालकर दौड़ती हुई बस से पान की पिचकारी छोड़ी। हवा के साथ उड़ता हुआ मैला लाल रस कई छींटों में कोलतार भी सड़क पर फैल गया।

सिर अंदर लेते हुए श्री तोलाराम ने जेब से रूमाल निकाला, मुँह पोंछा, माथे पर जमी हुई पसीने की बूँदें पोंछीं, फिर चंद सेंटीमीटर उठकर अपने स्थूल जिस्म के नीचे दबे लोंग कोट का छोर खींच निकाला और नोटबुक से हवा खाने लगे।

चहल-पहल, कारों और टैक्सियों और बसों से भरी सड़क, स्त्री और पुरुषों के पसीने से चूते जिस्म, मजदूरों से अधिक परेशान मालिकों के शरीर; होंठ, गाल, माथा, गरदन पर नाजुक रूमाल दबाती, बड़बड़ाती और आगे जाती लड़कियां। सड़कों के बीच द्वीप में खड़ी कारों के चमकते बदन।

बस 'स्टॉप' पर रुकी और एक के बाद एक तीन यात्री उतरकर शेड में दौड़ गये।

''चलो, आ जाओ... आ जाओ!'' कंडक्टर ने भीतर से आवाज़ दी।

एक यहूदी लड़की अंदर दौड़ आयी। उसके पीछे एक मुसलमान बेवा थी। बेवा के सीने से एक अधनंगा, बीमार बच्चा चिपका हुआ था।

यहूदी लड़की की ओर कनखियों से देखते हुए कंडक्टर ने अपनी ढीला पतलून थोड़ी ऊपर उठायी, घंटी बजायी, बस कोलाबा की ओर चली।

सिर्फ तीन यात्री थे इस बस में।

1. श्री तोलाराम : दो शख्सों की जगह रोककर, वे पैर फैलाये अकेले बैठे थे और नोटबुक से हवा खा रहे थे।

2. खादीधारी जवान : उजला कुर्ता, उजला पाजामा, काला वास्केट, चेहरे पर चांदी की चमक थी।

3. ओ.एन.जी.सी. का क्लर्क : सफेद कमीज़, गहरी नीली पैंट जिस पर तेल के दाग थे, टाई हवा में लहरा रही थी।

अपने काले बुर्के को संभालते हुए मुसलमान विधवा प्रवेश के करीब की सीट पर बैठ गयी। बच्चे को उसने गोद में लिटा दिया।

एक सरसरी निगाह तीनों यात्रियों पर डाल यहूदी लड़की ने ड्राइवर के पीछे वाली सीट पर जगह ली। पसीने से गीला उसका तंग टी-शर्ट टुकड़ों में पारदर्शक हो गया था। शार्ट्स (नेकर) जांघों के ऊपर चढ़ आई थी। बाकी सारे अंग खुले थे, गोरे थे, गुलाबी भी थे, सिर्फ आँखों को छोड़कर। नाक पर धूप का काला चश्मा था।

यहूदी लड़की के खुले अंगों ने बस के सुस्त माहौल में चुस्ती पैदा कर दी। क्लर्क के चश्मे की डंडी ऊपर-नीचे होने लगी। खादीधारी युवक की आँखें गहरी साँसें लेने के बहाने सिर के साथ ऊँची होतीं और धीरे-धीरे वापस झुक जाती थीं। श्री तोलाराम की मोटी गरदन के निकट गतिशील नोटबुक की गति थोड़ी और तेज हो गयी थी।

कंडक्टर गला खखारकर अपनी टोपी को तिरछी कर और सीना फुलाकर लड़की के सामने आ खड़ा हुआ। वह जैसे मैदान मार गया हो ऐसे बाकी तीनों यात्रियों के चेहरे उतर गये।

काले बुर्के के दो छेदों में से विधवा की कंचे जैसी आँखें घूर रही थीं-श्री तोलाराम के खुले मुँह को क्लर्क की नाक पर उतर आयी चश्मे की डंडी को, सिर खुजलाते खादीधारी युवक को।

"टिकट प्लीज..." कंडक्टर के शब्दों में शहद था।

लड़की ने बटुवा खोला। तीनों यात्री भीतर झांकने के लिए उत्सुक हो उठे। गरदन ऊपर उठ गयी। नजरें बटुवे में धंसने के लिए मार्ग ढूंढ़ने लगीं। आखिर नाजुक-नाजुक रामतरोई-सी उँगलियों की हरकत को गौर से देखकर संतोष मान लिया, लेकिन नजरें इंच भर भी नहीं हटीं।

'रीगल सिनेमा' से थोड़े फासले पर बस रुकी। ऊपर बैठे दो यात्री बाहर निकलकर सिनेमाघर की ओर आगे बढ़ गये। 'स्पिल बर्ग' की नयी फिल्म इसी हफ्ते लगी होने के कारण बाहर भीड़ काफी थी। एक्स्ट्रा टिकट के लिए लोग छीना-झपटी कर रहे थे। यहाँ की धूप बेअसर थी।

घरररररररररररर...

यंत्र थरथराये। इंजन तले से पानी की कुछ बूंदें टपकीं और बस फिर आगे बढ़ी। यहूदी लड़की की उँगलियाँ अभी भी बटुवे में भटक रही थीं। दैनिक इस्तेमाल की चीज़ें भीतरी हिस्सों से ऊपर आकर फिर गायब हो जाती थीं। नन्हा-सा जापानी पंखा, लिपस्टिक की ट्यूब, रूमाल, इत्र की शीशी, छोटा आईना उँगलियों के बीच लुका-छिपी खेल रहे थे और...

अब भी सभी आँखें वहीं केन्द्रित थीं। ऊपर के होंठ ऊपर और नीचे के नीचे स्थिर हो गये थे। साँसें जैसे रुक गयी थीं।

अंत में यहूदी लड़की ने बटुवे में से बटुवे के बेटे जैसा चमड़े का छोटा-सा पॉकिट निकाला, जिप खोली और सौ का एक नोट निकालकर कंडक्टर के सामने बढ़ा दिया।

यात्रियों की जान में जान आयी।

"सॉरी, मैडम!" कंडक्टर ने कंधे से झूलते अपने पॉकिट में पूरा हाथ घुसा देते हुए दुख जताया, "नो चेंज।"

गोरी चमड़ी उलझन में पड़ गयी।

यात्री परेशान हो उठे।

कोई कुछ बोले इससे पहले श्री तोलाराम की हमदर्दी जाग उठी। उन्होंने मुस्कराकर पूछा, "कहाँ जाना है, मैडम?"

"कोलाबा से आगे।"

"मैं भी वहीं जा रहा हूँ... कंडक्टर!" उनकी आवाज़ कड़ी हुई, "पैसा हम देगा। मैडम को टिकट दो।"

कंडक्टर ने चौड़ी आँखों से श्री तोलाराम के चेहरे में सीधा देखा।

"श्रीमान जी!" लड़की ने खड़े होते हुए सेठ जी से कहा, "मैं यहीं उतर जाऊँगी।"

वह आगे बढ़ी, जैसे मंच पर कोई फैशन मॉडल आगे बढ़ी। गोरे-गोरे अंग हिले। साथ क्लर्क का दिल भी हिल गया। वह भी खड़ा हो गया। "इस धूप में आप कहाँ जायेंगी?" लड़की का रास्ता रोकते हुए उसने नम्रता से कहा, "सिर्फ पचास पैस का सवाल है न, मैं दूँगा।"

श्री तोलाराम की आँखों में खून उतर आया। क्लर्क ने जेब में हाथ डाला। उसकी आँखें लड़की के टी-शर्ट के एक खुले बटन पर ठहरी थीं, दूसरे बटन को तोड़ने का प्रयास कर रही थीं।

"क्षमा कीजियेगा..." वह पैसे निकाले उससे पहले लड़की बोल उठी, "आपके जजबात की मैं कद्र करती हूँ, लेकिन..."

"मैडम!" मौका पाते ही खादीधारी युवक ने बीच में कहा, "आप विदेशी हैं। हमारे देश की मेहमान हैं। अगर आप उतर जायेंगी तो वह सिर्फ हमारा नहीं, बल्कि इस देश का भी अपमान होगा।"

लड़की का चेहरा गद्‌गद् हो गया।

क्लर्क का चेहरा सख्त हो गया। मन ही मन युवक के पुरखों की धूल झाड़ते हुए वह अभी जेब टटोल रहा था कि युवक ने पचास पैसे का सिक्का बढ़ाते हुए कंडक्टर से साफ शब्दों में कहा, "एक टिकट मैडम के लिए।"

क्लर्क बर्फ हो गया। उसे एहसास हुआ, युवक की आवाज में विजयी टारजन की पुकार थी। गर्व था।

कंडक्टर ने टिकट काटी। "शुक्रिया।" लड़की ने युवक से कहा, "बहुत-बहुत शुक्रिया।"

पलभर में तो वह पानी-पानी हो गया, पचास पैसा वसूल हो गया।

"टिकट!" कंडक्टर ने मुसलमान विधवा के सामने खड़े होते हुए अपनी मूल खुरदरी आवाज़ में कहा।

विधवा ने चेहरा उठाया। कंडक्टर के चेहरे पर एक नजर डालकर उसने काले बुर्के में हाथ डाला। वह सीधा ही भीतर मैली चोली में चला गया। चिथड़े-सा एक रूमाल हाथ में आया। बाहर निकालकर उसे खोला। पैसे गिने। पैंतालीस पैसे थे उसमें। पाँच पैसे का सिक्का कहाँ फिसल गया?

उसने फिर भीतर हाथ डाला। पाँच पैसे का सिक्का ढूंढ़ता हुआ हाथ चोली के दो-तीन हुक तोड़कर बाहर निकल आया। कम्बख्त कहाँ छिपा था? या फिर कहीं गिर गया?

यह मुमकिन न था। क्योंकि आज तक ऐसा पहले कभी नहीं हुआ था। घर से निकलने से पहले वह खर्च के पूरे पैसे गिनकर रूमाल में बाँध लेती थी। वैसे आज वह तीन रुपये लेकर निकली थी। सबसे पहले पचास पैसे का उसने एक टिकट कटवाया था। सार्वजनिक अस्पताल में बच्चे की दवाई के दो रुपये दिये थे। बाकी बचे थे पचास पैसे और अब वह घर लौट रही थी।

एक बार उसने हाथ पीठ पर भी फेर देखा। निराशा के सिवा उसे कुछ न

मिला। मायूस नजरों से उसने कंडक्टर की ओर देखा।

"किधर जाना है?" कंडक्टर ने पूछा।

"कोलाबा से आगे झुग्गी-झोंपड़ी में रहती हूँ।" विधवा की आवाज़ में लाचारी थी, "लेकिन... पाँच पैसे कम हैं।"

"कम हैं!" कंडक्टर की भौंहें तन गयीं। हाथ बढ़ा। घंटी बजी। बस रुकी। ड्राइवर ने मुड़कर पीछे देखा।

"चलो, नीचे... नीचे उतरो!"

विधवा रुआंसी हो गयी।

"कंडक्टर साब!" उसने दोनों हाथ जोड़ते हुए गुजारिश की, "मेरा बच्चा बीमार है। सबेरे से उसने कुछ खाया भी नहीं। इस धूप में चलकर जाऊँगी तो वह दम तोड़ देगा।"

"क्या है, मास्टर? क्या बात है?" ड्राइवर ने अपनी सीट पर से आवाज़ दी।

कंडेक्टर ने बताया, "इस औरत को मुफ्त में सफर करना है।"

ड्राइवर ने बैठे-बैठे ही पाँव पछाड़ा।

"सिर्फ पाँच पैसे कम हैं।" विधवा ने श्री तोलाराम की ओर घूमते हुए कहा, "आप ही मदद कर दीजिए।"

श्री तोलाराम ने पान की एक और गिलौरी निकालकर मुँह खोला।

"बस में भीख माँगते हुए आपको शर्म आनी चाहिए!" क्लर्क बोला।

"कंडक्टर!" खादीधारी युवक भड़क उठा था, "मुँह क्या देखते हो? बाहर खदेड़ दो उसे, बस डिले हो रही है।"

विधवा गिड़गिड़ाती, पाँच पैसे की भीख माँगती बस से उतर गयी।

अबकी श्री तोलाराम ने खिड़की से बाहर सिर के साथ गरदन भी निकालकर पान की एक पिचकारी मारी, धूप में बस को घूरती खड़ी विधवा की ओर देखा और गला खखारकर स्वगत कहा, 'पता नहीं, कब सुधरेगी यह कौम!'

पिघलते कोलतार की सड़क पर टायरों के निशान छोड़ती बस कोलाबा से आर.सी. चर्च की दिशा में आगे बढ़ गयी।

●●

आतंकित

जब हमें पता चला कि हमारे पाँच मंजिले मकान में रहते मंत्री रामप्रसाद जी के लिए सरकार सुरक्षा की व्यवस्था करनेवाली है, हम प्रसन्न हुए, मगर सबसे ज्यादा खुशी मुझे खुद हुई।

हमारा आवास तल मंजिल पर होने के कारण कभी कोई पियक्कड़ हमारे ओटले पर चढ़कर लेट जाता तो कभी कोई उचक्का जूते या चटाई जैसी छोटी-मोटी चीज़ें उठाकर चलता बनता था। अलबत्ता, यह कोई गंभीर समस्या न थी। चोरी की ऐसी मामूली घटनाएं साल भर में शायद ही होतीं, फिर भी मंत्रीजी की बदौलत हमारी गुरुकुल सोसायटी बिलकुल सुरक्षित हो जाए तो वह कौन नहीं चाहेगा?

हमारे परिवार में मुझे छोड़कर चार सदस्य हैं—एक पति तथा तीन बच्चे। एक बालक जो मेरी कोख से जन्मा है उसका नाम हमने आकाश रखा है, जबकि दूसरी दो मेरे पति की पालतू बिल्लियाँ हैं। इनमें से एक को वह माँ हव्वा कहकर पुकारते हैं तो दूसरी को माँ सीता। अनोखे इन नामों से आपने यह मान लिया हो कि मेरे पति बुद्धिजीवी हैं तो वह भी गलत नहीं।

वे कार्टूनिस्ट हैं, स्वभाव से बालक जैसे निर्मल भी। सारा दिन वे अपनी धुन में मस्त रहने के बावजूद सुबह-शाम बिल्लियों को दिन में दो बार दूध पिलाने का समय कभी नहीं चूकते।

माँ हव्वा सारे मुहल्ले का जायजा लेकर हमारी गुरुकुल सोसायटी के अहाते में दाखिल होती है, तब वह अपनी गरदन उठाकर बुलंद आवाज़ में मेरे पति को

सूचना देती है— सावधान, मैं आ गयी हूँ। यह सुनकर जाने कहाँ से माँ सीता प्रकट होकर दूध पीने ओटले पर हाजिर हो जाती है।

उन दोनों को कटोरियों से साथ-साथ दूध पीते देखना भी एक अनोखा आनंद है।

आपको जानकर अचरज होगा कि स्वभाव से ये दोनों बिल्लियाँ बिलकुल अलग हैं। पहली दिखने में शेर के बच्चे जैसी है, जबकि दूसरी खरगोश जैसी उजली। एक मांसाहार अधिक पसंद करती है तो दूसरी को निरामिष कहा जा सकता है। शाकाहार की ओर उसे विशेष रुचि है।

हमारी सोसायटी के किरायेदार भी दो हिस्सों में बंटे हुए हैं। हम सात्विक आहार लेनेवाले जैन हैं, तो सोसायटी के सेक्रेटरी ईसाई। चौथी मंजिल पर पारसी तथा मारवाड़ी परिवार बसते हैं, तो पहली मंजिल पर मुसलमान और सिंधी।

इस तरह प्रजा पंचरंगी होते हुए भी हम किरायेदारों के बीच जो एकता है वह देखकर किसी भी कट्टरपंथी को ईर्ष्या हो सकती है। अब तो डाह होने के लिए आसपास की सोसायटियों के सज्जन लोगों को भी कारण मिला। हमारे मकान के नीचे चौबीसों घंटे पुलिस का पहरा जो बैठनेवाला था।

"मिस्टर डिसोजा!" बस स्टॉप पर हमारे सेक्रेटरी से मुलाकात होने पर मैंने जानना चाहा, "क्या अब हमें हमारे वाचमैन की आवश्यकता रहती है?"

कुछ पल उन्होंने मेरे प्रश्न को नजरों से तोलकर उत्तर दिया, "अभी पहरा नहीं बैठा।" फिर भी मेरा सुझाव उन्हें जंच गया था, ऐसा उनके चेहरे के भाव से स्पष्ट जाहिर था। शायद मन-ही-मन उन्होंने गिनती कर ली हो, दो चौकीदारों में से रात की ड्यूटी वाले एक को छुट्टी देकर सोसायटी की राशि में थोड़ी-सी बचत की जा सकती है। वैसे भी रातपाली वाला बिशनसिंह ग्यारह के बाद मुख्य प्रवेश में गुदड़ी बिछा घोड़े बेचकर सो जाता था।

एक बार मंत्रीजी ने स्वयं उसे दो लातें जमाकर फटकारा था। उसने वहीं पांव थामकर तुरंत क्षमा मांग ली थी, मगर उस डांट का असर उस पर ज्यादा दिन नहीं टिक सका। अब लगता था, वह खुद ही नहीं टिक सकेगा।

बिशनसिंह को इसकी बू लगी। वह सावधान हो गया। अपने फर्ज़ में चुस्ती बरतने लगा। इतना ही नहीं, हमारी पालतू बिल्लियों पर उसे स्नेह भी उमड़ आया।

"साब!"

ओटले पर दोनों बिल्लियों को दूध पिलाकर खड़े मेरे पति को प्रसन्न करने के हेतु उसने कहा, "दया-धरम तो कोई आपसे सीखे। इन लावारिस जानवरों से इतना प्रेम तो शायद भगवान भी नहीं करते होंगे।"

उसके शब्दों के पीछे से उठती गूंज मैं सुन सकती थी। वास्तव में वह यह कहना चाहता था कि साहब, मैं गरीब आदमी हूँ। जरा खयाल रहे, कहीं नौकरी से मुझे हाथ धोना न पड़े।

मेरे पति उसके सामने मुस्कराकर अंदर चले आये। उत्तर में जब वे मुस्कान फैलायें, तब जान लो कि उन्होंने कान धरे ही नहीं।

बिशनसिंह ने मेरी तरफ देखा। मैं अभी भी ओटले और बैठक के बीच चौखट पर खड़ी उसकी आंखों में झांक रही थी। तभी मुझे उसमें एक चमक दिखाई दी मानो उसे अब समझ में आया हो कि रोज़ाना दफ्तर मैं जाती थी, अतः घर की 'स्वामी' मैं हूँ। उसे मुझे प्रसन्न करना चाहिए।

उसका तर्क गलत नहीं था। व्यावहारिक मामलों से मेरे पति को वहशत होती थी। अवसर शादी-ब्याह का हो या हमारी सोसायटी की वार्षिक मीटिंग का, मुझे ही निवाहना पड़ता था। कभी किसी रिश्तेदार की शवयात्रा में मैं उन्हें जबरन भेजती तो वे हमारे पुत्र आकाश की तरह मुझसे रूठ जाते। तब ऐसा लगता जैसे बाप-बेटे की उम्र में कोई फर्क नहीं।

बिशनसिंह अपनी उधेड़बुन से मुक्त होकर होंठ खोले इससे पहले किसी वाहन के टायर की चिचियाहट उठी, चालक ने अचानक ब्रेक पर पांव दबाया था।

मेरे पति फिर ओटले पर दौड़ आये। हमारे सामने पुलिस की बंद गाड़ी आकर रुकी थी। उसके दो दायरों के बीच माँ हव्वा तड़फड़ा रही थी। उसका सिर कुचल गया था।

मैंने साँस रोककर पति की तरफ देखा। हमारे वैवाहिक जीवन के सात वर्षों में पहली बार मुझे उनके चेहरे पर विचित्र भाव नजर आये, जिन्हें मैं पढ़ नहीं सकी। उनमें आघात था, न आक्रोश, न ही घृणा थी, फिर भी वे काफी कुछ कह रहे थे।

माँ हव्वा की करुण मृत्यु उनके लिए मानो हमारे बेटे के आकस्मिक अवसान के समान थी। मगर उन्होंने शोक नहीं प्रकट किया, बल्कि वे हंसने लगे। फिर मेरी कलाई थामकर वे मुझे भीतर ले आये और जैसे कोई हादसा हुआ ही न हो, वैसे मुझे बगल में खड़ी छोड़कर अपने काम में व्यस्त हो गये।

वे अपना ड्राइंगबोर्ड मेज के सहारे टिकाकर कुर्सी पर बैठे थे। मैं गौर से उन्हें कार्टून बनाते हुए देखती रही। उन्होंने एक इलेक्ट्रिक चेयर, बिजली की कुर्सी रेखांकित की थी, जिस पर मृत्युदंड का कैदी बैठने जा रहा था, मगर वह कैदी यह नहीं जानता था कि किसी ने उस कुर्सी पर एक कील खड़ी रखी है।

उनके निर्दोष व्यंग्य में कड़वाहट घुली थी। वह कड़वाहट जीवन की थी।

मौत के साथ भी वे छेड़खानी करने लगे थे। एक निर्दोष प्राणी की हत्या का यह गहरा प्रभाव था, अपनी तूलिका द्वारा वह अभिव्यक्त हो रहा था। जिन रक्षकों के दर्शन की मैंने सुंदर कल्पनाएं की थीं, उनके आगमन ने मेरे पति के हृदय के किसी अज्ञात कोने में वार किया था।

यह तो सिर्फ शुरुआत थी।

पुलिस की काली गाड़ी से उतरे हुए पाँच बॉडीगार्ड हमारी गुरुकुल सोसायटी के प्रवेश में कुर्सियां डालकर जम गये, जिनमें दो हवलदार, दो सी.आई.डी. के आदमी तथा एक अधेड़ डिप्टी था।

इस डिप्टी का गंजा चेहरा हिंदी फिल्मों के विलेन का स्मरण कराता था। उसकी कनपटी के ऊपर के हिस्से में पके हुए बालों के गुच्छे थे तो नाक के नीचे पहलवानों जैसी नुकीली मूंछें थीं। वह हँसता तब चंबल का कोई डाकू हँसता हो, ऐसा भ्रम होता। बाकी के चार थोबड़े भी कोई खास नहीं थे।

'श्रीमती सुशीला जैन!' मैंने अपने आपसे कहा, 'चेहरों की सुंदरता मिस इंडिया के चुनाव में देखी जाती है, पुलिस विभाग में नहीं।'

अंगरक्षकों का काम आतंकवादियों के अनपेक्षित हमले से दूसरी मंजिल पर रहते मंत्री जी को सुरक्षित रखना था और खाड़कू कब, किस स्थान पर, किसे उड़ा दें, यह कोई निश्चित नहीं था।

मंत्रीजी सचिवालय जाते, तब पुलिस की बुलेट-प्रूफ गाड़ी उन्हें लिवाने आती और शाम को उन्हें सकुशल छोड़ जाती। तब सिर्फ एक हवलदार जमुहाइयां लेते हुए मकान के प्रवेशद्वार पर खामोश बैठा रहता।

मैं तैयार होकर दफ्तर जाने के लिए निकली तो पति ने मुझे रोकते हुए पूछा, "वे लोग यहाँ कितने दिन रुकनेवाले हैं?" मुझे अचरज हुआ। पुलिस का पहरा बैठे अभी जुम्मा-जुम्मा आठ दिन भी नहीं हुए थे और वह दिन गिनने लगे थे।

"शायद एकाध-दो महीने।" दो पल सोचकर मैंने उत्तर दिया। बंबई में हुए बम- विस्फोट की दहशत कम होने में उतना समय लगेगा ऐसा मेरा अनुमान था। "हालात सुधरने पर सरकार उन्हें वापस बुला लेगी।"

दफ्तर पहुंचकर अपनी कैबिन के एकांत में बैठने पर मुझे विचार आया, मामूली सवाल करना मेरे पति का स्वभाव न था। घर पर वह इतना कम बोलते थे कि कभी मुझे धोखा होता, जैसे मैं किसी पुरुष से नहीं, पेड़ से ब्याही होऊँ।

हममें फर्क सिर्फ इतना है, मैं तन्हा, धीर-गंभीर हूँ, पेड़ सदैव जीवंत है। वह लहराते पवन के झकोरों में डोलना जानता है। उसे पुरवाई में गुनगुनाना आता है। परिंदों को अपने आंचल में छिपाकर उनसे बतियाना तो कोई उससे सीखे।

मेरे पति शांतिवादी थे। उनकी शांति चेतनापूर्ण थी। उनका जीवन संपूर्ण था। उस संपन्नता में एक ईंट मैंने भी रखी है। मैं उन्हें निःस्वार्थ भाव से चाहती हूँ, इसी कारण मुझे उनकी चिंता भी रहती है।

वे सारा दिन घर पर रहते, मूड होने पर काम करते वर्ना लेटे-लेटे शास्त्रीय संगीत या ग़जलों का कैसेट सुनते। कभी जी में आता तो दो पल बेटे से चुहल कर लेते। वह तंग आता तो माँ सीता बिल्ली को ढूंढ उसे छेड़ते।

उनकी आमदनी घर-गृहस्थी चलाने के लिए काफी नहीं थी। मैंने स्वयं अपनी इच्छा से एक विडियो कंपनी में सेल्स मैनेजर की नौकरी स्वीकार कर ली थी। दिन के भाग में परिवार से मेरा कोई संबंध नहीं रहता था। यहाँ अपने काम में मैं इतनी व्यस्त हो जाती थी कि घर स्मृति से लगभग मिट जाता।

आज की बात और थी। आज के उनके प्रश्न पर संजीदगी से सोचने पर मैं इतना अनुमान लगा सकी, घर का वातावरण शायद अब पहले-सा शांतिपूर्ण नहीं रहा होगा।

मेरा अंदेशा बिलकुल सही निकला। छुट्टी के दिन मैंने स्वयं अनुभव किया। मकान के प्रवेश में बैठकर पाँचों अंगरक्षक दिनभर ताश खेले और तंबाकू वाले पान खाकर यहाँ-वहाँ पीक उड़ायी।

हंसी-मजाक का यह सिलसिला मेरे लिए भी घिनौना था। हमारा आवास तल मंजिल पर और प्रवेश के निकट होने के कारण हम उनके कहकहे तथा बातें स्पष्ट सुन सकते थे। उनमें से किसी एक को हर दूसरे जुमले में एक गाली बकने की आदत थी।

झरने की तरह निरंतर बहते हमारे जीवन में मैंने पहली बार बहाव को रुख बदलते देखा। अपने ही घर में अब मुझे मुंह खोलने से पहले सोचना पड़ता। जैसे दीवार के उस पार की बातें हम सुन सकते थे, इस पार की हमारी निजी चर्चाएं वे लोग भी सुन सकते थे।

मैं परेशान हो उठी। किसी तरह महीना बीत गया। इस महीने के दौरान चौंका देनेवाली दो घटनाएं घटीं।

1992 दिसंबर में बाबरी मस्जिद ध्वस्त होने के बाद यहाँ के मुसलमान सड़कों पर उतर आये थे। सरकारी संपत्ति का सर्वनाश करते, आगजनी करते उस आक्रोश ने आखिर कौमी दंगे का रूप अख्तियार कर लिया था।

उसके चंद सप्ताह बाद हिंदू कट्टरपंथियों ने भय और आतंक का माहौल सुनियोजित ढंग से पैदा कर मुस्लिम समुदाय को बंबई शहर से उखाड़ फेंकने का जबरदस्त प्रयास किया। इसमें जानहानि के साथ मुसलमानों की करोड़ों रुपयों

की मालहानि भी हुई।

इसका बैर मुसलमान कट्टरपंथियों ने एक ही दिन, एक साथ किये गये कई बम-विस्फोटों से लिया। उस दिन सारे देश में हाहाकार मच गया। हिंदू कट्टरपंथी सावधान हो गये।

मैंने सोचा, दोनों तरफ हिसाब बराबर हो गया। अब एकाध-दो महीनों में परिस्थिति सुधरेगी और समय के साथ घाव भी भर जाएंगे। मेरा यही तर्क गलत सिद्ध हुआ था।

एक के बाद एक तीन कट्टरपंथी नेताओं की निर्मम हत्या हुई थी, जिनमें से दो हिंदू थे और तीसरा मुसलमान। वैसे छिटपुट बम-विस्फोट के हादसे भी अब आम हो गये थे। हमारे मकान से पहरा उठने की मेरी आशा पर पानी फिर गया।

दूसरी घटना हमारे घर में ही हुई। हमारा बेटा आकाश जो इस साल के.जी. में से पहली कक्षा में गया था, उसे दफ्तर से आकर मैं होमवर्क कराने बैठी। उसकी याददाश्त थोड़ी कमजोर होने के कारण एक कविता पाँच बार कंठस्थ कराने के बावजूद वह शब्दों के उच्चारण में भूल करता था।

मेरे पति को मज़ाक सूझा। माँ सीता से खेलते हुए उन्होंने खड़िया से जमीन पर आकाश का कार्टून बनाया, मगर कान लगाये गधे के।

आकाश वैसे ही परेशान था, वह और भन्नाया। गुस्से से आगबबूला होकर उसने अपने पापा को बहन की गाली दी। पति-पत्नी, हम दोनों भौंचक्के रह गये।

मंत्रीजी के अंगरक्षक बाहर थे, मुझे लगा वे हमारे घर में मौजूद थे। धुंध की तरह हमारे आसपास लहरा रहे थे। ज़हर बनकर हमारी साँसों में घुल-मिल गये थे। हम दोनों सहमकर रह गये।

हमारा चौकीदार बिशनसिंह चूहे से फिर शेर बन गया। उस पट्ठे की किस्मत अच्छी थी कि दिनपाली वाला वॉचमैन छुट्टी पर चला गया। अब बिशनसिंह दिन में काम करता और रात में चाहे तब सो जाता। इसमें भला किरायेदारों को क्या ऐतराज हो सकता था?

हकीकत कुछ और थी। वह तनख्वाह सोसायटी से लेता, मगर सेवा पुलिसवालों की करता। उन लोगों के लिए दिनभर चाय-पानी का इंतजाम करने का जिम्मा उसका था। इसके बदले में वे उसे पैसा बनाने के नये टोटके सिखाते थे।

दो दिन पहले की यह बात है। आकाश स्कूल में था। पति नुक्कड़ के उद्यान में चहलकदमी करने गये थे। मैंने वही गाली सुनी जो मैं हमारे बेटे की जुबान

से सुन चुकी थी। ओटले पर न जाते हुए मैंने दरवाजे की आड़ से नजरें फैलायीं।

प्रवेश में कुर्सी डालकर अपने साथियों के साथ ताश खेलता पहलवानों जैसी मूँछोंवाला गंजा डिप्टी मकान के अहाते में घुस आये एक फेरीवाले को गाली से संबोधित कर अपने पास बुला रहा था।

शायद भय या किसी दूसरे कारण से वह फेरीवाला जहाँ का तहाँ कद्दू की तरह खड़ा रहा। उसके माथे पर प्लास्टिक और स्टील के बरतनों का एक टोकरा था। ताश के खेल में डूबे हुए पुलिसवालों की तरफ वह टुकुर-टुकुर देख रहा था।

गंजे डिप्टी ने एक पत्ता फेंक खेल को आगे बढ़ाते हुए उसे फिर भद्दी-सी गाली सुनाई। डरते-डरते वह प्रवेश के पास आया तो पत्ते उलटे रखकर गंजा खड़ा हो गया। पहले उसने फेरीवाले को एक चांटा रसीद किया, फिर पूछा, "माचिस है?"

एक हाथ से टोकरा सँभालते हुए उसने तुरंत अपनी बंडी की जेब से माचिस निकालकर गंजे के सामने बढ़ायी। उसने बीड़ी जलाकर बेहिचक माचिस अपनी जेब में डाल दी। बीड़ी के कश लेते हुए वह फिर खेल में लीन हो गया था।

थोड़ी देर इंतजार कर फेरीवाला चला गया।

हमारे वाचमैन बिशनसिंह के लिए दिनोंदिन की घटती ऐसी छोटी-छोटी घटनाओं से काफी कुछ सीखने को था। पहले हमारी सोसायटी में फेरीवाले बेरोकटोक आते-जाते थे। अब उन्हें एंट्री-टैक्स देना पड़ता था। यह टैक्स कभी पुलिसवाले झाड़ लेते तो कभी हमारा वाचमैन उड़ा लेता था।

मसलन रोजाना सवेरे केले की टोकरी लेकर आते रामरखा से हमारा वाचमैन केले का एक गुच्छा मार लेता, एक केला खुद खाता और बाकी के पुलिसवालों में बाँट देता था।

इसके बाद वह पानी चढ़ाने पंपरूम में जाता और डबलरोटी तथा अंडों के साथ बेकरीवाले कादर भाई दर्शन देते। उनका स्वागत पुलिसवाले करते। अब तो उन्हें माँगना भी नहीं पड़ता था। गुरुकुल सोसायटी का प्रवेशद्वार चुंगीनाका बन गया था। उसमें दाखिल होते फेरीवाले कर देकर लिफ्ट तक पहुँच सकते थे।

ऐसे मैले वातावरण में मेरे नाजुकमिज़ाज पतिदेव को घुटन हो, यह समझा जा सकता है। मगर वे मौन रहकर सब कुछ सह लेते। यह भी उनका स्वभाव था। अभावों के बारे में फरियाद न करना उनकी फितरत थी, लेकिन सहनशीलता की भी एक सीमा होती है।

मनोवेदना की झलकियाँ अब उनकी आँखों में नजर आने लगीं। पहले वे हर

चीज़ को बालक की तरह विस्मय से देखते थे। अब जैसे बीनाई जा चुकी हो, ऐसे उनकी आँखें शून्य में गड़ी रहती थीं।

उनके चिंतन-मनन में मौत ने अरब के ऊँट की तरह एक पाँव डाला था। इन चंद हफ्तों में वह ऊँट दुम के साथ पूरा ही घुस आया।

आज सुबह रेखांकित किये व्यंग्य चित्र में उन्होंने फिर एक बार फाँसी के तख्ते पर खड़े एक बंदी की तस्वीर खींची थी। पीठ के पीछे उसके दोनों हाथ हथकड़ी में बँधे थे। उन हाथों में उंगलियों के बीच एक सिगरेट फँसी थी, जैसे उसकी अंतिम इच्छा पूर्ण करने के लिए जेलर ने उसे जलाकर सिगरेट दी थी, लेकिन...

मृत्यु के मुहाने पर खड़े मनुष्य का ऐसा क्रूर व्यंग्य उनकी असहनीय परिस्थितियों का परिणाम था। विशेष में हमारा आकाश जिस दिन तिलमिलाकर अपशब्द बोला था, वह जैसे अपने में सिमट गये थे।

उनका मस्तिष्क कई धागों की गुत्थी के समान था, जिसके एकाध-दो छोर अभी उनके अपने हाथ में थे। उदाहरणार्थ निरंतर मानसिक कष्ट भुगतने के बावजूद वे सुबह-शाम माँ सीता को दूध पिलाने का समय बराबर याद रखते थे।

एक दिन मैंने उन्हें ओटले पर पालथी मार बिल्ली के साथ बातें करते हुए देखा, "माँ सीता!" वे कह रहे थे, "आपको माँ हव्वा की कमी नहीं महसूस होती? मुझे तो लगता है, जैसे किसी ने मेरे कलेजे का टुकड़ा काट लिया हो।"

बिल्ली अपनी जीभ बाहर निकालकर कटोरी से चप्-चप् दूध पी रही थी। थोड़े अंतर पर चहलकदमी करते स्टेनगनधारी एक सी.आई.डी. का ध्यान उनकी तरफ आकर्षित था। धीरे-धीरे डग भरता हुआ वह हमारे ओटले के पास आया, तब मेरे पति की आँखें उस पर ठहरीं।

मानो उन्होंने प्रेत देखा हो, ऐसे माँ सीता को उठा वे हड़बड़ाकर भीतर दौड़ आये, फिर पलंग के नीचे दुबककर चिल्लानें लगे, "बंद कर दो, किवाड़ तुरंत बंद कर दो। हत्यारा फिर आ पहुँचा है।"

उनकी ऐसी मनोदशा देखकर मैं स्तब्ध रह गयी। जो पेड़ लहराते पवन के झोंकों में डोलना जानता था, मूढ़ हो गया था। पुरवाई में गुनगुनाना वह भूल गया था। अब उसकी शाखें भी सूनी पड़ गयी थीं।

इस करुण स्थिति को दूर करने का कोई उपाय खोजना आवश्यक था। कम-से-कम मैं अपनी सोसायटी के सेक्रेटरी के आगे मन खोलकर अपनी परेशानी रख सकती थी।

रात में मैं सोचती हुई डबलबेड पर लेटी थी कि हमारे दरवाजे की घंटी बजी।

मैं शयनकक्ष को पार कर बैठक में आयी और दरवाजा खोला। गंजा डिप्टी सिर्फ बनियान और पतलून में मुस्कराता हुआ मेरे सामने खड़ा था।

रीढ़ को चाटती हुई शीत का अनुभव करते हुए मैं सहसा दो कदम पीछे हट गयी। उसने अपने कठोर चेहरे को संभवतः मृदु बनाकर गुजारिश की, "सिस्टर, थोड़ी बर्फ मिलेगी?"

ना कहने का मुझमें साहस न था। रसोईघर तक जाते हुए मुझे सहज खयाल आया, रात कुछ इतनी गरम नहीं थी कि ठंडा पानी पीने की इच्छा हो। मैंने फ्रिज से ट्रे निकालकर बर्फ के चौखंडे एक पोलिथीन बैग में उंड़ेले और वह बैग उसे सौंप दिया।

पुलिसवालों के चेहरे इतने कठोर क्यों होते होंगे? एक पुराने प्रश्न ने फिर करवट ली। उत्तर की खोज में गोते लगाती मैं अभी भी चौखट पर खड़ी थी।

क्या जन्म से ही वे ऐसे क्रूर लगते होंगे? या फिर पुलिसदल में भरती होने के बाद, समय के साथ उनके चेहरों की रेखाएँ परिवर्तन अपनाती होंगी?

दूसरा तर्क मुझे कुछ उचित लगा। यह निर्विवाद सत्य है कि मनुष्यों के चेहरे उनके व्यावसायिक वातावरण के अनुकूल निश्चित साँचे में ढल जाते हैं। कोई अध्यात्म के मार्ग पर आगे बढ़ता है तो उसकी तेजोमय मुखमुद्रा उसकी पहचान बन जाती है। उसी तरह किसी कसाई को भी आप उसके चेहरे द्वारा जान सकते हैं। दर्पण से चेहरे की तुलना आदिकाल से होती रही है।

मैं वापस भीतर जाऊँ इससे पहले मेरी हैरत के बीच हमारी सोसायटी के सेक्रेटरी मिस्टर डिसोजा स्वयं आकर मेरे सामने खड़े थे। तुरंत मैंने इशारे से उन्हें अंदर बुला लिया। मेरे पति शयनकक्ष में लेटे हुए थे। अतः मैंने मिस्टर डिसोजा को बैठक के एक सोफे पर बिठाकर उनके सामने अपनी समस्याएं रखीं। उसमें तीन मुद्दे थे-

एक, माँ-बहन की गालियाँ बोलने की पुलिसवालों की आदत। दो, हमारे दरवाजे के सामने उनका चहलक़दमी करना। तीन, रात में देर तक शोर-शराबा।

मैंने यह भी बताया कि इन सारी हरकतों का गहरा प्रभाव मेरे पति के दिमाग़ पर हो रहा है। हमारा बेटा अब गालियाँ बोलना सीख गया है। हमारे घर की प्राइवेसी भी अब नहीं रही।

उन्होंने कहा कि सोसायटी के दूसरे किरायेदारों ने भी इस विषय में उन्हें सजग किया है। इतना ही नहीं, तीसरी मंजिल पर रहती मिस खुरशीद इरानी ने अपनी शंका व्यक्त करते हुए उन्हें चेताया है कि ये बॉडीगार्ड कभी उनकी इज्जत पर हाथ डाल सकते हैं।

फिल्मों में हेयरड्रेसर होने के कारण मिस खुशीद का घर लौटने का समय निश्चित नहीं था। वैसे वह कुलीन युवती थी, मगर लड़की चाहे कितनी ही सीधी, सुसंस्कृत क्यों न हो, वह फिल्म लाइन से जुड़ी हो तो समाज उसे तिरस्कार से देखता है।

मिस खुरशीद को देर रात में अकेली आती देख ये पुलिसवाले लार टपकाते हों तो आश्चर्य नहीं, वर्ना वह ऐसी गंभीर चिंता नहीं जताती।

मैं सिहर गयी। मिस खुरशीद के मसले के सामने मुझे अपनी परेशानी साधारण-सी लगी। मैंने मिस्टर डिसोजा से पूछा, "फिर आपने कोई रास्ता निकाला?"

अपने साथ लायी हुई फाइल में से उन्होंने टाइप किया हुआ एक काग़ज निकालकर मेरे सामने बढ़ाया, "इसे पढ़ने से आपको खयाल आ जायेगा।"

मैं उसे सरसरी निगाह देख गयी। सभी किरायेदारों की ओर से उन्होंने मंत्रीजी के नाम एक आवेदन-पत्र तैयार किया था। उसमें कुछ नये पॉइंट भी शामिल किये गये थे—

1. पुलिसवाले रात में कभी-कभी शराबखोरी करते हैं।

2. अपनी वर्दी तथा शस्त्रों का तकिया बनाकर वे सिर्फ अंडरवियर में मध्यरात्रि के बाद प्रवेश में सोते हैं।

3. प्रातःकाल उन्हीं अंडरवियर में दाँत माँजते हुए वे अहाते में टहलते हैं।

इस पत्र की एक प्रति कमिश्नर के नाम भेजी जानेवाली थी।

थोड़ी देर पहले गंजा डिप्टी बर्फ माँगने हमारे दरवाजे पर आया था, उसका कारण अब मेरी समझ में आया। आज उनका नशाखोरी का कार्यक्रम था।

मुझे सोच में खोयी हुई देख मिस्टर डिसोजा ने याद दिलाया, "इस पत्र में नीचे आपको भी दस्तखत करने हैं।"

"ऑफकोर्स।" उनसे कलम लेकर हस्ताक्षर करते हुए मैंने कहा, "क्या आपको नहीं लगता कि यह ऑफिसियल लेटर मंत्रीजी के नाम भेजने से पहले हमें खुद चलकर उन्हें मित्रभाव से सूचित करना चाहिए? आखिर वे भी तो इस सोसायटी के किरायेदार हैं?"

"मैं उनसे इतवार को मिला था।"

अधीर होकर मैं बीच में बोल उठी, "उन्होंने क्या कहा?"

"यही कि सरकार की ओर से उन्हें बॉडीगार्ड मिले हैं, फरिश्ते नहीं!" मिस्टर डिसोजा बोले, "दूसरे यह कि इन बहादुर सिपाहियों ने देश की खातिर अपनी जान दांव पर लगायी है। कौन कह सकता है, कल का सूरज वे देख भी सकेंगे

या नहीं? अंत में उन्होंने साफ-साफ बता दिया कि थोड़ी बहुत अड़चनें सभी किरायेदारों को भुगतनी होंगी।''

''मिसेज जैन!'' थोड़ा रुककर उन्होंने जोड़ा, ''शायद आप नहीं जानती होंगी, हमारे मंत्रीजी का नाम हिटलिस्ट में नहीं है।''

इस बार मेरे हैरत की सीमा न रही। उनके प्राण को भय नहीं हो, तब इस सुरक्षा-बंदोबस्त का क्या अर्थ?

मेरे चेहरे को खुली किताब की तरह पढ़ लेते हुए मिस्टर डिसोजा ने स्पष्टता की, ''दरअसल उनके जूनियर को पुलिस प्रोटेक्शन मिला था, उन्हें नहीं । अत: उनका सिर नीचा हो गया।''

रात देर तक मैं इस बारे में सोचती रही, बाहर से ठिठोली की आवाजें उठती रहीं, कहकहे गूंजते रहे। मेरे पति ने जैसे कोई डरावना स्वप्न देखा हो, ऐसे मध्यरात्रि को वे चौंककर बैठे हो गये। मैंने उनका सिर अपनी गोद में लेकर उन्हें वापस सुला दिया।

उनकी दिनचर्या अंधेरे में शुरू होती थी। वे सबसे पहले जगकर बाहर से अखबार की प्रति तथा दूध की बोतल लेते, दूध गर्म करने से पहले वे माँ सीता के लिए कटोरी भर दूध अलग रख देते, फिर चाय की पतीली चूल्हे पर चढ़ाकर ओटले पर दूध की कटोरी रखते और चाय तैयार होने पर मुझे जगाते थे।

उनकी ड्यूटी पूर्ण होती और मेरी कसरत शुरू। मैं चाय पीकर आकाश को जगाती, उसे नाश्ता देकर फटाफट तैयार करती। स्कूल-बस ठीक आठ बजे आती। आज इस दैनिक क्रम में कुछ तबदीली हुई थी।

मैं अपने आप उठ बैठी थी। एक लंबी जमुहाई लेकर आलस को दूर करते हुए मैंने शयनकक्ष की अलार्म-घड़ी देखी। सात बज गये थे। सहज ही मन में खलबली हुई-ऐसा कैसे हुआ? रोज सबेरे छह बजे मेरे केश में अपनी उंगलियाँ पिरोकर मुझे नींद से उठानेवाले मेरे पति क्या आज अपना कर्म चूक गये होंगे?

मैं रसोईघर में आयी तो गैस के एक चूल्हे पर चाय जलकर तले में जा बैठी थी। दूसरे चूल्हे पर दूध की स्थिति उससे भी अधिक दयनीय थी। दूध उबल-उबलकर किचन-प्लेटफॉर्म पर फैल गया था। जो थोड़ा-बहुत बचा था, चाय की तरह अब भी बुदबुदा रहा था।

तुरंत दोनों चूल्हे बंद करते हुए मेरी छाती में हौल-सा पड़ा—मेरे पति कहां हैं? मैं तेजी से कदम बढ़ती हुई ओटले पर आयी और मेरा दिल दहल गया।

मेरे पति ओटले पर गुमसुम बैठे थे। उनके सामने दूध की भरी हुई कटोरी थी। गोद में माँ-सीता का निश्चेष्ट शरीर था। उसकी मृत्यु सिर पर नजर आते हुए

जख्म के कारण हुई थी।

क्या किसी ने उसे पत्थर मारा होगा? रात में शराब पीकर किसी पुलिसवाले ने उस पर डंडे से प्रहार किया होगा? यह मुमकिन था। वे पीते वक्त नमकीन की दो-तीन प्लेटें साथ रखते थे। शायद हमारी माँ-सीता ने एकाध प्लेट में मुँह मारकर उसे जूठा कर दिया हो और किसी ने गुस्से में आकर डंडा चला दिया हो।

सुबह तड़के मुझे पति के पास उदास खड़ी देख गंजा डिप्टी दातुन करते हुए बनियान तथा नीली धारियोंवाली चड्ढी में मेरे सामने आकर मुझे टुकुर-टुकुर देखने लगा। मैंने दीदे दिखाये। वह अपनी पहलवानों जैसी मूंछों में थोड़ा हँसा और कुछ भी कहे बिना दाँत मांजते हुए फिर अहाते में टहलने लगा।

उसे कुछ कहने की जरूरत नहीं थी। रात में बिल्ली द्वारा मुंहमारी हुई प्लेट किसी ने हमारे ओटले के नीचे ही उलट दी थी। मेरा जी चाहा मैं चीखूं, अपनी चीत्कार द्वारा दबा हुआ आक्रोश प्रकट करूँ।

मैंने ज़ीवन में पहली बार विवशता महसूस की, मगर मेरे पति की त्रासदी मुझसे महान थी। माँ हव्वा तथा माँ सीता, आतंकवाद ने उनकी दो संतानों का भोग लिया था।

●●

मुर्दा

लाल मिट्टी में लिपटा एक मुर्दा सड़क के किनारे पड़ा है। मुर्दे के सिर से पीपल के पेड़ का तना शुरू होकर शाखों और पत्तों में कहीं खो गया है। चीते की खाल-सी धूप नीचे छितराई हुई है।

मैं मुर्दे को देखता हूँ। मुर्दे के इर्द-गिर्द खडी भीड़ को देखता हूँ। मौत की बू ने उनके चेहरों को लटका दिया है। मौत के भय ने उन्हें डरा दिया है। मौत की उदासी ने माहौल की ताजगी को भी अछूता नहीं छोड़ा।

मैं सुनता हूँ, कोई कहता है, ''इसकी किस्मत में ऐसी ही मौत लिखी होगी।'' कोई खोखली हमदर्दी जताता है, ''की जाणे राती रे केबे मरी गला।'' (कौन जाने रात में वह कब मर गया होगा।) कोई बोलता है, ''बेचारे के बदन पर गमछे के अलावा और कोई कपड़ा नहीं।'' किसी के होंठ हिलते हैं, ''काली राती रे तो बहुत सीत हेला।'' (कल रात काफी सर्दी थी।) जो लोग मौन हैं, वे टुकुर-टुकुर मुर्दे को देख रहे हैं। जो बतिया रहे हैं, उनके शब्द दब-दबकर पिस-पिसकर उठते हैं।

उन सबकी बिना परवाह किए मुर्दा खामोश नजरों से पेड़ की घटा में देख रहा है। आँखें बाहर कूद पड़ी हैं, खुले पड़े दो छातों की तरह उभर आयी हैं। इन आँखों में आँखें डालकर देखने की हिम्मत किसी में नहीं। लोगों की नजरें मुर्दे के पैर से धीरे-धीरे ऊपर की तरफ बढ़ती हुई आँखों तक आती हैं और बिना रुके ही दौड़ जाती हैं।

उन आँखों में मैं अपनी आँखें पिरोता हूँ। उनसे मैं परिचित हूँ। यह परिचय

वर्षों पुराना नहीं, महीनों पुराना भी नहीं। हाँ, तीन हफ्ते पहले मैंने उन आँखों को पहली बार देखा था। तब उनमें चमक थी। जवानी की नहीं, बुढ़ापे की। मृत्यु की नहीं, जीवन की। वे कत्थई, पारदर्शक आँखें खामोश नजरों से सब कुछ देखती थीं। एक अर्से से देखती आयी थीं:

छोटा-सा एक शानदार बंगला, हल्के सफेद और भूरे रंग के हवादार कमरे, बगीचे में झांकती गुलाबी खिड़कियां, खिड़कियों से झांकते लाल-पीले फूल, रंग-बिरंगी तितलियां, बल खाती हुई बेलें...

वे आँखें बूढ़े चौकीदार लोकनाथ की थीं। चटर्जी बाबू उसे 'लोका' कहकर पुकारते थे। बच्चे उसे 'लोकाबाबा' के नाम से पहचानते थे। बंगले की एक-एक ईंट से वाकिफ, बगीचे के पत्ते-पत्ते से परिचित, लोकनाथ दिन में सोता, रात को जागता। पिछले कुछ वर्षों से उसकी नींद भी उचाट हो गयी थी। चौबीस घंटों में से वह केवल चार घंटे सोता हो तो ताज्जुब नहीं। बुढ़ापे ने नींद छीन ली थी। चटर्जी बाबू जानते थे-बुढ़ापे ने उसकी जवानी भी लूट ली थी।

जवानी के दिनों की बात और थी। तब लहू में गर्मी थी। सारा दिन वह दुकान में काम करता। सारी रात बंगले में पहरा देता। दिन-रात के इस चक्कर में वह कब झपकी ले लेता, किसी को खबर तक नहीं होती।

और जवानी ढलने पर? वह सिर्फ बंगले की रखवाली करता था। सारा दिन नहीं। सारी रात भी नहीं। बार-बार पलकें बोझिल होने लगती थीं। न चाहते हुए भी वे झुक जाती थीं। काफी कोशिश करने पर भी आँख लग जाती थीं। फिर भी वह मायूस नहीं होता था। (उसे क्या पता था कि बुढ़ापे के आखिरी पहर में बिना प्रयास के ही आँखें खुली रहने वाली थीं।)

सूरज ढलता। शाम ढलती। लोकनाथ कुएँ पर हाथ-मुँह धोकर बंगले के बरामदे में आकर बैठ जाता। लालटेन जलाकर अपना बिस्तर बिछाता और उसी बिछौने पर अपने जिस्म को फैला देता।

रात होती। बगीचे में कुत्ते भौंकने लगते। खिड़की से चटर्जी बाबू की आवाज़ उठती-"लोका!"

"आज्ञा!" कहते हुए वह उठ बैठता। उसके एक हाथ में लालटेन रहती, दूसरे में लाठी। सूखे पत्तों पर उसके नंगे पाँव पड़ने से रात की खामोशी में साफ आवाज़ उठती। धीरे-धीरे कदम बढ़ाता, धुंधली नजरों से चारों तरफ देखता वह पूरे बाग में गश्त लगाता...

वे खामोश आँखें, सदा के लिए खामोश होकर आज घटाटोप को घूर रही हैं।

मुर्दे के गले में काला धागा है। मैं मुर्दे के खुले हाथों पर नजर डालता हूँ। ये खाली हाथ मुझे खाली नहीं लगते। अचानक कहीं से आकर वही लालटेन उसमें लटक जाती है। इस हाथ और लालटेन का रिश्ता बचपन का है। लोकनाथ और लालटेन, लालटेन और लोकनाथ। इन दोनों में से आप एक को देखें तो दूसरे की याद आए बिना नहीं रहेगी।

लोकनाथ के हाथ में मैं लाल रंग की एक लाठी भी देखता हूँ। यह लाठी वह कई तरह से इस्तेमाल करता था। जैसे, भौंकते कुत्तों को फटकारने के लिए, बगीचे में दिखाई देने वाले साँप को भगाने के लिए। बच्चों को 'घोड़ा-घोड़ा' खेलाने के लिए। चटर्जी बाबू के दोनों बच्चों को यह लाठी प्रिय थी। एक के हाथ में देख दूसरा दौड़ा आता और दूसरे के हाथ में देख पहला। झगड़ा शुरू होने में देर नहीं लगती।

एक दिन लोकनाथ मेले से एक और लाठी खरीद लाया। दोनों बच्चे अब एक साथ, एक समय 'घोड़ा-घोड़ा' खेल सकेंगे- उसने सोचा, लेकिन नहीं। उसका तर्क गलत सिद्ध हुआ। दोनों बच्चों ने जिद की, उसी पुरानी लाठी के लिए। लाल रंग की थी न! फिर एक बार लोकनाथ का चेहरा उलझ गया।

बच्चे लोकनाथ के साथ ऐसे घुल-मिल गये थे कि उन्हें 'लोकाबाबा' के बिना चैन न आता। लोकनाथ भी कहाँ बच्चों के बगैर जी सकता था? गर्मी के दिनों में चटर्जी बाबू बच्चों को लेकर दार्जिलिंग चले जाते और लोकनाथ का चेहरा कैन्सर के मरीज की तरह फीका पड़ जाता। सारा बंगला, सारा बगीचा और सारा गाँव उसे श्मशान-सा लगता। कभी श्मशान में जाकर वह मुर्दे की तरह बैठा रहता।

मेरी नजरें मुर्दे के हाथ पर से बढ़ती हुई जबान पर रुक जाती हैं। मुँह खुला है। आँखों की तरह जबान भी बाहर निकल आयी है। यह गूंगी जबान जिंदगी भर तो खामोश रही, पर अब सहा नहीं जाता हो, ऐसे छटपटा रही है। सरेआम कुछ घोषणा करना चाहती है। गला फाड़कर चीखना चाहती है। नहीं! यह कुछ बोलती नहीं। खामोशी इसकी फितरत है। जिंदगी इसे शब्द न दे सकी, मौत क्या देगी?

मुझे याद है, चटर्जी बाबू जब भी उसे आवाज़ देते, वह 'आज्ञा' कह खड़ा हो जाता। कुछ अधिक कहने की जरूरत पड़ती तो वह सिर हिला देता। कभी आँख के इशारे से समझा देता। बस, इससे अधिक कुछ भी नहीं।

हाँ... बच्चों के साथ मैंने उसे बच्चा बनते हुए देखा है। एकाएक मानो उसकी जबान में जान आ जाती। उसके बदन में फुर्ती आ जाती। बच्चों की तरह वह भी खट्टी-मीठी बोली बोलने लगता। बच्चों की तरह निर्मल हँसी हँसना और

बच्चों की तरह रोना भी वह जानता था।

चटर्जी बाबू कहते थे- ना, चटर्जी बाबू को उससे कुछ कहना था लेकिन लोकनाथ के सामने आते ही न जाने उनकी जबान को कैसे लकवा मार जाता था। उसकी बूढ़ी आँखों में भी वे देख नहीं पाते थे। सिर झुकाये वह चुपचाप खड़ा रहता, अब कोई हुक्म मिलेगा, अभी मालिक के होंठ खुलेंगे। दो, चार, दस, बीस शब्द उछलेंगे...

चटर्जी बाबू के चेहरे पर लोकनाथ के चेहरे से कुछ ज्यादा ही उलझन होती— "कैसे कहूँ? शब्दों को कैसे जोडूं? किन शब्दों में उसे डाँटूं? उसी कमबख्त की गोद में खेलकर मैं बड़ा हुआ हूँ।"

मेरी निगाह मुर्दे की कमर में लिपटे गमछे पर जाकर दाहिने पाँव पर टिक जाती है। यह पाँव बाएँ की तुलना में तीन गुना मोटा है। 'फिल पैर' का रोगी था लोकनाथ। कभी-कभी, चलते-चलते रास्ते के बीच ही असहनीय पीड़ा उठती थी। उस पीड़ा का पता उसके बाएँ पैर को नहीं होता था तो दूसरों को कैसे चलता?

चटर्जी बाबू : "लोका!"

लोकनाथ : "आज्ञा!"

एक ही आवाज़ में हाजिर हो जाने का कमाल वह जानता था। घर का काम, दुकान का काम, बाहर का काम—कोई भी काम करने के लिए वह हमेशा मुस्तैद रहता। आदेश मिलते ही मुस्कराकर निकल पड़ता। कभी एक मील, कभी पाँच तो कभी दस मील। जवानी में उसकी चाल राजधानी रेल-सी थी। 'फिल पैर' और बुढ़ापे ने उसे 'पैसेंजर' बना दिया था।

शाम ढलती, लोकनाथ कुएँ पर हाथ-मुँह धो बंगले के बरामदे में आकर बैठ जाता। धीरे-धीरे रात होती, कुत्ते भौंकते। धीरे-धीरे वह लालटेन और लाठी लेकर खड़ा होता। धीरे-धीरे आगे बढ़ता। अँधेरे में लाठी हिलाता, सूखे पत्तों को रौंदता और वापस बरामदे में आकर बैठ जाता। अब तो वह चटर्जी बाबू की आज्ञा का पालन करने में भी देर लगाता। और चटर्जी बाबू, सच कहता हूँ, एक-आध मिनट उसकी राह तकते झुंझला उठते थे। उनका एक मिनट लोकनाथ की जिंदगी भर की 'गुलामी' से ज्यादा कीमती था।

चटर्जी बाबू : (गुस्से में) "लोका!"

लोकनाथ : "आज्ञा!"

चटर्जी बाबू को अभी बहुत कुछ कहना था। अभी उन्होंने कहने की शुरुआत भी नहीं की थी, अभी तो उन्होंने सिर्फ एक ही शब्द कहा था। बाकी के शब्द: "अब तू बूढ़ा हो गया। बग्घी के बूढ़े घोड़े जैसा हो गया है और बूढ़े घोड़े की

जरूरत किसी को नहीं होती।'' ये सारे शब्द उनके गले तक आते और लौट जाते। लोकनाथ खामोश नजरों से देखता रहता। बूढ़ा हुआ तो क्या वह इन्सान मिट गया? उसकी पारदर्शी नजरों ने चटर्जी बाबू की आँखों में से झाँकते शब्दों की परछाइयाँ देख ली थीं।

वह दिन दिसंबर का था। वह रात जाड़े की थी। कुत्ते भौंक रहे थे। लोकनाथ करवटें बदल रहा था। कुछ सोच रहा था। कुछ निश्चय कर रहा था। अचानक लालटेन और लाठी उठाकर वह खड़ा हो गया। बगीचे के अँधेरों को टटोलते हुए वह धीरे-धीरे फाटक से बाहर भी निकल गया।

कोई नहीं जानता, रात उसके प्राण कब निकले होंगे। किसी को पता नहीं भूख उसे खा गयी या ठंड उसे निगल गयी? फिर भी कुछ एक की सोच 'आत्महत्या' तक भी जाती है।

एक निगाह मैं मुर्दे के चेहरे पर बिछाता हूँ। एक नजर मैं इकट्ठे हुए लोगों की भीड़ पर घुमाता हूँ। इनमें और मुर्दे में अधिक अंतर नहीं। अगर कोई अंतर है तो वह सिर्फ इतना कि मुर्दे में शायद प्राण हों!

●●

अंधेरे से उजाले तक

हनीमून की एक रात

999

अंधा

घर से कब्र तक

नाम

हनीमून की एक रात

"फिर?" दरी पर करवट बदलते हुए फिर एक बार फोरमी ने लेटे-लेटे पूछा और पास खड़े सुलक्ष की पीठ को देखती रही। सुलक्ष अंधेरे आकाश के सीने में देख रहा था। सिगरेट के धुएँ का आखिरी छल्ला अंगड़ाई लेकर गायब हो गया।

सुलक्ष ने नजरें झुकायीं। दुमंजिले मकान के छत की मुंडेर पर कुहनियाँ टेके वह खड़ा था। थोड़े-थोड़े फासले पर नज़र आते इसी प्रकार के कई छोटे-मोटे मकानों की कतार समंदर की ओर दौड़ जाती थी। पाली हिल के इस रईस इलाके के पीछे से उठती मौजों की आवाज़ यहाँ तक सुनाई देती थी।

"धीरे-धीरे बाढ़ का पानी ऊपर चढ़ रहा था।" फोरमी की ओर बिना देखे ही सुलक्ष ने अपने गाँव का किस्सा आगे बढ़ाया, "हमारा मकान पक्का था। मैं बेफिक्र था। लेकिन... उस गर्भवती स्त्री का मकान ज्यादा देर नहीं टिक पायेगा, यह मुझे मालूम था।"

खाक होने आयी सिगरेट से दूसरी जलाते हुए उसने टोंटे को नीचे फेंका। अंधेरे में टूटे तारे की तरह गिरते-गिरते वह बुझ गया। उसने चेहरा घुमाया। फोरमी और उसकी आँखों के बीच अधिक अंतर नहीं था। उस अंतर को घटाने के लिए उसने पहला कदम उठाया और रास्ते पर कहीं चीख मारकर खामोश हो गये कुत्ते का रोना उसके कानों से टकराया। जाने क्यों वह स्थिर हो गया।

"मैं खामोश खड़ा था। बेबस नजरों से वह गर्भवती स्त्री अपने टीन के छत पर से मेरी ओर देख रही थी। वह अकेली थी। उसका पति कहाँ होगा? उसके बच्चे कहाँ होंगे? बाढ़ आयी तब मैं अपने एक मित्र के घर था। तले के कमरों

से कीमती सामान ऊपर ले आने में वे लोग व्यस्त थे। कोई आटे का डिब्बा उठाये था तो कोई वस्त्रों से भरी सूटकेस। किसी के सिर पर कुर्सी थी, तो किसी के दोनों हाथों में किताबों का ढेर था।''

फोरमी ने चेहरा थोड़ा तिरछा कर बालों में से दो-तीन हेयरपिन निकाल लीं। सुलक्ष उसके करीब आकर दरी पर बैठ गया। उसकी आँखें फोरमी की आँखों की गहराई नाप रही थीं। फोरमी की नजरें काले बादलों के पीछे सरकते चंद्रमा के साथ यात्रा कर रही थीं।

एक गहरा कश लेकर सुलक्ष ने धुएँ का गुबार उसके चेहरे पर तैरता छोड़ा और उसकी चोली का एक बटन आसानी से उसने खोल डाला।

''फिर?''

सुलक्ष ने अपने साहस का किस्सा आगे बढ़ाया, ''एक दर्दनाक चीख उठी और बाढ़ के धंसते पानी पर से फिसलती हुई मेरे कानों में उतर गयी।''

ठीक उसी समय दबी-दबी आवाज़ में रोता हुआ कुत्ता फिर चीखा। फोरमी ने सहज अकुलाहट महसूस की। उसने प्रश्न भी किया। यह चीख गर्भवती स्त्री की तो नहीं होगी? कितना दर्द... कितनी पीड़ा थी उसमें!

''पानी टीन की छत तक चढ़ आया था। नीचे की दीवारें कब घुटने टेक देंगी, यह सोचना मुश्किल न था। जिंदगी और मौत के बीच का अंतर घट गया। पल-पल आगे बढ़ती मौत ने उस विवश स्त्री को चारों ओर से घेर लिया था। चारों दिशाओं में से मौत का घेरा कसता जा रहा था। मूसलाधार बरसता पानी और ढह जाते घरों के साथ डूबती चीखें, तैरती चीखें, रोती-बिलखती चीखें, सहाय के लिए पुकारती चीखें, मैं टकटकी बाँध गर्भवती स्त्री को देख रहा था।''

यहाँ कुत्ते का रोना बढ़ा। चोली का खुला बटन बंद करते हुए फोरमी बैठी हो गयी। सुलक्ष खामोश था। इस समय दोनों के सिर पर कुत्ते की वेदना हथौड़े की तरह टकरा रही थी।

''कुत्ते को शायद कोई परेशान कर रहा है।''

''हूँ।''

साथ-साथ खड़े होकर दोनों टेरेस के किनारे तक आये और मुंडेर पर हाथ टेककर आवाज़ की दिशा टटोलने लगे। कुत्ता नहीं था, कोई नहीं था। अंधेरे थे और सहायता के लिए हाथ-पैर मारती वेदना थी। चंद पलों बाद फिर शांति उतर आयी।

''फिर?''

''गर्भवती स्त्री छत पर खड़ी हो गयी। पानी उसके पैरों को छू रहा था।''

सुलक्ष की जबान के साथ उँगलियाँ भी चल रही थीं। दोनों दरी पर थे। फोरमी तकिये में कुहनियाँ गड़ाये, हथेलियों में तिरछा चेहरा लिये उलटी लेटी थी। सुलक्ष बेपरवाही से बैठा था। उसकी उँगलियाँ फोरमी की कमर के खुले हिस्से पर रेंग रही थीं।

"अचानक वह स्त्री बाढ़ के पानी में गायब हो गयी, जरा भी आवाज़ किये बगैर, चीखने का उसे मौका ही नहीं मिला था। अभी-अभी पानी टखनों को छू रहा था। अब सिर के ऊपर था। मेरी नजरें पानी की सतह पर जमी थीं। मुझे उम्मीद थी, कम-से-कम एक बार वह सतह पर आयेगी... छत आयी, लकड़ी की कुछ फल्लियाँ आयीं, वह आयी और मैं जल-प्रवाह में कूद पड़ा।"

एक कातिल चीख अँधेरे से उभरी और अँधेरे में ही कहीं चिपक गयी। कोई शख्स खुलकर हँस रहा था। फोरमी खड़ी हो गयी। सुलक्ष खड़ा हो गया। फिर एक बार दोनों मुंडेर के सहारे खड़े-खड़े अँधेरे टटोलने लगे। कुत्ते की दबी-दबी-सी रुलाई उनके दिलों पर करवत की तरह चल रही थी।

"कौन होगा वह निर्दय?"

"हरामी कहीं का..."

"नीचे जाकर तुम जरा देखो तो सही!"

फोरमी की चोली पर चाँदनी जैसा बोसा लेकर सुलक्ष नीचे आया। उसने टार्च भी अपने साथ ले ली थी। प्रकाशित वर्तुल उसके साथ-साथ डोलता-कूदता चल रहा था। वह रुका। प्रकाशित वर्तुल भी रुक गया।

कुछ फासले पर उसने देखा-- एक डामिस लड़का, उसी की उम्र का और बिजली के खंभे से बँधा हुआ एक कुत्ता। कुत्ता रो रहा था। डामिस हँस रहा था। हँसते-हँसते कुत्ते की आँखों में छुरी की नोंक चुभो रहा था, कुत्ते की चमड़ी पर लाल लकीरें खींच रहा था।

टॉर्च लाइट क़ी उसे परवाह न थी। मानो सुलक्ष का अस्तित्व हो-न-हो, ऐसे उसने कुत्ते की दुम काटने में अपनी सारी ताकत लगा दी।

सुलक्ष तड़प उठा। फोरमी छत के किनारे से देखती रही। टॉर्च की रोशनी में अब वह स्पष्ट देख सकती थी।

सुलक्ष की नजरें तिरछी हुईं, छत की दिशा में देखा और "ऐ..." कहने की उसने जुर्रत की।

डामिस ने नजरें घुमायीं, "मुझसे कहा?"

सुलक्ष ने जवाब नहीं दिया। वह एकटक डामिस को देखता रहा। कातिलाना सुर्ख आँखें, छोटे-छोटे कंटीले बाल, दबी हुई नाक, शराब की बू फैलाते कटे

होंठ, गरदन नहीं था। सीना चौड़ा था, धारियोंवाले लाल स्वेटर के पीछे छिपा था। कमर पर नेकर थी।

टॉर्च का बटन बंद कर सुलक्ष लौट आया। "कोई पिया हुआ है।" दरी पर बैठते हुए उसने सिर्फ एक ही जुमला कहा। चंद्रमा सिर पर आया। आकाश का मैल छंटने लगा। अभी चाँदनी फैली नहीं थी।

"फिर?"

"सारा किस्सा एक ही रात में जान लेना है?"

"बताओ न..." फोरमी ने उसकी गोद में सिर रखकर पाँव फैलाते हुए लाड़ से कहा।

अब सुलक्ष को किस्सा आगे बढ़ाने में ज्यादा दिलचस्पी नहीं थी। इसके दो कारण थे। एक तो यह कि रात काफी बढ़ चुकी थी। दूसरा, अब तक वह अपने साहस के दो किस्से सुना चुका था। तीसरे को अधूरा ही छोड़कर उसने फोरमी की चोली के सारे बटन एक-एक कर खोल डाले। सिफत से ब्रा की हुक भी ढीली कर दी।

फोरमी को यह पसंद आया। करवट बदलकर वह तकिये पर सरक आयी। सुलक्ष ने उसके दोनों कंधे पकड़कर उसे हौले से बैठा दिया। दोनों गठीले स्तन बंदूक की नाली की तरह उसके सीने को देखते रहे। उसकी चौड़ी आँखें स्तनों को देखती रहीं। उसके खुले होंठ उनको चूमने के लिए आगे बढ़े और कुत्ते का आक्रांत फिर शुरू हुआ।

दोनों ने चौंककर एक-दूसरे की आँखों में देखा और जैसे चौंककर देखा ही न हो ऐसे नजरों में प्यार भरने लगे।

सुलक्ष की उँगलियों में चंचलता आयी। फोरमी के स्तन पर वर्तुलें बनाती धीरे-धीरे नीचे की ओर फिसलने लगीं। फोरमी होंठों में मुस्कराहट भरकर दरी पर लेट गयी। चन्द्रमा दोनों आँखों में समा गया। अभी तक आक्रांत रुका नहीं था।

वह सोच रही थी-डामिस की छुरी कुत्ते की आँखों में घुसी होगी... कान पर चली होगी... जिस्म पर दौड़ी होगी...

सुलक्ष ने घूंघट की तरह धीरे से साड़ी उठायी। उजले पाँव, उजले घुटने, उजली जांघें, उजली... और आखिरी चीख। चन्द्रमा बादलों के पीछे छिप गया। अंधेरे कांप उठे। रात सूखे पत्ते की तरह थरथराने लगी।

"नहीं...!" तड़पकर फोरमी ने तकिये में मुँह छिपा लिया। अपने आपको वह और छल न सकी।

सुलक्ष के हाथ स्थिर हो गए थे, साथ उसका ध्यान भी।

"प्लीज..." फोरमी के गले से रुँधे हुए शब्द बाहर आये, "स्टॉप हिम! जाकर उसे रोको! रोको वर्ना मैं पागल हो जाऊँगी।"

सुलक्ष ने दरी पर उलटे लेटे फोरमी के अधखुले बदन की ओर देखा, नंगे नितंब पर एक बोसा लिया और टार्च के साथ खड़ा हो गया। कुछ पलों के बाद वह डामिस के सामने खड़ा था।

"छोकरे!" डामिस उसे हैरत से देखते हुए बोला, "तू साले वापस आ गया!"

सुलक्ष की नजरें फुटपाथ पर तड़फड़ाते कुत्ते पर ठहरी थीं। कुत्ता आखिरी साँसें ले रहा था। उसकी दोनों आँखों से लहू की धाराएँ बह रही थीं। जिस्म पर कई ज़ख्म थे। माँस के सुर्ख टुकड़े चमड़ी के भीतर से झांक रहे थे। एक कान गायब था, तीन टुकड़ों में बंटी हुई दुम उसके सामने पड़ी थी।

सुलक्ष की आँखें ऊपर उठीं। अब वे लाल थीं, पर इससे कुछ फर्क न पड़ा। डामिस उसके सामने आ खड़ा हुआ, "तुझे कुछ कहना है, छोकरे?" डामिस के शब्दों में व्यंग्य था, गाली थी, अपमान था, चुनौती थी।

सुलक्ष को काफी कुछ कहना था। शब्द क्यों सूझते नहीं थे? बिना शब्दकोश के युग का वह आदमी नहीं था। फिर भी उसे लगा कि वह आदम से पहले का इंसान है। कहने के लिए उसके पास एक भी शब्द नहीं था। उसने हिचकियाँ लेते हुए कुत्ते की ओर अंगुली से इशारा किया।

"वह कुत्ता है।" डामिस ने खून से सने हाथ नेकर पर पोंछते हुए भोलेपन से कहा, "और कुछ?"

"तुम इंसान हो।"

डामिस खिलखिलाकर हँस पड़ा, "इत्ती-सी बात कहने के लिए तेरे कू यहाँ दोबारा आना पड़ा! अरे यार, सबको, पुलिसवालों को भी मालूम है कि मैं कौन हूँ।"

सुलक्ष की जबान फिर चली, "और इंसानों को शोभा न दे, ऐसा काम तुम कर रहे हो।"

"मैं?"

"हाँ-हाँ, तुम।"

"मैं क्या कर रहा हूँ?"

"एक गूंगे प्राणी पर अत्याचार।"

"तेरी बात सच है, छोकरे।" कुछ सोचते हुए डामिस ने कहा, "इन्सानों को गूँगे जानवरों पर जुल्म नहीं करना चाहिए। इससे पाप लगता है। इंसानों को तो

इंसानों पर ही जुल्म करना चाहिए।" कहते हुए उसने सुलक्ष की गरदन पकड़ ली।

बच निकलने के लिए वह हाथ-पैर मारने लगा। टॉर्च हाथ से फिसलकर सड़क पर लुढ़क गयी। रोशनी लुढ़क गयी।

फोरमी अभी भी तकिये में मुँह छिपाकर औंधी लेटी थी। कुत्ते का कराहना बंद हो गया था, हिचकियाँ बंद हो गयी थीं। कुत्ता शायद मर गया था।

फोरमी धीरे-धीरे बैठी हुई और चोली तथा साड़ी ठीक कर छत के किनारे आयी। अंधेरे में कुछ भी नजर न आने पर वह फिर आकर दरी पर औंधी लेट गयी। कुछ पलों बाद खून में रंगा चेहरा लिये आकर सुलक्ष उसके करीब बैठा। फोरमी ने वह नहीं देखा। उसने लेटे-लेटे सिर्फ इतना ही कहा : "फिर?"

●●

999

साल—2001।

मेरा असली नाम बीसी था। फिर बीसी-बाईस। अब केवल 22 के अंक से जानी जाती हूँ। यहाँ, इस शहर में करीब सभी लोग अंकों से पहचाने जाते हैं। कोई 27 है। कोई 203 है। कोई 999 है। कोई 501 है। ये सभी मेरे पड़ोसी थे। ये सब मुझे नहीं जानते। न ही इन्हें जानने की मैं जरूरत महसूस करती हूँ। इन्हें जानने का कोई मतलब भी नहीं। सभी अपने-अपने रोजमर्रा के काम में व्यस्त हैं। 27, हवाई-टैक्सी का ड्राइवर है या पायलट, मैकेनिक भी है। कभी वह मेरे सामने आता है तो मैं पलभर उसकी ओर देखती रहती हूँ।

27 का असली नाम रोश था। बाद में रोश-27। अब सत्ताईस के अंक से जाना जाता है। जब मैं बीसी थी और वह रोश था, हम दोनों आदम और ईव की तरह करीब थे। इस धरती पर मानो केवल हमारा ही वजूद था। मेरा जन्म रोश-27 की पसलियों में से नहीं हुआ। ईव, आदम की पसली से पैदा हुई थी। मैं रोश-27 के रक्त-कोष में के एक अणु से बनी हूँ। प्रयोगशाला में पैदा हुई हूँ और जितने समय में एक गुड़िया तैयार हो जाती है उतने ही समय में मैं इंसान बनी हूँ।

वैसे तो मेरी उम्र केवल आठ महीना कही जा सकती है, लेकिन मेरे शरीर की रचना बीते हुए कल की किसी भी तन्दुरुस्त, सोलह वर्षीया लड़की-सी माँसल है। और मैं अतीत की लड़की नहीं। मेरे शरीर के करीब-करीब सभी अंग मशीनी हैं। हाथ, पैर, आँखें, दिल, वक्ष, योनि, पेट, हड्डियाँ, नस... सभी मशीनी हैं। फिर भी रोश-27 का एक अणु इन सब मशीनी अंगों के बीच कहीं धड़क रहा है। वह

अणु जब तक धड़कता रहेगा, मैं भी कभी-कभी रोश-27 को याद करती रहूँगी।

मेरा पड़ोसी, 203, घर छोड़कर चला गया है। लोग यह भी कहते हैं कि उसे इस धरती की आबो-हवा रास नहीं आयी इसलिए उसने अंतरिक्ष में कहीं घर बसाया है। अब वह अंतरिक्ष में रहता है। अपने साथ वह 501 को भी लेता गया है।

203 और 501 यहाँ, मेरे पड़ोस में साथ रहते थे, अंतरिक्ष में भी साथ रहते हैं। लेकिन उन दोनों में से कौन औरत है और कौन मर्द, यह मैं यकीन के साथ नहीं कह सकती। क्योंकि वे दोनों पूरी तरह से मशीनी इंसान हैं। यंत्रों की तरह मैंने उन दोनों को एक-दूसरे से टकराते हुए देखा है।

वे टकराते हैं तब किसी कारखाने की सभी मशीनें एक साथ काम करने लगी हों, ऐसी आवाज़ें उठती हैं। पलभर में ही वे अलग होकर वापस अपने रोजमर्रा के कामों में व्यस्त हो जाते हैं। पलभर से ज़्यादा उन्हें प्यार करने की इजाजत नहीं है। महीने में एक से ज्यादा बार वे एक-दूसरे को छू नहीं सकते। मैं अपने रोश-27 से पिछले तीन महीनों से कटी हुई हूँ।

रोश-27 अन्तिम बार जब मुझे मिला तब वह अपनी हवाई-टैक्सी की मरम्मत कर रहा था। फिर 203 और 501 को अपनी टैक्सी में बैठाकर चला गया। तीन महीने बीत गये। शायद उसने अंतरिक्ष में गैरेज खोलकर धंधा शुरू कर दिया हो! शायद अब वह वापस नहीं आयेगा।

999 अभी मेरे पड़ोस में है। वह कहीं जाने की तैयारी कर रहा है। मैं उसके मशीनी अंगों को दीवार पर झूलते हुए देख सकती हूँ। हाथ हैं, पैर हैं, आँखें हैं, दिल है, चेहरा है, शिश्न है। सब ही दीवार पर हैं। 999 सिर्फ एक परछाईं है। वह परछाईं दीवार तक जाती है। एक के बाद एक अंग अपनी सही जगह पर जुड़ते जाते हैं। धीरे-धीरे परछाईं नया रूप लेती है। थोड़ी देर में 999 सपाट चेहरा लिये मेरे सामने आकर खड़ा हो जाता है। मैं उसकी आँखों में देखती हूँ। फिर पूछती हूँ—

"कहाँ चले?"

"मुझे आज हैड-क्वार्टर पर बुलाया गया है।"

"कोई खास काम?"

"मैं नहीं जानता।" वह जवाब देता है।

मैं उसे रोकने की नाकाम कोशिश करती हूँ। मुझे 27 को भुलाकर थोड़ा वक्त उसके साथ बिताना है। उसके पास वक्त नहीं है। वह थोड़ा डरा-सा लगता है। यह वह भी जानता है और मैं भी जानती हूँ।

इस वक्त हैड क्वार्टर के मशीनी आदमी हमें देख रहे हैं। हमारी हर कल को

वे गौर से देखते रहते हैं। हम अपनी मर्ज़ी से एक भी कदम आगे नहीं बढ़ा सकते। बढ़ाते ही शून्य में से एक आवाज़ गूँज उठती है– सावधान! एक साथ कई कम्प्यूटर्स चीख उठते हैं। हम बेबस हैं। मैं बेबस हूँ। 999 विवश है। फिर भी, मेरी लाचारी समझकर पलभर के लिए वह रुक जाता है। उसे मेरी ओर बढ़ना है। वह बढ़ नहीं सकता। मुझे उसकी तरफ दौड़ जाना है। मैं एक कदम भी बढ़ा नहीं सकती। हमारे मशीनी शरीर पर हैड–क्वार्टर के कम्प्यूटर्स पूरा काबू रखते हैं। इस पल भी हम उन कम्प्यूटर्स के काबू में हैं। एक–दूसरे की शक्ल देख रहे हैं। हमारे बीच सिर्फ दो फुट का फासला है और यह फासला भी हम तय नहीं कर पाते। हम मुड़–मुड़कर देखते हुए एक–दूसरे की विपरीत दिशा में चले जाते हैं।

●●

अंधा

लोकनाथ सूरज के साथ जागकर नल के नीचे नहाने बैठा और ठंडे पानी की धार उसके जिस्म पर पड़ी तो उसे याद आ गया, रात में उसने एक सपना देखा था। ठंडे पानी और सपनों के बीच कोई संबंध हो सकता है ? वह यह भी नहीं जानता था कि नेत्रहीन लोग सपने देख सकते होंगे या नहीं, मगर यह उसे बराबर मालूम था। वह खुद जन्म का अंधा नहीं था।

दस साल की उम्र तक उसने जो कुछ भी देखा था, उसमें से वह शायद ही कुछ भूल पाया था। मसलन कोयल। आज भी वह जब कभी कोयल की कूक सुनता था, वही बचपन की कोयल की तस्वीर उसके मन में उभर आती थी।

स्नान के बाद उसने पूजा-पाठ भी निपटाया। यह उसका दैनिक क्रम था। इसी क्रम में तीसरे नंबर पर नाश्ता था। कमर पर गमछा बाँध पालथी मारकर वह रसोई में माँ के सामने बैठा और सपने का जिक्र छेड़ा।

माँ ने नाश्ते की थाली के साथ चाय का कप बढ़ाते हुए पूछा, "क्या देखा सपने में ?"

"शंकर जी।" वह बोला, "कह रहे थे-लोकनाथ, हम तुम्हें एक मिनट का समय देते हैं। तुम जो माँगोगे सो मिल जायेगा।"

"सच!" माँ बज उठी, "फिर तूने क्या माँगा ?"

"मैं सोचता रह गया और मिनट बीत गया।"

"अरे पगले!" अनजाने अपनी आवाज़ में दुख घोलते हुए माँ ने कहा, "कम-से-कम अपने लिए आँखें ही माँग ली होतीं!"

"तब भोलेनाथ की नज़रों में मैं गिर न जाता!" वह बोला, "वह क्या सोचते? यह लोकनाथ कैसा स्वार्थी इंसान है! सारा जग दुखियारा है और खुद अपने लिए वह खुशियाँ माँग रहा है।"

उसका जवाब सुनकर माँ को हैरत न हुई। वह जानती थी, अपनी कोख से उसने बेटे को नहीं, किसी संत को जन्म दिया था। वैसे लोकनाथ न कोई संत था, न महात्मा। बल्कि इस देश के लाखों नेत्रहीनों में से एक था। और फिर भी अलग। अलग इस अर्थ में कि उसके सामने कोई राह न होते हुए भी राह बनाना वह जानता था।

सफेद बुशर्ट-पैंट में तैयार होकर वह जाने लगा तो माँ ने उसके हाथ में लकड़ी थमाते हुए टोका, "आज फिर भूल गया!"

वह भूला नहीं था। माँ का दिल रखने के लिए उसने लकड़ी का सहारा लिया और सीढ़ियाँ उतर गया। उसकी स्टील की यह लकड़ी भी आम लकड़ियों से अलग थी, क्योंकि यह चार हिस्सों में बंटी थी। ज़रूरत न होने पर उसे 'फोल्ड' करके जेब में रखा जा सकता था। फुटपाथ पर क़दम रखते उसने वैसा ही किया। लकड़ी को मोड़कर जेब में रखा और जेब से काला चश्मा निकाल आँखों पर लगा लिया।

मुल्ला की दौड़ मस्जिद तक-यह कहावत लोकनाथ पर एकदम फिट बैठती थी। उसकी जिंदगी का दायरा भी सीमित था। घर से चौराहा और चौराहे से घर। चौराहे पर उसका अपना टेलीफोन बूथ था। यह रास्ता उसका बरसों का परिचित था। यहाँ के शोर में टकराती आवाज़ें उसकी हमनशीं थीं।

उजले कपड़े और चमड़े के जूतों में उसे बिना लकड़ी के फुटपाथ पर क़दम बढ़ाता देख शायद ही कोई सोच सके कि वह नेत्रहीन होगा। आम लोगों के लिए यह जानना भी मुश्किल था कि उसकी अपनी कुछ गिनतियाँ थीं। कितने क़दम चलने के बाद उसे रास्ता पार करना है और जूते पॉलिश करवाने के लिए कितने क़दम पर रुकना है।

सीधे फुटपाथ पर कुछ फासला तय कर वह रुका तो एक बच्चे की आवाज़ उसके कानों से टकराई, "अंकल, हमें रास्ता पार करवा दो न!" उसने आवाज़ की दिशा में हाथ बढ़ाया। बच्चे ने उसकी उँगली थाम ली।

जहाँ लोकनाथ खड़ा था, वहाँ न क्रॉसिंग था, न ज़ेब्रा लाइनें थीं। पर जब दूर के चौराहे पर लाल बत्ती चमक उठती थी, सारे वाहन वहीं रुक जाते थे और चंद पलों के लिए सड़क सूनी हो जाती थी।

कुछ मिनटों के इंतजार के बाद बच्चे के साथ वह रास्ता पार कर गया। "थैंक्यू, अंकल!" बच्चे ने जाने से पहले कहा। वह सिर्फ मुस्कराया और फिर आगे बढ़ा।

वहँ सामने की फुटपाथ पर से चौराहे की ओर क़दम बढ़ा रहा था कि उसकी नाक ने महक परख ली। वह फूलवाले की दुकान तक आ पहुँचा था। (आज उसने लंबी डंडीवाला एक गुलाब खरीदा और पारदर्शी कागज में बंधवा लिया।) यहाँ से तैंतीस क़दम पर जूते पॉलिश करने वाला छोकरा बैठता था।

लोकनाथ ठीक वहीं पर रुका।

यह भी उसका नित्य क्रम था। साफ कपड़े, साफ जूते और इधर-उधर की कुछ बातें। बातें करने का छोकरे का अंदाज कुछ ऐसा था कि वह दिलचस्पी से सुनता रहता। किस फिल्म के टिकटों का ब्लैक चल रहा है और कौन-सी फिल्म ने पहले ही हफ्ते में दम तोड़ दिया। या किस हीरोइन ने किस सुपर स्टार को चांटा मारा और कौन-सा निर्देशक किस अड्डे पर शराब पीता है। पर आज न जाने क्यों छोकरा उससे रूठ गया हो, ऐसे चुपचाप जूते चमकाने में व्यस्त था।

"चुनिया!" आखिर लोकनाथ ने पूछा, "क्या बात है?"

"कुछ भी नहीं।"

"खामोश क्यों हो?"

"अब क्या बताऊँ, साहब!" दाहिने पैर के जूते को चमकाकर उसने बाएँ पर ध्यान लगाया, "एक माँ है। दो छोटे भाई हैं। वैसे ही इस धंधे में गुजारा नहीं होता। बारिश शुरू होगी तो साला एकदम ठप्प हो जायेगा।"

"साथ में कोई दूसरा धंधा शुरू कर दो।"

"यही तो अपन की खोपड़ी में नहीं आता कि बिना नकद लगाये कौन-सा धंधा शुरू किया जा सकता है!"

"समझो!" लोकनाथ ने उसे उपाय सुझाया, "हमारे इलाके में फूलवालों की तीन दुकानें हैं। ये लोग जब दुकानें बंद करते हैं तो गुलाब की ढेर सारी पत्तियाँ फेंक देते हैं। तुम वे ढेर इकट्ठे कर अपने वैद्य जी की दुकान पर बेच आओ।"

पॉलिशवाले जूते पर कपड़ा मारते हुए छोकरा बोला, "और वैद्यजी उनका क्या करेंगे?"

"वे गुलकंद बनाकर बेचते हैं।"

छोकरे की समझ में बात आ गयी। पर जैसे अब भी विश्वास बैठा न हो, ऐसे लोकनाथ को दूर तक जाते हुए वह देखता रहा।

लोकनाथ चौराहे पर आया और जेब से चाबी निकाल उसने अपने बूथ के ताले में घुमायी। इस टेलीफोन बूथ के लिए वह नगरपालिका तथा बंबई शहर के भले मनुष्यों का आभारी था। इसलिए कि उनकी बदौलत उसकी रोजी-रोटी का सवाल हल हुआ था और इसलिए भी कि इस बूथ के जरिये उसे मानव-सेवा

का मौका मिला था।

अभी बूथ में वह मेज-कुर्सी झाड़कर बैठा ही था कि टेलीफोन की घंटी बज उठी। उसने रिसीवर उठाकर कान पर लगाया। रांग नंबर था। मुस्कराते हुए उसने कहा, ''जी नहीं, यह कब्रिस्तान नहीं, लोकनाथ वर्मा का टेलीफोन बूथ है।''

दिनभर में ऐसे दर्जन कॉल आ ही जाते थे। कभी किसी प्रसूतिगृह का नंबर यहाँ लग जाता था तो कभी पुलिस स्टेशन का। कभी किसी 'मटका-डैन' की लाइन यहाँ आ जाती थी तो कभी होटल की। वह जरा भी चिढ़े बगैर सभी को प्यार से जवाब देता था।

''क्या मैं फोन कर सकता हूँ?''

आवाज़ किसी युवक की थी। उसने इशारे से 'हाँ'' कहा।

बूथ के बाहर खड़े युवक के बारे में सोचने पर उसे लगा कि युवक में विश्वास की कमी है; वर्ना जो सहूलियत जनता के लिए हो उसके लिए इजाजत लेने की ज़रूरत नहीं होती।

''इंटरव्यू आज है!'' डायल घुमाकर युवक रिसीवर में कह रहा था, ''आपने दो हफ्ते पहले खत भेजा होगा पर मुझे नहीं मिला... जी अभी?.. यहाँ से आने में घंटा भर लग जायेगा... जी हाँ, मैं टैक्सी कर लूँगा।''

फौरन रिसीवर रख उसने जेब टटोली और रुपये का एक सिक्का निकालकर लोकनाथ के हाथ में रखा। लोकनाथ ने उसके सामने अपना रूमाल बढ़ाया। जाने-अनजाने रूमाल स्वीकार कर युवक ने पसीना पोंछा और अचानक उसे खयाल आया-इस अंधे को कैसे पता चला कि उसका चेहरा गीला है? रूमाल लौटाते हुए उसने पूछ भी लिया। लोकनाथ रिसीवर पोंछते हुए केवल मुस्कराया। चाहता तो वह कह सकता था कि पसीने से रुपये का सिक्का चिपचिपा था। यह रिसीवर भी गीला है।

युवक उसके शरारती मुस्कान भरे चेहरे को घूरकर वहाँ से खिसक गया, तो कुछ पल पहले आकर उसके पीछे खड़े एक मुच्छड़ ने रिसीवर उठा लिया। फिर नंबर घुमाकर फोन में बोलने भी लगा। ''मैं जग्गा से बात कर सकता हूँ, जी?''

लोकनाथ ने सोचा, यह कोई धाकड़ शख्स होना चाहिए! आमतौर पर लोग रिसीवर उठाने से पहले इतना जरूर कहते थे- फोन लगाना है या लगाता हूँ। इस पट्ठे ने सूचना देने की भी जरूरत नहीं समझी।

''कौन, जग्गा!'' दूसरे छोर पर मित्र आने पर मुच्छड़ ने बात शुरू की, ''हाँ जी... हाँ जी... अभी नहीं... हाँ जी... एक हफ्ता और रुकना होगा... तुसी ऐश करो, पापे!''

मिनट भर में बात समाप्त कर मुच्छड़ ने बटुवे से बीस रुपये का एक नोट निकालकर लोकनाथ के सामने धरा, "लो, जी।" लोकनाथ ने नोट के नयेपन को महसूस कर दराज से चार नोट निकालीं—दस और पाँच रुपये की एक-एक और दो-दो रुपये की दो। तभी उसके कानों से सैंडल की परिचित आवाज़ टकरायी।

मुच्छड़ को उन्नीस रुपये लौटाते हुए उसने मधुर आवाज़ में कहा, "हैलो..."

मुच्छड़ चौंका, "मुझसे कुछ कहा, जी?"

"नहीं।" वह बोला, "आपके पीछे जो मिस खड़ी है, उससे।"

मुच्छड़ ने पलटकर देखा तो हैरान रह गया। सचमुच उसके पीछे अठारह साल की एक सुंदर लड़की पूनम खड़ी थी। उसने फिर एक बार लोकनाथ के सामने देखा। (कहीं यह अंधा ढोंगी तो नहीं?) और अपनी चौड़ी गरदन एक उँगली से खुजाता हुआ चलता बना।

पूनम अब लोकनाथ के सामने आयी, "लोकू! मेरा कोई फोन था?"

उसने 'ना' कहा। वह बूथ में कुर्सी पर बैठा था। पूनम बाहर खड़ी थी। पलभर वह कुछ सोचती खड़ी रही। फिर बूथ के बाहर रखे हुए एक स्टूल पर बैठ गयी। यह उसका लंच-आवर था। रोज़ाना वह इसी वक्त (एक बजकर दस मिनट पर) अपना लंच बॉक्स और पानी की बोतल लेकर यहाँ चली आती थी।

"कुछ लोगे?" लंच बॉक्स खोलकर उसने लोकनाथ की दिशा में चेहरा तिरछा किया, "पूरी-भाजी के साथ केक का एक टुकड़ा भी है।"

"थैंक्स, मिस।" कुछ पल रुककर उसने जोड़ा, "इजाजत हो तो एक सवाल पूछूँ?"

"जरूर।"

"आप किसी दफ्तर में काम करती हैं, सच?"

"रेडिमेड कपड़े बनानेवाली एक कंपनी में मैं पी.एस. हूँ।"

"तब वहाँ फोन भी होगा?"

पूनम उसका इशारा समझ गयी। "तुम यही पूछना चाहते हो न कि मैं अपने पर्सनल कॉल वहाँ रिसीव क्यों नहीं करती।"

उसने सिर हिला दिया।

"मेरे उसूल।" पूनम खाना भी खा रही थी और जवाब भी दे रही थी, "जो वक्त के लिए मुझे तनख्वाह मिलती हो, वह वक्त मेरा नहीं हो सकता। इसी कारण मैंने अपने मित्रों, परिवारवालों को साफ-साफ बता दिया है कि दफ्तर में मुझे फोन न करें। अलबत्ता, इमरजेंसी हो तो और बात है।"

"यह बात तो समझ में आयी, लेकिन..."

"लेकिन क्या?"

"फॉर्गेट इट। आप सोचेंगी, उँगली दी तो पहुँचा पकड़ लिया।"

"मुझे इतना भरोसा है।" खाना पूरा कर पानी की बोतल खोलते हुए पूनम बोली, "तुम उन मर्दों में से नहीं हो। कहो, तुम्हारा दूसरा सवाल क्या है?"

"यही कि रोज़ाना फोन का इंतजार करने के बजाय आप खुद भी तो डायल कर सकती हैं।"

"यह मुमकिन नहीं। मेरा बॉयफ्रेंड ट्रावेलिंग सेल्समैन है।" पानी के दो घूंट भरकर उसने आगे कहा, "वह किसी भी वक्त कहीं भी हो सकता है।"

फोन की घंटी बज उठी। वह खड़ी हो गयी। पानी की बोतल और खाली लंच बॉक्स स्टूल पर रख उसने रिसीवर उठाया। कॉल उसके बॉयफ्रेंड का ही था।

"हैलो, राहुल!" वह चहक उठी, "कहाँ से बोल रहे हो?"

"एयरपोर्ट से।"

"प्यार का पट्टा छुड़ाकर कहीं भाग निकलने का इरादा तो नहीं?"

"है।" रिसीवर में से आवाज़ उभरी, "पर उसमें एक खतरा है।"

"वह क्या?"

"तुमसे जितना दूर जाता हूँ, उतना ही और क़रीब आता हूँ।"

पूनम हँस दी। "ऐसी मीठी-मीठी बातें बनाना तो कोई तुमसे सीखे। अच्छा—यह बताओ, आज शाम को हम कहाँ मिल रहे हैं?"

"अगर तुमने मिनी स्कर्ट पहना है तो किसी डिस्को में, साड़ी पहनी हो तो किसी रेस्टराँ में और कोई अंधा भी बता सकता है कि तुमने साड़ी पहनी है। काफी हाउस कैसा रहेगा?"

"छः बजे मैं वहीं तुम्हारा इंतजार करूँगी।"

रिसीवर क्रेडल पर रख उसने लोकनाथ का आभार माना और स्टूल पर से लंच बॉक्स तथा पानी की बोतल उठा ली। "लोकू!" जाने से पहले उसने कुछ सोचकर पूछा, "साड़ी के बारे में तुम्हारा क्या खयाल है?"

"साड़ी हिन्दुस्तानी औरत की पहचान है।" कहते हुए लोकनाथ खड़ा हो गया। पारदर्शी काग़ज़ में लिपटा हुआ गुलाब का फूल उसके हाथ में था।" और दूसरी पहचान है—यह। मेरी ओर से अपने राहुल को यह छोटा-सा तोहफा देकर कहना कि अंधा यह भी बता सकता है कि आज उसने क्या पहना होगा।"

पूनम की आँखें उसके चेहरे पर टिक गयीं, "क्या पहना होगा?"

"शर्ट, पैंट और टाई।" पूनम कुछ आगे कहे इससे पहले उसने खुलासा कर दिया, "सेल्समैनों के लिबास यही होते हैं।"

पूनम से बिना हँसे रहा न गया।

उसकी हँसी लोकनाथ की हँसी थी। उसकी खुशी लोकनाथ की खुशी थी। मानो उसके जीवन का सिर्फ एक ही मकसद था। अपने परिचय में आनेवाले हर शख्स के दिल को मुस्कराहटों से भर देना। फिर वह शख्स छोटा हो या बड़ा, ऊँचा हो या नीचा, अमीर हो या गरीब—उसके लिए इस दुनिया में सभी बराबर थे।

तीन दिन बाद जब वह जूते पॉलिश करवाने रुका तो उसकी खुशी की सीमा न रही। छोकरे ने विषय ही कुछ ऐसा छेड़ दिया था।

''साहब! गुलकंद खरीदोगे?''

उसकी समझ में कुछ भी न आया। ''गुलकंद!''

''अपन ने बनाना सीख लिया है।'' लोकनाथ के जूते चमकाते हुए वह फख्र से कह रहा था, ''एकदम इज्जी है। एक हाथ में गुलाब की पत्तियाँ और दूसरे में चीनी लेकर मसलने से जो मिश्रण तैयार होगा, उसे कांच के मर्तबान में भरकर धूप में रख दो और गुलकंद तैयार।''

''मर्तबान धूप में कितने घंटे रखना चाहिए?''

''मैंने दो दिन रखकर बोतलों में भर लिया था। साहब, आप बोनी करेंगे तो शाम तक मेरी दसों बोतलें बिक जायेंगी।''

''ओ.के.।'' बटुवे के लिए जेब में हाथ डालते हुए वह मुस्कराया, ''क्या दाम रखे हैं?''

''एक बोतल के सिर्फ छः रुपये।''

''मैं दो बोतलें खरीदूँगा।''

अब तक छोकरे ने दोनों जूते पॉलिश कर लिये थे।

''बाजार में यह छोटी बोतल बारह रुपये में बिकती है। मैं छः रुपये में बेचता हूँ। फिर भी एक रुपया बचता है।''

उसे दो बोतलों की कीमत अदा कर लोकनाथ ने बटुवा जेब में सरका दिया। दस मिनट बाद वह अपने टेलीफोन बूथ में बैठा था और बाहर स्टूल पर उखड़ा-सा एक इंस्पेक्टर। सवेरे-सवेरे अचानक ही टेलीफोन डैड हो जाने के कारण आज कइयों को मायूसी होने वाली थी। पर इंस्पेक्टर गोडबोले की परेशानियाँ एक से अधिक थीं।

''आज का दिन ही कुछ मनहूस शुरू हुआ।'' वह अपनी वर्दी पर पड़ा एक ताजा दाग काग़ज के टुकड़े से घिसकर साफ कर रहा था। ''सवेरे चाय के पहले कप के साथ बीवी ने टांय-टांय शुरू कर दी। तंग आकर घर से निकला तो बिल्ली

रास्ता काट गयी। यहाँ फोन को छुआ तो वह डैड हो गया।'' बड़बड़ाते हुए उसने पेड़ पर बैठे कौवे पर एक नजर डाली, ''यही क्या कम था कि कौवे ने वर्दी खराब कर दी।''

''आप ड्यूटी पर भी लेट होंगे तो बड़े साहब की...''

''डाँट-फटकार आखिरी एक पखवारे से सुन रहा हूँ।'' लोकनाथ का जुमला उसने बीच में काटते हुए बताया, ''अब तो आदत-सी हो गयी है।''

''कोई नये साहब आये होंगे।''

''चीफ तो वही है। उनको ऊपर से जूता पड़ता है तो वे नीचेवालों पर लानतें बरसाते हैं। वैसे कुसूर उनका भी नहीं है।'' काग़ज का मैला टुकड़ा फेंककर उसने लोकनाथ से सवाल किया, ''मैंने तुम्हें बैंक-रेड के बारे में बताया था?''

''वह तो करीब बीस दिन पहले की बात है।''

''वही।'' वह बोल उठा, ''उन लुटेरों का अब तक न पता चला है, न उनका कोई सुराग मिला है। हमारे कुत्ते भी साले फेल हो गये। हम तो सिर्फ इंसान हैं। क्या करें? अब तक वे पट्ठे सीमा पार निकल गये होंगे!''

कुछ सोचकर लोकनाथ ने हौले से पूछा, ''बैंक से नोटों के जो बंडल गायब हुए हैं उनके बारे में आप क्या जानते हैं?''

यह कोई मामूली सवाल न था। गोडबोले का चौंकना भी वाजिब था। (अंधे के पेट में कुछ कुलबुला रहा हो तो हैरत नहीं!) ''तुम्हें क्या जानना है?''

''वे बंडल सौ के थे, पचास के थे या दस-बीस के?''

दो लाख रुपये के बंडल सौ-सौ के थे।'' लोकनाथ के चेहरे को गौर से देखते हुए उसने बताया, ''बाकी बीस-बीस के।''

''नोट सारे नये होंगे?''

''चकाचक।''

दराज से बीस रुपये का एक नोट निकालकर लोकनाथ खड़ा हो गया।'' कहीं यह उन्हीं में से तो एक नहीं?''

उसके हाथ से नोट झपट लेते हुए गोडबोले ने कुछ पल उसे गौर से देखा। फिर अपनी डायरी निकाल सीरियल नंबर चेक किया। उसकी आँखें चमक उठीं, ''यार लोकू, यह उसी में का एक है!'' बोलते-बोलते स्टूल पर से वह भी खड़ा हो गया, ''तुम्हारे पास कहाँ से आया?''

''आखिरी कुछ दिनों से एक साहब यहाँ फोन करने आते हैं और हमेशा बीस का नया नोट दे जाते हैं।''

डायरी पर बालपेन झुकाते हुए उसने फिर सवाल किया, ''उनके बारे में कुछ

और बता सकते हो?''

''क्यों नहीं! उनकी ऊँचाई साढ़े पाँच फुट होनी चाहिए।''

''वह कैसे?''

''जब वे मुझसे बातें करते हैं तो उनकी आवाज़ बिलकुल मेरे सामने से आती है और मेरी ऊँचाई उतनी ही है।''

गोडबोले ने अपनी डायरी में नोट करते हुए कहा, ''और?''

''वे उत्तर भारत के रहने वाले होने चाहिए।''

''यू.पी. के?''

''शायद पंजाब के।''

''तुम्हें यकीन है?''

''बात करने का उनका लहजा कुछ वैसा है और हाँ...'' यकायक याद आने पर उसने जोड़ा, ''वे लोग अभी इतवार तक इसी शहर में रहेंगे।''

''सूरदास!'' गोडबोले ने अपनी डायरी बंद कर जेब में डालते हुए मस्ती में कहा, ''लगता है, तुमने मेरा दिन ही नहीं, साल भी सुधार दिया।''

लोकनाथ ने मधुर आवाज़ में कहा, ''हैलो...''

इंस्पेक्टर गोडबोले चौंका पर वह कुछ समझे, इससे पहले उसके पीछे से उतनी ही मीठी आवाज़ उभरी, ''हैलो... लोकू!''

वह पूनम थी।

दोनों को हैरत से देखता हुआ वह खिसक गया।

''मिस!'' लोकनाथ ने व्यंग्य से कहा, ''बेहतर होगा कि आप लौट जाएँ। आज आपका फोन नहीं आयेगा।''

वह ठिठक गयी। ''तुम्हें कैसे पता चला?''

''यह तो सारा जग जानता है कि बाबा लोकनाथ त्रिकालज्ञानी है।''

अब पूनम की नज़र 'आउट ऑफ ऑर्डर' की सूचना पर पड़ी और उसके होंठों पर मुस्कान फैल गयी। ''बाबा!'' स्टूल पर बैठकर अपना लंच बॉक्स खोलते हुए उसने भी व्यंग्य जारी रखा, ''क्या आप हमारा भविष्य बता सकते हैं?''

''अवश्य! क्या जानना है तुम्हें, बच्ची?''

''राहुल से हमारी शादी कब होगी?''

''प्रश्न यह नहीं कि ब्याह कब होगा, बच्ची?''

''तो?''

''प्रश्न यह है कि ब्याह होगा या नहीं?''

पूनम के गले में जैसे मछली का कांटा फंस गया हो ऐसे उसका मुँह खुला

रह गया। वह एक शब्द भी बोल न सकी। वैसे बोलने के लिए उसके पास था ही क्या? जो कुछ वह बताना नहीं चाहती थी, वह भी लोकनाथ ने भांप लिया था, मानो उसके दिल की गहराई में गोता लेकर वह उसका भय सतह पर ले आया था।

"देखिए मिस!" अब लोकनाथ ने गंभीरता से कहा, "आप मेरी मित्र हैं और इसका मुझे फख्र है।"

पूनम की आँखें भर आयीं।

"अगर आप भी मुझे अपना मित्र समझती हैं तो यह आपका फर्ज है कि आप अपनी समस्या खुलकर मेरे सामने रखें ताकि हम साथ मिलकर उसे सुलझा सकें।"

वह चुपके-चुपके रोने लगी। लोकनाथ को उसकी भनक आ ही गयी। दूसरे पल उसने अपना रूमाल बढ़ा दिया। पूनम ने अपना चेहरा पोंछा और लंच बॉक्स खाये बिना बंद कर दिया।

"राहुल... राहुल चाहता है कि मैं नये मॉडर्न लिबास पहनूँ..." स्टूल पर बैठे-बैठे ही हाथ लंबा कर उसने रूमाल लौटाया, "डिस्को में उसके साथ नाचूँ, गाऊँ। ये सब मुझे पसंद नहीं। मेरे लिए मुमकिन भी नहीं।"

आखिरी जुमला माने रखता था। उसका असर क्या हुआ होगा यह जानने के लिए पूनम ने अपना चेहरा तिरछा कर लोकनाथ के सामने देखा। उसे लगा, आँखों की तरह लोकनाथ का चेहरा भी अंधा था। न उसकी आँखें कुछ कहती थीं, न चेहरा। वर्ना कहीं तो यह सवाल नज़र आता कि मिनी पहनकर डिस्को में नाचना पूनम के लिए मुमकिन क्यों नहीं? अपने बॉयफ्रेंड की खुशी के लिए कभी-कभार डिस्को संगीत की धुन पर नाचने से आसमान नहीं टूटने वाला था।

लोकनाथ उसे ये सब कह सकता था। यह उसका हक था। न कहा—न शब्दों द्वारा, न भाव द्वारा। चालाक लोमड़ी है, लोमड़ी। पहले छेड़कर सब कुछ उगलवाता है, फिर खामोश हो जाता है।

"मेरा... मेरा एक पैर नकली है।" आखिर पूनम ने बता दिया।

चौराहे के सिग्नल के पास एक टैक्सी का इंजन फेल हो गया था। पीछे खड़ी हुई कारों की कतार से हॉर्न पर हॉर्न की आवाजें उठ रही थीं। पूनम और लोकनाथ के बीच सन्नाटा छाया था।

"क्या..." कुछ देर बाद लोकनाथ ने होंठ खोले, "यह राज़ राहुल नहीं जानता?"

वह खामोश रही।

"यानी कि जिसे आप जीवनसाथी बनाना चाहती हैं, उसी पर आपको एतबार

नहीं, सच?''

''मैं उसे बता दूँ और वह मुझे ठुकरा दे तो?''

''यह साबित होगा कि उसका प्यार कच्चा था।'' उसने बताया, ''वह तुम्हारे मन से नहीं, तन से प्यार करता था। और तन का प्यार सच्चा नहीं होता। शादी के बाद भी वह तुम्हें छोड़ सकता है।''

''यही मेरी उलझन है।''

''और यही उसके प्यार की कसौटी भी है।'' कहते हुए वह मुस्कराया, ''मिस, वैसे आप हैं खुशकिस्मत। उसे आजमाने का यह सुनहरा मौका आपको शादी से पहले ही मिल गया। आजमाओगी न?''

इस मसले पर सोचने के लिए पूनम वक्त चाहती थी। कलाई-घड़ी पर नजर डाली। लंच ऑवर करीब-करीब खत्म होने आया था।

''यह फोन कब ठीक होगा?''

''कंप्लेंट सवेरे लिखवायी थी। किसी भी वक्त ठीक हो सकता है।''

वह खड़ी हो गयी, ''तब घर जाने से पहले शाम में मैं यहां होती जाऊँगी।''

इंस्पेक्टर गोडबोले लोकनाथ से अलग होकर सड़क पार कर एक मकान के गलियारे में खड़ा हो गया था। उसकी तीखी नजर टेलीफोन बूथ पर टिकी थी। जो कोई भी शख्स टेलीफोन लगाने आता था, उसे वह गौर से देखता था।

पूनम के जाने के बाद दो मर्द और आये थे। उनमें से एक बौना था जो स्टूल पर चढ़कर नंबर घुमाने जा रहा था कि लोकनाथ ने 'आउट ऑफ ऑर्डर' की सूचना की ओर इशारा किया था। शायद वे दोनों किसी सर्कस के विदूषक थे। दूसरा, उसका साथी ताड़ की तरह लंबा था।

कुछ देर बाद टेलीफोन बूथ के सामने एक टैक्सी रुकी और एक युवक ब्रीफकेस के साथ बाहर निकला। सबसे पहले उसकी नजर सूचना पर पड़ी और फिर लोकनाथ के चेहरे पर।

''लोकनाथ तुम्हीं हो?'' कुछ कदम चलकर सामने आते हुए उसने पूछा।

लोकनाथ ने 'हाँ' में सिर हिला दिया।

''मेरा नाम...''

''मैं जानता हूँ।'' उसने मुस्कराकर कहा, ''आप राहुल हैं।''

राहुल को सचमुच हैरत हुई। आज तक पूनम से वह लोकनाथ के बारे में किस्से सुनता आया था। यही नहीं, आखिरी मुलाकात के वक्त पूनम ने एक अजीब जुमला भी कसा था : लोकू अंधा है, इसका मतलब यह नहीं होता कि वह नहीं देखता।

राहुल चकरा गया था। यह जुमला न था, 'रुबिक क्यूब' था। उसने अलग-अलग ढंग से तोड़कर, जोड़कर, मोड़कर देखा था। फिर भी वह उस वक्त अर्थ समझ नहीं पाया था। आज लोकनाथ से सामना होने पर उसकी गुत्थी सुलझ गयी। लोकनाथ की आँखों में भले ही रोशनी न हो, वह आवाजों के जरिये, स्पर्श और गंध के जरिये देखता था।

"कहिए," लोकनाथ ने खामोशी तोड़ते हुए पूछा, "मैं आपकी क्या सेवा कर सकता हूँ?"

"पूनम को एक मैसेज दोगे?"

"श्योर।"

"उससे कहना कि आज शाम में मैं इसी इलाके में रहूँगा और छह बजे नुक्कड़ के चाइनीज रेस्तरां में मिलूँगा।"

"अब एक विनती मुझे करनी है।" कहते हुए उसने दराज में रखी हुई बोतल निकालकर राहुल के सामने बढ़ा दी।

"यह क्या है?"

"गुलकंद।" वह बोला, "मेरी ओर से मिस को यह तोहफा देना। इसके नियमित सेवन से उनकी आवाज़ में भी आप-सी चाशनी घुल जायेगी।"

राहुल ने बोतल स्वीकारने से पहले पूछ लिया, "तुम खुद भी उसे दे सकते हो!"

"शायद वह स्वीकार नहीं करेगी। वह जब यहाँ बैठकर लंच लेती है, तब मैं भी उनकी दावत स्वीकार नहीं करता।" कारण बताते हुए उसने जोड़ा, "लेकिन आप अपने हाथों से देंगे तो मिस ना नहीं कहेंगी।"

राहुल के चेहरे पर अनजाने ही मुस्कान फैल गयी। उसी मुस्कान के साथ वह प्रतीक्षा करती टैक्सी में बैठा और चौराहे के वाहनों की भीड़ में गायब हो गया।

लोकनाथ अपनी कुर्सी पर बैठने ही वाला था कि उसने परिचित आवाज़ सुनी, "फोन डैड है जी?"

"सुबह से।" कहते हुए उसके कान खड़े हो गये। वह चौकन्ना हो गया। मुच्छड़ उसके सामने खड़ा था।

सड़क पार मकान के गलियारे में छिपकर खड़ा इंस्पेक्टर गोडबोले भी सावधान हो गया था। वह तेजी से सोच रहा था। वह मुच्छड़ बैंक-लुटेरा हो सकता है। लोकनाथ के बताये हुलिये के मुताबिक वह किसी पंजाबी ट्रक ड्राइवर जैसा लगता था। उसकी ऊँचाई भी करीब साढ़े पाँच फुट थी। पर अभी पूरा भरोसा होना बाकी

था।

"यहाँ कहीं और पब्लिक फोन होगा?"

"आप इस शहर में नये आये लगते हैं?" मुच्छड़ के सवाल का जवाब देते हुए लोकनाथ ने बताया, "वरना आपको जरूर पता होता कि यहाँ करीब में ही एक और फोन है।"

"कहाँ है, जी?"

"उस सामनेवाले मकान के गलियारे में।"

मुच्छड़ बूथ से मुड़ा और लोकनाथ ने जेब से रूमाल निकालकर मुँह पोंछा। इंस्पेक्टर गोडबोले के लिए यह इशारा था। उसका शक यकीन में बदल गया। अब उसे मकान के गलियारे से निकलकर मुच्छड़ का पीछा करना था। सही मौका मिलने पर धर दबोचना था। पर वह गलियारे से निकल न पाया। मुच्छड़ उसी की दिशा में आ रहा था।

वह बौखला गया। अंधे ने ऐसा क्या चमत्कार कर दिया कि शिकार खुद चलकर शिकारी के जाल में चला आ रहा था। (यह राज कुछ घंटे उसके लिए राज ही रहने वाला था।) सड़क पार कर जैसे ही मुच्छड़ मकान के गलियारे में दाखिल हुआ कि इंस्पेक्टर गोडबोले ने अपना रिवाल्वर निकालकर उसके सीने पर तान दिया।

उस रात लोकनाथ चैन की नींद सो नहीं सका। उसकी समस्या यह न थी कि अब तक मुच्छड़ का गैंग पुलिस के चंगुल में फंसकर सलाखों के पीछे चला गया होगा या नहीं; बल्कि उसकी पीड़ा यह थी कि पूनम और राहुल के रिश्ते में कहीं दरार तो नहीं पड़ी होगी?

अब पूनम में इतनी हिम्मत आ गयी थी कि वह अपने जीवन की सच्चाई को राहुल के सामने रख सके। पर इस साहस का नतीजा क्या निकलेगा। यह लोकनाथ की सोच के बाहर था। वह तो सिर्फ इतना जानता था : सच कभी हारता भी है तो उसका सिर ऊँचा होता है।

रात घड़ी ने बाहर बजाये और लोकनाथ की माँ ने करवट बदलते हुए देखा तो लोकनाथ का बिस्तर खाली था। उसने सोचा, बेटा शायद बाथरूम में गया होगा या पानी पीने उठा होगा। मिनट भर तक वह आहट लेती पड़ी रही। कहीं कोई हलचल सुनाई न देने पर वह उठ बैठी।

लोकनाथ एक कोने में रखी हुई शिवजी की मूर्ति के सामने बैठा था। कुछ पलों के लिए माँ उसे एकटक देखती रही। आखिर उससे रहा न गया तो पूछ लिया, "क्या बात है, बेटा?"

अब तक लोकनाथ अपनी प्रार्थना पूरी कर चुका था। ''माँ!'' वह खड़े होते हुए बोला, ''आज पहली बार मन में खटका हुआ है, कहीं रिश्ता टूट न जाये!''

''कैसा रिश्ता?''

''प्यार का।'' वह माँ के करीब बैठ गया, ''दोनों बहुत ही भले हैं। एक-दूसरे को सच्चे दिल से चाहते हैं?''

''कौन हैं वे दोनों?

''आप नहीं जानतीं।'' कुछ रुककर उसने बताया, ''वैसे मैं भी उन्हें ठीक से नहीं जानता।''

''तू पगला का पगला ही रहेगा।'' माँ हँस दी, ''चल, अब सो जा।''

दूसरे दिन सवेरे लोकनाथ न फूलवाले की दुकान पर रुका, न जूते पॉलिश करवाने। वह सीधा चौराहे पर पहुँचा और टेलीफोन बूथ खोल अपनी कुर्सी पर बैठ गया। बिगड़ा हुआ फोन कल शाम में निगम के आदमी दुरुस्त कर गये थे। पर 'आउट ऑफ आर्डर' का बोर्ड अब भी बूथ के बाहर लटक रहा था। याद आने पर उसने वह निकालकर अंदर एक तरफ रख दिया।

ठीक एक बजकर दस मिनट पर पूनम आयी। यही उसका रोज का आने का समय था। पर रोज की तरह वह भी आज अपनी औपचारिकता भूल गयी। लोकनाथ से उसने न 'हैलो' कहा, न कुछ और और स्टूल पर बैठ गयी।

आखिर लोकनाथ ने ही शुरुआत की—

''मिस...!''

''जी...''

''कल की मुलाकात कैसी रही?''

''ठीक।''

''सब कुछ सच-सच बता दिया?''

''हूँ।''

''क्या कहा उसने?''

''सोचने के लिए एक रात माँगी।''

''क्या सोचने के लिए?''

''यही कि वह मुझसे शादी करेगा या नहीं?''

खामोशी उतर आये इससे पहले लोकनाथ ने विषय मोड़ दिया, ''अब तक आपने खाने का डिब्बा नहीं खोला?''

''भूख नहीं है।''

''गुलकंद ट्राई किया?''

उसके सवाल को नज़रअंदाज कर पूनम ने उसके सामने देखा। "तुम्हें क्या लगता है ?"

"एक-आध दिन में बारिश शुरू होनी चाहिए।"

"मैंने मौसम के बारे में नहीं, अपनी शादी के बारे में पूछा है।"

"लड़का बुरा नहीं है।"

"लोकू !" वह भड़की। तभी टेलीफोन की घंटी बज उठी। उसने फौरन खड़े होते हुए रिसीवर झपट लिया। आज उसकी किस्मत का फैसला होने वाला था। बेसब्री उसके चेहरे पर साफ नजर आ रही थी।

"हैलो... हैलो..." वह बोल उठी और दूसरे पल उसे पता चला, फोन राहुल का नहीं था। "सॉरी, रॉग नंबर... जी नहीं, यह कब्रिस्तान नहीं है।" उसने रिसीवर पटक दिया।

लोकनाथ ने उसका दिल बहलाने के लिए कहा, "मेरी समझ में यह नहीं आता कि निगमवालों को कब्रिस्तान में फोन लगाने की क्या जरूरत पड़ी ?"

पूनम ने फिर स्टूल पर बैठते हुए अपनी आवाज़ ज़रा ऊँची की, "लोकू, मेरे सवाल का जवाब नहीं देना हो तो तुम ना भी कह सकते हो !"

"मैंने सोचा, मेरे चेहरे की मुस्कराहट देखकर आपने मेरा जवाब भाँप लिया होगा।"

"मैं साफ शब्दों में सुनना चाहती हूँ।"

लोकनाथ ने बता दिया, "आपको वह जरूर स्वीकार करेगा।"

"तुम्हें यकीन है ?"

"मुझे भगवान में श्रद्धा भी है।"

"तब उसने फौरन जवाब क्यों नहीं दिया ?"

"शायद इसलिए कि वह अपने घरवालों से सलाह-मशविरा करना चाहता हो ?"

लोकनाथ कुछ आगे कहे इससे पहले राहुल की टैक्सी टायर की आवाजों के साथ रुकी। ब्रीफकेस के साथ वह उसमें से बाहर निकला। पूनम चौंककर खड़ी हो गयी। उसका दिल धड़क उठा। जवाब हाँ में होगा या नहीं—राहुल के चेहरे से यह अंदाजा लगाने में वह नाकाम रही थी। लोकनाथ अपनी कुर्सी पर बूथ में बैठा रहा।

राहुल धीरे-धीरे आगे बढ़कर पूनम के सामने आया, पर कहा लोकनाथ को संबोधित कर, "आज मैंने लंच नहीं लिया है।"

"मिस भी भूखी बैठी है।" वह बोला।

अबकी राहुल ने पूनम के कंधे पर हाथ रखते हुए कहा, "आज हम तीनों किसी बढ़िया-से रेस्तरां में साथ लंच लें तो कैसा रहेगा।"

"वंडरफुल!" राहुल का इशारा पूनम के लिए काफी था। खुशी से उसका रोम-रोम झनझना उठा, "लोकू! आज तुम ना नहीं कह सकते!"

"लेकिन... लेकिन आप दोनों के बीच मेरा क्या काम?"

"तुम्हारा तो आज खास काम है।" जवाब राहुल ने दिया, "लंच का बिल तुम चुकाओगे।" फिर मुस्कराते हुए उसने दोपहर के अखबार की एक त।जा प्रति ब्रीफकेस से निकाली और पूनम के सामने बढ़ा दी, "ये देखो!"

हैरत और खुशी से पूनम उछल पड़ी, "लोकू! इसमें तो पहले पन्ने पर तुम्हारी तस्वीर छपी है- एक नेत्रहीन ने बैंक-लुटेरों की टोली को गिरफ्तार करवाया..." हैडलाइन के साथ वह पूरा समाचार तेजी से पढ़ गयी। "बोलो, अब कुछ कहना है?"

"सिर्फ इतना," बूथ बंद करते हुए उसने व्यंग्य कसा, "अब यह मत कहना कि टैक्सी का मीटर भी मुझे चुकाना होगा!"

राहुल ने हँसकर उसका दाहिना हाथ अपने हाथ में लिया।' पूनम ने उसका बायां हाथ और तीनों मित्र इंतजार करती टैक्सी की ओर आगे बढ़ गये।

●●

घर से कब्र तक

मरीन ड्राइव की बेंच पर मैं बैठा हूँ

मेरी उम्र आप जितनी सोचते होंगे उससे थोड़ी ज्यादा ही है। मेरे बाल अब काले नहीं रहे। सच कहूँ तो बाल ही नहीं रहे। चमड़ी जले हुए कागज-सी हो गई है। चेहरे पर टेढ़ी-मेढ़ी झुर्रियों का जाल है। आँखें अंदर और अंदर धँसती जाती हैं। डॉक्टर कहता है-मोतिया है। चश्मा बेकार हो गया है। आँखें भी कहाँ काम कर रही हैं! वार्किंग-स्टिक पर लाल रंग लगवाने के दिन अब ज्यादा दूर नहीं।

मेरा नाम मुखराम दिल्लीवाला है

दौलत थी तब लोग मिस्टर मुखराम कहकर पुकारते थे। अच्छा लगता था। पर वे दिन ज्यादा न टिके। दौलत गयी और साथ में मेरे नाम को भी थोड़ा-सा 'ट्विस्ट' करती गयी। मुखराम मूरखराम हो गया। अब तो मुझे न कोई मुखराम कहता है, न मूरखराम। माफ कीजिएगा, कोई कुछ कहता ही नहीं। मैं आऊँ कि जाऊँ, मैं खड़ा रहूँ या बैठूँ। मैं हँसूँ कि रोऊँ, किसी को ज़रा भी फर्क नहीं पड़ता। हाँ, कभी 'बुढ़ऊ' जैसा शब्द कानों से टकराकर दिल के आर-पार उतर जाता है।

गिरनाम की एक खोली में मैं रहता हूँ (सपरिवार)

कहीं तो रहना चाहिए न! यह समस्या केवल इस जिंदगी की नहीं, जन्मों-जन्मों की है। जीव को मुक्ति न मिली तो वापस कमरा ढूँढ़ने के लिए आना पड़ता है। किसी के भीतर घर बसाना पड़ता है। कोई ओझा मिर्ची का धुआँ देकर भगा दे

तो वापस नया घर तलाशने की चिंता। यह संसार है। यहाँ ऐसे ही चलता रहता है। डरें नहीं। मेरी आत्मा की अवगति नहीं होगी, इसका मुझे यकीन है। इस दुनिया में मैंने किसी का कुछ बिगाड़ा नहीं।

यह मेरी रिटायर्ड लाइफ है

दूसरे लफ्जों में कहूँ तो बेकार लाइफ है। शरीर लगभग घिस गया हो, कई बार दुरुस्त करवाने की वजह से अंदर की मशीनें कमजोर हो गई हों, आउट ऑफ ऑर्डर होने की तैयारी में हो, कभी पुर्जे आपके सामने बलवा करते हों, हर कदम पर आपको फ्रेक्चर हो जाने का खतरा रहता हो, उठ बैठने में दर्द होता हो, खड़े होने के लिए सोचना पड़ता हो, थोडा-सा चलते ही हाँफ जाते हों, रास्ते में दमे की दो गोलियाँ खानी पड़ती हों, खाने में आपको आपके पसंदीदा पकवानों की तरफ से मुँह फेरकर रूखा-सूखा-फीका खाना पड़ता हो, धूम्रपान करने की इच्छा होने पर खलनायक जैसा डॉक्टर का चेहरा सामने आ जाता हो तो आप क्या करेंगे?

ये लंबे और ऊबाऊ दिन, आपके आसपास कसता हुआ अकेलेपन का घेरा, आपके सिर पर झूलते निराशा के बादल, आपके साथ-साथ दौड़ती विवशता और आपके आगे-आगे दौड़ती मौत। मौत से आप मिल नहीं सकते। विवशता के चंगुल से आप बच नहीं सकते। आप संघर्ष करें और आखिर थककर गिर पड़ें। आप थोड़ी दूर बैठी और आपकी हालत पर हँसती मौत को खामोश नजर से देखें। तब कोई कहेगा-बूढ़े को मौत भी नहीं आती। इसे आप कौन-सी लाइफ कहेंगे?

मेरा एक दिन (और दिनों की तरह)

पौ फटने से पहले ही आँखें खुल जाती हैं। आँखें मलते हुए पहला विचार यह आता है-कितने घंटे सोया रहा? आधी रात को दीवार-घड़ी के घंटे गिने थे। रात बारह बजे छोटी बहू का बेटा रोया था। डेढ़ बजे के बाद चार नंबर वाले दलपत भाई की खांसी शुरू हुई थी। ढाई और तीन के बीच बड़ा बेटा पानी पीने उठा था। फिर आँख लग गई थी। मुश्किल से तीन घंटे सोया होऊँगा।

दीवार-घड़ी की ओर उनींदी आँखों से देखता मैं आगे बढ़ जाता हूँ। साफ कहाँ दिखता है? दातुन ढूँढता हूँ। आज संडास जाने का दिन नहीं। (हफ्ते में चार दिन जाता हूँ और वह भी दो तरह के आयुर्वेदिक चूर्ण खाने के बाद।) रोज़ाना नहाने का सवाल भी इस उम्र में नहीं उठता।

बड़ी बहू चाय के कप के साथ रोटी का टुकड़ा रख जाती है। वह कुछ कहती नहीं। कुछ कहने की उसे जरूरत भी नहीं। एक का अंक घोटते हुए बच्चे की

तरह यह सब रोज घटता है। चुपचाप मैं भी चाय का कप अपनी तरफ खींच लेता हूँ। रोटी का टुकड़ा मुँह में रखता हूँ। चबाता हूँ। चाय का घूँट भरता हूँ। बत्तीस दाँतों में से सिर्फ दो सलामत रहे हैं। उनमें से एक थोड़े दिनों का मेहमान है। दूसरा कुछ घंटों का हो, ऐसा पिछले तीन दिनों से लग रहा है।

नाश्ता खत्म कर मैं सीढ़ियाँ उतर जाता हूँ। खाली ओटा ढूँढने में मुझे ज्यादा देर नहीं लगती। सुबह की सुहानी धूप में आँखें बिछाकर मैं बैठा रहता हूँ। गिरगाम—धनी बस्तीवाला इलाका, दौड़ते हुए वाहन और चीखते हॉर्न का विस्तार। बॉम्बे आइलैंड साइलेंस जोन है। साइलेंस जोन के कोलाहल में मैं काफी देर तक लफ्ज बुनता हूँ। अतीत से लफ्ज खोजकर उनका जुमला बनाना मेरी हॉबी है, मेरी आदत है, मेरा मनोरंजन है। संक्षेप में कहूँ तो, मेरा सब कुछ यही है।

दोपहर होते वापस ऊपर आता हूँ। खाता हूँ। लेटता हूँ। लेटे-लेटे दीवारों पर खामोश नजरें घुमाया करता हूँ। छत को देखता हूँ। सिर पर झूलता सौ कैंडल पॉवर का बम क्यों फटता नहीं होगा?

फिर एक चाय का कप मेरे सामने रखा जाता है। यह शाम की चाय है और यह मेरा समंदर किनारे जाने का वक्त है।

मरीन ड्राइव की बेंच पर मैं बैठा हूँ

वही शाम। वे ही रंग। वही डूबता सूरज। वही चहल-पहल। वही लंबी परछाइयाँ। वे ही सिर पछाड़ती मौजें। वही गर्जन। इन सबका मैं आनंद नहीं ले सकता। कल्पना कर सकता हूँ। दिन-पर-दिन मेरा दिमाग कमज़ोर होता जा रहा है। अब मैं पहले की तरह लफ्जों को बुन नहीं सकता।

●●

नाम

सन एण्ड सैंड होटल के पीछे के हिस्से में स्वीमिंग पूल है। पूल से थोड़ी दूरी पर और समुंदर के सामने कुर्सियाँ रखी गयी हैं, बिलकुल वैसे ही जैसे पानी के जहाज के डैक पर सजायी जाती हैं। स्वीमिंग पूल की ओर पीठ करके इन कुर्सियों पर बैठने से क्षितिज रेखा आँखों में समा जाती है।

यहाँ कुर्सियाँ बड़े कलात्मक ढंग से दो-दो या तीन-तीन के ग्रुप में लगायी गयी हैं। हर ग्रुप में धूप को रोकने के लिए एक-एक छाता भी खड़ा है। अलग-अलग रंग में खड़ा है। कुछेक पर लाल और सफेद रंग की पट्टियों की डिजाइनें हैं, कुछेक में नीले रंग के गोले बनाये गये हैं तो कुछ मॉडर्न आर्ट के कैनवस-से भी लगते हैं।

इनमें से एक छाता बिलकुल सादा और सफेद है। कॉफी के रंग की साड़ी वाली एक लड़की उस छाते तले बैठी है। लंबे समय से अकेली बैठी है। सुबह के इस समय यहाँ सुस्ताने के बजाय लोग किनारे की रेत में लेटना अधिक पसंद करते हैं। 'वन पीस' या 'बिकनी' में उलटे या सीधे लेटकर सूर्य-स्नान करने का मजा कुछ और ही होता है।

लड़की की नजरें क्षितिज रेखा पर कहीं ठहरी हैं। कुछ ढूंढ़ रही है। कभी नजरें बायीं तरफ दौड़ जाती हैं तो कभी दाहिनी तरफ। कभी लौटकर किनारे की रेत तक दौड़ आती है तो कभी धुंधले आकाश पर छा जाती है। अधिकतर वह स्थिर ही रहती है। स्थिरता से तंग आती है तो सपाटे से फिसलकर कहीं और स्थिर हो जाती है।

कहीं से बहता हुआ आया सिगरेट के धुएँ का छल्ला लड़की के चेहरे से लिपट साँसों में घुल जाने के कारण उसे थोड़ा-सा बेचैन करता है। नजरों के साथ वह अपना चेहरा तिरछा करती है। चंद पलों के लिए वह तिरछा ही रह जाता है।

काले जैकेट में एक लड़का उस लड़की के छाते तले की खाली कुर्सी पर बैठे-बैठे सिगरेट पी रहा है। लड़के का ध्यान उसकी ओर नहीं। लड़के का ध्यान सुबह की कोमल धूप में सूर्य-स्नान करती 'टू-पीस' वाली अर्धनग्न स्त्रियों में भी नहीं। वह देख रहा है आया के साथ सैर करने आये एक गठीले बच्चे और उसके कुत्ते को।

लड़की को पलभर के लिए ऐसा लगता है जैसे लड़का ढोंगी है। उसके करीब बैठकर ऐसा बर्ताव कर रहा है जैसे कुछ जानता ही नहीं। दूसरे पल ऐसा भी लगता है—शायद ढोंगी न हो! जो भी हो, लड़की को उसमें तनिक भी दिलचस्पी नहीं। तिरछा चेहरा सीधा कर लड़की अपनी नजरों को क्षितिज रेखा पर छोड़ देती है।

गठीले बच्चे के हाथ में गेंद है। गेंद को वह पानी में फेंकता है। कुत्ता उछलता कूदता पानी में उतरता है और गेंद को मुंह में फंसाकर वापस दौड़ आता है। गठीला बच्चा तालियां बजाता है, किलकारियां मारता है। कुत्ते के मुंह से गेंद लेकर वह फिर उछालता है जबकि उसने गेंद को होटल की दिशा में फेंका है।

उछलती गेंद के साथ यात्रा करती लड़के की नजरों में बगल में बैठी हुई लड़की जाती है। वह सहज चौंकता है। फिर सोचता है, यह लड़की कब आकर उसके करीब बैठी होगी, यह वह कल्पना नहीं कर सकता। यहाँ आकर क्यों बैठी होगी, यह भी एक सवाल है।

'पेशेवर होगी!' वह स्वगत कहता है, वर्ना ऐसे धड़ल्ले से कोई औरत किसी मर्द के पास नहीं बैठती।

लड़का आस-पास की कुर्सियों पर आंखें बिछाता है, सभी खाली हैं। वह फिर एक बार लड़की के सामने देखता है। लड़की भी उसे देख रही है। लड़का मुस्कराता है। औपचारिकता की खातिर मुस्कराना तो चाहिए न! लड़की उसे अजीब नजरों से घूर रही है। लड़के की मुस्कराहट काफूर हो जाती है।

अकुलाहट महसूस करते हुए वह उस गठीले बच्चे को तलाशता है। किनारे के जल में तैरते कॉलेज के चार युवकों को देखता है। रेत पर पसरते झाग पर नजरें फैलाता है। एकाध बार उसे यहां से उठकर करीब वाले या किसी अन्य छाते तले बैठने की इच्छा होती है। वह उठता नहीं बल्कि हिम्मत से डटा रहता है। दो उंगलियों के बीच सुरसुराहट होने पर उसे खयाल आता है—सिगरेट बेकार

गयी। तुरंत टोंटा फेंककर वह दूसरी जलाता है।

लड़की का चेहरा फिर तिरछा होता है।

'प्लीज...'

लड़का भी चेहरा तिरछा करता है।

लड़की उसे सिगरेट नहीं पीने के लिए गुजारिश करती है, "आपको धूम्रपान करना है तो आप उस लाल पट्टियों वाले छाते के नीचे बैठकर पी सकते हैं।"

लड़का सुलगती सिगरेट को देखता है, लड़की की ओर देखता है और अदा से उछालकर मुंडेर के पार रेत में फेंक देता है। फेंकने से पहले उसे कहना था, मैडम, सिगरेट के धुएं से आपको परेशानी होती है तो आप उस हरी पट्टियों वाले छाते की छांव में बैठ सकती हैं। लेकिन उसने वैसा नहीं कहा। यही जुमला उसके लिए कुछ पलों पहले वर्ग-पहेली बना हुआ था।

लड़की की नजरें क्षितिज रेखा पर से फिसलकर रेत में लेटी हुई एक जर्मन स्त्री पर ठहरती हैं। एक पुरुष (शायद वह उसका पति हो) उसके खुले अंगों पर तेल की मालिश कर रहा है। उसने सिर्फ जीन्स की नेकर पहनी है।

लड़के की आंखें थोड़ी दूर पर नारियल के पेड़ पर चढ़े एक छोकरे पर केंद्रित हैं। छोकरा एक हाथ से पतले तने को जकड़कर दूसरे हाथ में थामे हुए हंसिए से नारियल काट रहा है। नीचे खड़ा मलबारी गिरे हुए नारियल उठाकर एक थैले में भर रहा है।

"आपने कुछ कहा?" पूछते हुए लड़का झटके से चेहरा घुमाता है। लड़की की आंखें स्पष्ट जता रही हैं कि उसने कुछ भी नहीं कहा।

"मैंने समझा आपने कुछ कहा।" फिर कुछ कहने के बहाने लड़के ने जोड़ा, "धूप कोमल है।"

जीवन में पहली बार धूप देखी हो ऐसे लड़की की आंखें रेत पर फैल जाती हैं। लड़का उस ओर से नजरें समेट लेते हुए स्वगत कहता है, "धूप की कद्र हमें नहीं है।"

"सही।" लड़की भी उसके सामने बिना देखे रूखे स्वर में बोलती है, "जो दौलत जिसके पास बेहिसाब हो उसकी कद्र शायद ही होती है।"

दोनों कुर्सियों के बीच करीब-करीब दो फुट का अंतर है। दोनों कुर्सियों के बीच फर्श से उठता हुआ छाते का एक इंच चौड़ा फौलाद का डंडा भी है।

"क्षमा कीजिएगा !" लड़की का ध्यान अपनी ओर आकर्षित करते हुए लड़का कहता है, "आपसे मुझे एक सवाल पूछना है।"

लड़की पलकें झपकाती है।

"आपको हर्ज न हो तो !"

"आपका स्वागत काबिले-एतराज न हो तो मुझे कोई हर्ज नहीं।"

लड़का अपने प्रश्न को उलटा-पुलटाकर सारे पहलुओं पर सोचता है। प्रश्न एतराज के काबिल नहीं। वह बेखटके पूछता है, "मैडम! यहां कितने छाते हैं?"

लड़की बेवकूफ की तरह उसके चेहरे को देखती रहती है। लड़के को अपना प्रश्न दोहराना पड़ता है। उचटती-सी एक नजर अतराफ में डालकर लड़की फिर से लड़के के चेहरे पर आंखें केंद्रित करती है, "दस-बारह होंगे!"

"तेरह हैं।"

"आपको कैसे पता चला ?"

"मैंने गिने थे।"

"मैंने नहीं गिने।" लड़की की आवाज में थोड़ा तीखापन है, "क्या इसीलिए आपने मुझसे पूछा ताकि मुझे शर्मिन्दा होना पड़े ?"

"नहीं, नहीं !" लड़का अब व्यंग्य पर उतर आता है, "मुझे सिर्फ इतना कहना है कि इन तेरह छातों में से आपको एक का भी रंग पसंद नहीं आया जो आप इस चौदहवें छाते के नीचे आकर बैठीं?"

लड़की से बिना हंसे नहीं रहा जाता। "ऐसा बढ़िया चुटकुला मैंने आज से पहले कभी नहीं सुना... हा हा!"

"हा हा!" लड़की की नकल करते हुए वह बोलता है, "यह चुटकुला नहीं है, मैडम!"

"तब?"

"मैंने जो कुछ कहा, वह सोलह आने सच है।"

"आपका भी जवाब नहीं, श्रीमान कार्टून!"

"मुझे कार्टून कहने से मेरी बात गलत सिद्ध नहीं होती।"

लड़के के चेहरे की गंभीरता लड़की को सोच में डुबो देती है। "क्या आप यह कहना चाहते हैं कि आप मुझसे पहले आकर यहां बैठे थे?"

"बिलकुल।" लड़के की आवाज़ में विश्वास है, "मैं यहाँ आया तब यहाँ कोई नहीं था।"

"ताज्जुब की बात है!" लड़की के दोनों कंधे आश्चर्य व्यक्त करते हुए थोड़े उचककर झुक जाते हैं। "सचमुच ताज्जुब की बात है। कहने के लिए अब मेरे पास कुछ बचा ही नहीं।'

उसकी मासूमियत देखकर लड़के को हँसी आ जाती है।

"मैडम...!" उसे कुछ कहना है।

"मेरा नाम अमृता है।"

"आपसे मिलकर खुशी हुई।" दोनों कुर्सियों के बीच का अंतर दो से डेढ़ फुट कर देते हुए लड़का जापानियों की तरह सिर झुकाता है। "मिस अमृता! आप कुछ कहने के बारे में कह रही थी।"

"मुझे क्या कहना चाहिए, यही मेरी समझ में नहीं आता।"

"फिर भी..."

लड़की गला खखारकर साफ करती है। "मैं यहाँ आकर बैठी तब यह कुर्सी जिस पर आप बैठे हैं, खाली थी, समझे?"

लड़का सोच में पड़ जाता है। लड़के को विचारों में खोया देखकर लड़की भी अपने खयालों में खो जाती है। कौन पहले आकर बैठा होगा उस बात पर सोचते-सोचते दोनों कौन कैसा है-के विषय पर फिसल जाते हैं।

"मिस्टर!" लड़की कुछ कहना चाहती है।

लड़का बीच में बोल उठता है, "मिस्टर शक्ति!"

"बढ़िया नाम है।"

"जैसा नाम है वैसा मैं नहीं हूँ।"

"जिस्म तो है न!"

"इस शरीर को आप बलवान समझती हैं?"

"कम वजनी नहीं है।"

लड़का मुस्कराता है।

लड़की आगे कहती है, "अगर मैं भूल नहीं करती तो आपका वज़न जितना होना चाहिए उससे कुछ ज्यादा ही होगा, कम नहीं।"

"आप गलत नहीं।"

"यों कहिए कि मैं सही हूँ।"

"आपने चाय ली?"

"नाश्ता करके मैं यहाँ आयी थी।"

"नाश्ते में क्या लिया?"

"एक अंडा उबला हुआ और संतरे का जूस था शायद।"

"यानी कि चाय नहीं ली!"

"बेड-टी ली थी।"

"एक कप और पीने में आपको एतराज नहीं होगा"

"ज्यादा चाय पीने की मुझे आदत नहीं।"

"आज पी डालें। मौसम भी खुशगवार है।"

दोनों कुर्सियों के बीच का अंतर एक फुट कर डालते हुए लड़की मुस्कराकर कहती है, "आप आग्रह करते हैं तो पी लूँगी।"

लड़का बैरा को बुलाकर दो कप चाय का ऑर्डर लिखवाता है। बैरा के चले जाने पर फिर दोनों के बीच मौन छा जाता है। रुके हुए संवाद को फिर कैसे आगे बढ़ाया जाये, इस बात की चिंता दोनों के चेहरों पर साफ नज़र आती है। कुछ कहने के लिए दोनों एक साथ चेहरा घुमाते हैं और एक-दूसरे की सूरत देखकर हँस देते हैं।

"आप कुछ कहने जा रहे थे!"

"आपको भी कुछ कहना था!"

"आप बंबई के हैं?"

लड़का 'ना' कहकर गहरी सांस लेता है, "शहनशाहों के शहर से आया हूँ।"

"दिल्ली?"

"बिलकुल सच।"

"कहिए, मैं कहाँ की होऊँगी?"

लड़का उसे गौर से देखता है, ऊपर से नीचे तक देखता है। "आँखों से आप बंगालन लगती हैं... आपका साड़ी बाँधने का तरीका बंबई का है... दिखने में आप पंजाबन-सी हैं लेकिन आपकी चमड़ी का रंग देखकर आपको कोई दक्षिण की समझे तो मुझे हैरत नहीं होगी!"

"संक्षेप में आपने मुझे मिस इंडिया कहा होता तब भी हर्ज न था।" कहते हुए लड़की के साथ लड़का भी हँस देता है।

बैरा आकर दोनों के सामने एक तिपाई सजाता है। उस पर गर्म चाय की केतली, दूध-शक्कर तथा खाली कप-सॉसर रखकर चला जाता है।

लड़का केतली की तरफ हाथ बढ़ाता है। लड़की उसको रोकती है। दोनों पहली बार एक-दूसरे के स्पर्श की झनझनाहट महसूस करते हैं।

"मिस अमृता!" लड़का फीकी आवाज़ में बोल उठता है, "प्लीज... अपना हाथ वापस ले लीजिए!"

"मिस्टर शक्ति!" लड़की बताती है, "जब कोई महिला किसी पुरुष के साथ बैठी हो तब चाय बनाने का जिम्मा महिला का होता है।"

लड़का धीरे-धीरे अपना हाथ वापस खींच लेता है। लड़की खाली प्यालियों में दो-दो चम्मच शक्कर डालकर चाय उंडेलती है।

"मेरी प्याली में दूध कम ही डालना।"

"कहिए, कितना डालूँ?" लड़की मिल्क पॉट झुकाती है।

"बस, बस!"

"आपने यह तो बताया ही नहीं कि..." चाय की प्याली में चम्मच हिलाते हुए लड़का कह रहा है, "आप कहाँ की हैं?"

"आपने मेरे बारे में जो अनुमान लगाया वह लगभग सही था।"

"सचमुच!"

"मेरी मम्मी बंगाल की हैं।" जानकारी देते हुए लड़की चाय की पहली चुस्की लेती है, "पापा पंजाब के। दोनों ने लव मैरेज किया था।"

"इंटरेस्टिंग!"

"प्रेम विवाह को आप दिलचस्प समझते हैं?"

"मैं तो प्रेम को भी दिलचस्प समझता हूँ।"

"मैं वैसा नहीं मानती।"

"यह आप अपने तजुर्बे से कह रही हैं या...?"

पलभर के लिए लड़की के हाथ थरथराते हैं, चाय की प्याली छलक जाती है। उसकी आँखें फिर क्षितिज रेखा पर दौड़ गयी हैं। लड़के को महसूस होता है, आखिरी प्रश्न उसने नहीं पूछा होता तो बेहतर था।

बैरा तिपाई के साथ खाली प्यालियाँ और चाय का सामान वापस ले जाता है। लड़का और लड़की के बीच का मौन इस बार कुछ अलग किस्म का है, थोड़ा संजीदा भी है। समंदर की ओर से बहती मंद-मंद हवाओं में लड़की की लटें उसके माथे पर खेल रही हैं।

माहौल की गंभीरता को हल्का करने के लिए लड़का एक लतीफा सुनाकर खुद हँसने लगता है। उसे हँसता देख लड़की के लिए हँसना वाजिब हो जाता है। वह हँसना शुरू करे इससे पहले लड़के की हँसी खत्म हो जाती है। लड़की चुप होकर उसके चेहरे में देखने लगती है।

"मिस अमृता..."

"जी!"

"मुझसे गलती हुई।" लड़का पूरी ईमानदारी के साथ स्वीकार करते हुए कह देता है, "जो सवाल नहीं पूछना चाहिए वही मैं पूछ बैठा।"

"मगर आपका सवाल गलत नहीं था।"

सुबह के ग्यारह बजे हैं। सूरज सिर पर आने में अब ज्यादा देर नहीं लेगा। सूर्य-स्नान करते, टहलते, तैरते लोग किनारा छोड़ने की तैयारी में हैं। एक युगल धूप में प्यार करता पानी के करीब बेफिक्र बैठा है।

"आपको यकीन है..." मूल विषय की ओर मुड़ते हुए लड़का कहता है, "सबेरे यहाँ आप ही पहले आकर बैठी थीं?"

"शायद..."

"यह कोई जवाब नहीं हुआ।"

"मुझे सेंट-परसेंट यकीन नहीं। आपको?"

"मैं भी डंके की चोट पर तो नहीं कह सकता।"

"जब मैं यहाँ आयी तब मेरा मन कहीं और था।" लड़की बिना पूछे वजह बताती है।

"घर याद आया होगा!"

"याद करने जैसा अब घर में कुछ भी नहीं।"

"आपका घर," लड़के की नजरें लड़की का चेहरा टटोलने की कोशिश कर रही हैं, "कलकत्ता में है या अमृतसर में?"

"आसाम में।"

"बंबई में कब से हैं?"

"मेरे पापा वन विभाग के अधिकारी हैं।"

"मेरा सवाल आपके डैडी के बारे में नहीं..."

"ओह, यस, यस!" लड़की उसे रोकते हुए बोल उठती है, "आपका सवाल..."

"बंबई में आप कितने दिनों से हैं?"

"एक हफ्ता हुआ होगा।"

"आप... कमरा नंबर अठारह में तो नहीं?"

"मैं पचपन नंबर में हूँ।"

"पूरब की ओर खुलती खिड़कियों वाला कमरा?"

लड़की 'हाँ' में सिर हिलाती है।

"पिछले जुलाई में आया था, तब मैं उसी में ठहरा था।"

"शाह सौदागर लगते हैं आप!"

"व्यापारी कहेंगी तब भी मैं बुरा नहीं मानूँगा।"

"ऐसे काले जैकेट में मैंने कोई बिजनेसमैन नहीं देखा!" थोड़ा रुककर लड़की प्रश्न करती है, "किस बिजनेस में हैं आप?"

"डिस्ट्रीब्यूशन। हिन्दी फिल्मों के दिल्ली, यू.पी. के राइट्स खरीदता हूँ।"

"ओह, आई सी..."

"आपको फिल्मों से रुचि है?"

"कभी-कभी अंग्रेजी फिल्में देख लेती हूँ।"

"हिन्दी क्यों नहीं?" कहते हुए लड़का जेब से सिगरेट की डिब्बी निकालकर एक सिगरेट होंठों के बीच फंसाता है। लाइटर जलाने से पहले उसे एकाएक खयाल आता है। सिगरेट को वह वापस डिबिया में रख देता है। लड़की से यह छिपा नहीं रहता।

लड़का जेब में डिब्बी रखे इससे पहले लड़की हाथ बढ़ाकर उसके हाथ से डिब्बी झपट लेती है। फिर एक सिगरेट अलग कर उसके होंठों के बीच रखती है।

"धुएँ से आपको परेशानी नहीं होगी?"

"अब हवा का रुख बदल गया है।" उत्तर देते हुए लाइटर भी वही जलाती है।

"हम क्या बात कर रहे थे?"

"आपने कोई सवाल उछाला था।"

सिगरेट का एक गहरा कश लेकर लड़का चुटकी बजाते हुए बोल उठता है, "मैंने आपसे पूछा था--हिन्दी फिल्में देखना आप क्यों पसंद नहीं करतीं?"

"इस सवाल का जवाब एक ही हो सकता है।" लड़की लाइटर से खेलते हुए कहती है, "सभी हिंदी फिल्मों की कहानियाँ एक-सी होती हैं। पहले प्यार, फिर जुदाई, फिर..."

"फिर?"

"मिलन।"

लड़का पीछे की ओर अपना सिर झुकाकर धुएँ का गुबार छोड़ता है। "मिस अमृता!" और सामने देखते हुए कहता है, "आप एक कहानी लिखिए।"

"कहानी!"

"जिसमें प्यार हो, जुदाई हो, पर मिलन न हो।"

"मैं लिखूँगी।" लड़की की आवाज़ में भरोसा है, "जरूर लिखूँगी।"

"आपने पहले कभी कहानी लिखी है?"

"लिखने के बारे में सिर्फ सोचा है। अब लिखूँगी।"

"आपको यकीन है कि आप लिख पाएँगी?"

"कम-से-कम इस विषय के बारे में तो है।" कहते हुए लड़की की आँखों में करुणा उभर आती है, "इस विषय को मैं हकीकत के साँचे में ढाल सकूँगी। यह विषय ही तो मेरी जिंदगी है। उसमें मैं अपने सारे अनुभव उंड़ेल दूँगी।"

लड़की की आँखों में झिलमिलाती गीली परत बूँद बन जाए इससे पहले लड़का

अपना रूमाल उसकी ओर बढ़ाता है। लड़की अपनी पलकों पर नज़ाकत से रूमाल छूकर लौटा देती है। "आई एम सॉरी।" लड़के के सामने बिना देखे ही क्षमा माँग कर वह फिर एक बार क्षितिज रेखा में खो जाती है, हालांकि उसे क्षमा माँगने की जरूरत नहीं थी। उसने कोई अपराध नहीं किया था। भीतर कुछ यादों ने करवट ली थी और आँसू उभर आये थे।

मैला आकाश अब नीला हो गया है। समंदर का पानी अब धीरे-धीरे रेत के पट पर आगे बढ़ रहा है। हवा की गति अब मंद नहीं रही। किनारे, पानी के करीब बैठकर इश्क लड़ाते युगल ने अब तक चार बार जगह बदली है।

चंद मिनटों की खामोशी के बाद लड़की अपने आपको स्वस्थ जाहिर करने के लिए लड़के के सामने देखकर मुस्कराहट बिखेरती है। फिर कहती है, "अब तक मेरी समझ में यह नहीं आया कि हम दोनों में से पहले कौन यहाँ आकर बैठा होगा!"

खत्म होने को आयी सिगरेट के टोंटे में से दूसरी जलाते हुए लड़का एक साथ दो कश लेता है।

"मेरे खयाल से..." उसका खामोश देख लड़की जोड़ती है, "आप ही आये होंगे!"

"यह आपने कैसे सोचा?"

"अपने उखड़े-उखड़े-से मूड के कारण शायद मैं अगल-बगल देखे बिना ही बैठ गयी होऊँगी!"

लड़का उसका तर्क स्वीकारने को राज़ी नहीं। लड़की के आखिरी जुमले पर धुएँ की चादर बिछाते हुए वह दलील देता है, "यह भी मुमकिन है कि मैं यहाँ आया तब आप बैठी हों और मैंने आपको देखा न हो!"

"मुझे नजरअंदाज करने के लिए आपके पास कोई कारण नहीं।"

"आपको भरोसा है?"

"क्यों?"

"आप यकीन के साथ कह सकती हैं कि मेरे पास कोई वजह नहीं?"

"जी..."

सिगरेट की राख झाड़कर लड़का एकटक उसकी आँखों में देखता है।

वह बुदबुदाती है, "आपकी सूरत से ऐसा अंदाज लगाया जा सकता है।"

"वैसे आपकी सूरत भी मुझे छलावा लगी थी।"

"मेरे बारे में आपने क्या सोचा था?"

"सच-सच बताऊँ?"

लड़की आँखों के इशारे से 'हाँ' कहती है।

"आप नाराज हो जाएँगी।"

"फिर भी..."

गलती से अधजली सिगरेट को फेंक देते हुए लड़का कहता है। "मैं... मैंने सोचा था आप पेशेवर हैं।"

लड़के के चेहरे में एकटक देख रही लड़की ठहाका मारकर हँस देती है। लड़का हैरान रह जाता है। उसने सोचा था, लड़की रूठ जायेगी, आगबबूला होगी, उठकर चली जाएगी, शायद अपनी जूती का भी इस्तेमाल करे। वह हँस देगी ऐसा तो उसने ख्वाब में भी नहीं सोचा था।

लड़की अभी भी हँस रही है। लड़का बच्चे की तरह उसके सामने देख रहा है, जैसे कोई बालक धूप में हो रही बरसात को देखता हो! धीरे-धीरे उसके होंठों पर भी मुस्कराहट की झलक दिखाई देती है। वह भी हँसने लगता है। धीरे-धीरे उसकी हँसी भी बेलगाम हो जाती है।

"बहुत हँसे!" आँखों पर उतर आये बालों को पीछे करते हुए लड़का कहता है, "पेट में दर्द होने लगा।"

"थोड़ा और हँसी होती तो शायद मैं रो देती!"

"ऐसे खुलकर मैं कभी नहीं हँसा।"

"पागलों की तरह हमें हँसते देख लोगों ने क्या सोचा होगा?"

लड़का आसपास सरसरी निगाह डालकर देख लेता है। "सोचने के लिए यहाँ हमारे दोनों के अलावा तीसरा कोई नहीं।"

"पीछे, स्वीमिंग पूल के पास दो बैरा खड़े हैं।"

"उन्होंने..." लड़का पलटकर नहीं देखता, "हमें शादीशुदा माना हो तो ताज्जुब नहीं!"

"बिलकुल गलत।"

"कैसे?"

"पति-पत्नी बड़ी मुश्किल से ऐसे खुलकर हँसते हैं।"

"तब... तब उनकी नज़रों में हम दोनों दोस्त होंगे।"

"एक लड़की और लड़के को घंटों साथ बैठे देखकर उन्हें मित्र समझने वाले लोग आपको शायद ही मिलें!"

'घंटों' शब्द सुनकर लड़के की नजरें कलाई-घड़ी पर झुक जाती हैं।

"एक बज गया होगा।" लड़की कहती है।

"लगभग।"

''आप खाना कितने बजे लेते हैं ?''

''वक्त हो गया है, चलें ?''

लड़का खड़ा हो गया है। उसके बाल और उधर पसरे छाते के तारों के बीच बहुत कम अंतर होगा! लड़की खड़ी नहीं होती। वह कुछ सोच रही है, सोच लिया। ''हम यहीं, खुले में लंच लें तो कैसा रहेगा ?''

''आइडिया बुरा नहीं।'' कहते हुए लड़का वापस बैठ जाता है, ''कहिए, लंच में आप क्या पसंद करेंगी ?''

''आज का मैनू क्या है ?''

लड़का इशारे से बैरा को करीब बुलाकर उसके पास मैनू-कार्ड मंगवाता है।

''आप अंडे खाती हैं उस पर से यह सोचा जा सकता है कि आप शाकाहारी नहीं!''

''आपकी बात गलत नहीं।'' लड़की कहती है, ''और आप ?''

''मैं भी माँसाहारी हूँ।'' स्वीकार करते हुए लड़का पूछता है, ''आपकी प्रिय डिश कौन-सी है ?''

''वेज या नॉन वेज ?''

लड़का 'नान वेज' कहता है।

''लेकिन वह डिश यहाँ नहीं मिलती।''

''विदेशी होगी!''

''मैंने हांगकांग में खायी थी।''

''क्या नाम है उसका ?''

''ऐग-फुफु।''

''फुफु! यह किसका नाम है ?''

''डिश का। आप क्या समझे ?''

''किसी चिड़िया का। किससे बनती है ?''

''श्वेत चिड़ी के अंडे से।''

चिड़ी शब्द सुनकर लड़के का चेहरा एकाएक बदमज़ा हो जाता है। जी मिचलाने लगता है, लेकिन चंद पलों के लिए ही।

''और आपकी प्रिय डिश ?''

''गोश्ताबा।''

''यह तो कश्मीरी डिश है!''

''आपने चखी है ?''

लड़की 'हाँ' में सिर हिला देती है, ''लेकिन ऐग-फुफु के मुकाबले में कहीं

नहीं।''

बैरा मैनू पेश करता है। लड़की ऊपर से नीचे तक मैनू-कार्ड देखकर तीन आइटमों पर अपनी पसंद उतारती है। लड़का ऑर्डर लिखवाता है। बैरा के जाने पर दोनों एक-दूसरे के सामने देखते हैं, आकाश देखते हैं, समंदर देखते हैं।

एक शरारती मौज अचानक आगे धंस आने के कारण पानी के करीब बैठकर धूप में प्यार करता युगल बच नहीं पाता।

लड़का और लड़की फिर एक-दूसरे को देखते हैं, आँखों में देखते हैं और देखते रहते हैं। दोनों की कुर्सियों के बीच का फासला अब केवल एक इंच बचा है और वह भी छाते के डंडे के कारण। अगर वह बीच में न होता तो इस वक्त दोनों कुर्सियां एक-दूसरे को गर्व से छूकर खड़ी होतीं!

''आप शादीशुदा हैं?''

लड़की से उसने इस सवाल की उम्मीद नहीं की थी। वह थोड़ा हिल जाता है। पर दूसरे ही पल सँभलकर 'ना' कह देता है।

''मैंने सोचा आप शादीशुदा हैं।''

''गलती इंसान ही करते हैं।'' लड़के के स्वर में उदारता है।

''आपकी उम्र भी कुछ कम नहीं—पैंतीस के होंगे!''

''क्या बड़ी उम्र के सभी पुरुष शादीशुदा होते हैं?''

''लगभग'' उत्तर देकर लड़की फिर प्रश्न करती है, ''शादी नहीं करने की कोई खास वजह होगी!''

''मैंने व्रत लिया है- जिंदगी भर कुंवारे रहने का।''

''आपको यकीन है कि आप अपने व्रत को निभा सकोगे?''

''अब तक तो भंग नहीं हुआ।''

''इसका मतलब यह नहीं होता कि भविष्य में भी आप उसका पालन कर पाएँगे!''

''मुझे पालन करना होगा।''

''आप मजाक तो नहीं कर रहे हैं न?''

''आपको क्या लगता है?''

''आजकल शादी नहीं करना फैशन माना जाता है।''

''आप उस फैशन को मानती हैं?''

''मानने-न मानने के मेरे दिन लद गये।'' कहते हुए लड़की की नजरें समंदर पार कर क्षितिज रेखा में कहीं अटक जाती हैं। ''शायद अब मैं किसी से शादी नहीं कर पाऊँगी। मैं... मैं प्रेग्नेंट हूँ।''

लंबी-सी तिपाई रखकर बैरा उस पर प्लेट, चम्मच, छुरी, नैपकिन वगैरह सजाने में व्यस्त हो जाता है। कुछ देर बाद भोजन भी आ जाने पर लड़का और लड़की अपनी-अपनी कुर्सियाँ आमने-सामने ले लेते हैं।

"थोड़ी-सी तपिश महसूस होती है।" सूप की प्याली करीब लेते हुए लड़का आकाश की ओर देखता है।

"सुबह अच्छा लग रहा था।"

"सुबह और दोपहर में कुछ तो फर्क होना चाहिए न!"

"न हो तो कितना अच्छा!" लड़की सूप पीते-पीते कह रही है, "पूरा दिन बढ़िया लगे। सुबह, सुबह और सुबह।"

"आपने दोपहर और शाम की बखूबी हत्या कर डाली।"

सूप पूरा होने पर बैरा ने प्यालियाँ उठाकर उनकी जगह नयी प्लेटें सजा दी हैं।

"मुझे तो जोरों की भूख लग रही है।"

"लेकिन सबेरे आपने उबले हुए अंडे और नारंगी के रस का नाश्ता किया था।"

"और आपने?"

"नाश्ता ही नहीं किया।"

लड़की के मुँह में कौर स्थिर हो जाता है।" आपने बताया क्यों नहीं? सबेरे चाय मँगवायी तब साथ नाश्ता भी मँगवा लेते।"

"सबेरे इच्छा नहीं थी।"

"वक्त पर खाना तो चाहिए न!"

लड़का चुपचाप खा रहा है। लड़की छुरी-चम्मच की आवाज़ें करती खाती जा रही है और चहकती भी जा रही है। सात मिनट और तीन सेकंड तक 'अन्न और जीवन' के विषय पर लगातार बोलने के बाद वह लड़के के सामने देखती है। लड़के ने छुरी-चम्मच प्लेट में रखकर हाथ बाँध लिये हैं।

"ब...स! खा लिया?"

वह 'हाँ' में सिर हिला देता है।

"थोड़े चावल लो न!"

"शुक्रिया। अब गुंजाइश नहीं।"

बैरा फिंगर-बॉल रखता है। उंगलियाँ डुबोकर दोनों नैपकिन से हाथ पोंछते हैं। बैरा तिपाई खाली कर उसे खिसका देने में व्यस्त हो गया है।

"अब सूरज सामने आयेगा।"

''अभी आध घंटा और लगेगा।''

दोनों की कुर्सियाँ वापस अपने-अपने मूल स्थानों पर आ गयी हैं। दोनों की नजरों के सामने वापस क्षितिज रेखा आ गयी है। दोनों नीले आकाश को देख रहे हैं।

''हम अंदर चलें?''

''आधे घंटे के बाद।''

''आप जानते हैं हम कितनी देर यहाँ बैठे?''

लड़का कलाई-घड़ी में देखता है। ''करीब पाँच घंटे हुए। वक्त कैसे गुज़र गया इसका पता ही नहीं चला।''

''एक दिन जीवन भी यों ही समाप्त हो जाएगा।''

''उसे मैं सफल जीवन कहूँगा।''

''निष्फल जीवन की आपकी व्याख्या क्या है?''

उत्तर देने से पहले लड़का थोड़ा समय लेता है। ''यह... यह जिंदगी जो मैं जी रहा हूँ वह उसकी एक मिसाल है।''

''क्यों जीते हैं आप?''

''जीना पड़ रहा है इसलिए। सुबह यहाँ आने पर मुझे एक खयाल यह भी आया था कि मुझे आत्महत्या कर लेनी चाहिए।''

''जीवन इतना आकर्षक है कि मौत हमें ललचा नहीं पाती।''

''नहीं!'' लड़का बोल उठता है, ''जीवन ने हमें इतना कायर बना दिया है कि मौत को हम गले से नहीं लगा सकते।''

''सचमुच ऐसा होता तो आत्महत्या करने वाले बुजदिल नहीं कहलाते।''

''मैं बुजदिल हूँ।'' लड़के का स्वर रुंधने लगता है, ''क्योंकि मैं जी नहीं सकता। मैं बुजदिल हूँ क्योंकि मैं मर नहीं सकता। डॉक्टर कहते हैं, मुझे इसी तरह जीना होगा—अकेले, स्त्री के बिना। मैं... मैं जन्म से ही... ''इकरार करते हुए उसकी पलकें छलछला जाती हैं।

लड़की अपनी नजरों को समंदर की लहरों पर तैरती छोड़ देती है।

लड़के का सिर कुर्सी के सहारे पीछे लुढ़क गया है। अकारण वह छाते के तारों की रचना को देख रहा है। हवाएँ चल रही हैं। केश उलझ रहे हैं। जुल्फें बिखर रही हैं। अचानक लड़की की साड़ी का पल्लू उड़कर लड़के के चेहरे पर पसर जाता है।

''हम कुर्सियाँ थोड़ी पीछे खिसका लें तो कैसा रहेगा?'' पल्लू को कंधे पर डालते हुए लड़की खड़ी हो जाती है। धूप उसके चरणों को छू रही है। ''वही

ठीक रहेगा।'' उत्तर देते हुए लड़का भी खड़ा हो जाता है। अपनी-अपनी कुर्सी को थोड़ी पीछे लेकर दोनों वापस बैठ जाते हैं।

''आपका जैकेट विदेशी लगता है!''

''एक प्रोड्यूसर ने जन्मदिन पर दिया था।'' लड़के की नजर क्षितिज रेखा पर केन्द्रित है।

''बढ़िया है।'' प्रशंसा करते हुए लड़की कहती है, ''इसकी चमक कुछ अलग ही है।''

''आपको पसंद आया?''

''किसे नहीं आयेगा?''

''आजकल लड़कियाँ भी जैकेट पहनती हैं।''

''गुलाबी रंग का एक मेरे पास भी था, लेकिन वह ज्यादा नहीं टिका।''

''हरे रंग में मेरे पास एक और है।'' कहते हुए लड़का उसके सामने देखता है, ''एकदम नया है। आपको फिट भी होगा। मुझे थोड़ा छोटा पड़ता है।''

लड़के की भेंट स्वीकारने से पहले उसे पलभर सोचना पड़ता है। वह 'हाँ' नहीं कहती। वह 'ना' भी नहीं कहती। ''इस होटल में आये आपको कितने दिन हुए?'' प्रश्न करते हुए वह बटुए से काला चश्मा निकाल नाक पर रखती है।

''पाँच। मंगल को चला जाऊँगा।''

''मुझे अभी रुकना होगा।''

''कितने दिन?''

''महीना। शायद कुछ दिन और।''

''फिर?''

''जैसा मूड। वैसे यहाँ कोई नौकरी मिल गयी तो स्वीकार लूँगी।''

''वापस घर नहीं जाना?''

''घर से भागी हुई हूँ।''

''अकेली?''

''अपने प्रेमी के साथ।'' लड़की की मुस्कराहट फीकी है, ''वह मुझे छोड़कर गायब हो गया। साथ मेरे गहने भी लेता गया।''

अब लड़के की नजर लड़की के चेहरे पर केन्द्रित है। काले चश्मे के पीछे छिपी हुई उसकी आँखों को वह देख नहीं पाता। अगर देख सका होता तो फिर एक बार अपनी जेब से रूमाल निकालकर लड़की के सामने हाथ बढ़ा देता।

''लेकिन... लेकिन इस महानगर में आप अकेली कैसे जिएंगी? आप प्रेग्नेंट भी हैं।''

''एक प्राइवेट नर्सिंग होम में कल भर्ती हो जाऊँगी।''

''किसलिए?''

''गर्भपात करवाने का फैसला मैंने लिया है।''

''नहीं!'' लड़के के जिस्म में कंपकंपी दौड़ जाती है, ''यह... यह अपने आप पर अत्याचार है।''

लड़की चश्मे के कांच पोंछते हुए अपनी विवशता जताती है, ''और कोई चारा भी तो नहीं!''

''है।''

हौले से एक शब्द का इस्तेमाल करके वह खामोश हो जाता है। लड़की कुछ पल उसके सामने देखती रहती है। फिर कहती है, ''मैं नहीं समझी।''

लड़का समझाता है, ''आप चाहें तो अपने बच्चे के नाम के साथ मेरा नाम जोड़ सकती हैं।''

●●

जीवन के रंग अनेक

अण्डरवीयर

सूज़ी मेला और मैं

बू

रहस्य एक बालक के जन्म पूर्व हुए अपहरण का

खनक

अण्डरवीयर

रामदास छोटे कद का आदमी था। स्वभाव से नम्र। रास्ते में कोई परिचित मिल जाता तो वह नम्रतापूर्वक हाथ जोड़कर पहले तो नमस्कार करता और फिर हालचाल पूछता। उस वक्त उसके चेहरे पर एक अजीब-सी मिठास झिलमिला उठती। परिचित व्यक्ति के दूर होते ही वह मिठास भी दूर हो जाती।

वैसे देखा जाए तो रामदास का स्वभाव गंभीर था। खासकर एकांत में वह अपने में खो जाता। फिर गंभीरता से सोचता। सोचने के लिए कोई विषय न मिलने पर वह, क्या सोचा जाए, इस विषय पर सोचता। उसके विचार भी फैंटास्टिक होते थे। उसकी कल्पना जमीन से छलाँग लगाती तो सीधी चंद्रमा पर जा बैठती और चंद्रमा पर से कलाबाजियाँ दिखाती सीधे मंगल के ग्रह पर दिखाई देती।

रामदास शर्ट-पैंट के साथ मोटे फ्रेम का चश्मा भी पहनता था। वह उसे पढ़ने के काम में नहीं आता था। कभी वह कोई किताब पढ़ने के लिए लेता तो चश्मा उतारकर तिपाई पर रख देता। उसकी कल्पना उछालें मारती-चश्मे के साथ आँखें भी उतारकर तिपाई पर रखी जा सकें तो? फिर जैसे चश्मे के साथ उसकी आँखें उतर गई हों, ऐसे वह तिपाई पर पड़े मोटे फ्रेम को देखता रहता।

पत्नी पूछती, "क्या देख रहे हैं आप?" वह चौंककर पत्नी के सामने देखता और किताब में मुँह छिपा लेता। पलभर उसके मन में सवाल उठता : क्या उसके विचारों को पत्नी पढ़ सकती है? कभी उसे शक होता—शायद पत्नी उसके विचार पढ़ती होगी। यकीन करने के लिए एक दिन उसने मन-ही-मन पत्नी से कहा,

"हे प्रिये! मेरे मन की आवाज़ आप सुन सकती हैं तो बताइए, औरतजात के बारे में मैं अभी क्या सोच रहा था?" प्रश्न करके उसने पत्नी के सामने देखा और बेवकूफ की तरह एकटक देखता रहा।

पत्नी झुंझलाकर बोली, "हे भगवान! ऐसे मूडी पतियों को पैदा करना था तो हम जैसी पत्नियों को जन्म क्यों दिया?" और रामदास नाखून चबाते हुए फिर चौंका। हक़ीकत में वह सोच रहा था कि दुनिया में औरतें न होतीं तो क्या होता? ऐसे उसके सवाल में और पत्नी के जवाब में काफी समानता थी। उसे लगा, उसकी विचार-तरंगें उसके आसपास के लोगों को छू सकती हैं और वे लोग अपनी प्रतिक्रिया भी दर्शाते हैं।

रामदास सावधान हो गया। सोचने के लिए वह अब वक्त ढूँढ़ने लगा। एकांत ढूँढ़ने लगा। कभी वह बगीचे में जाकर कोना खोजता तो कभी समुद्रतट पर जा बैठता। कभी वह देर रात को मकान के नीचेवाले ओटे पर पालथी मारकर सोचने बैठता तो कभी तड़के उठकर किसी मैदान में चला जाता।

एक रात वह सुनसान सड़क पर टहल रहा था और उसे एक बेमिसाल टोटका सूझा। भगवान के अद्‌भुत सर्जन- इंसान में उसे एक खोट दिखाई दी थी, बल्कि भूल। उसके तर्क के मुताबिक इंसान के चेहरे पर दो आँखों की बजाय केवल एक ही आँख की जरूरत थी और वह भी माथे के बीचोंबीच। वह एक आँख दो आँखों का काम सरलता से कर सकती थी

फिर भी, पलभर के लिए हम यह मान लें कि भगवान की इच्छा इंसानों को दो आँखें भेंट देने की है तो दूसरी आँख के लिए कोई नयी, सुयोग्य जगह ढूँढ़ी जा सकती है। जैसे कि दाहिने हाथ की हथेली। अगर हथेली के बीच में एक आँख हो तो हम हथेली को चाहे जिस ओर घुमाकर चाहे जो दृश्य देख सकते हैं।

इस बारे में उसने घंटों चिंतन-मनन किया। मसलन वह पूर्व की ओर मुँह करके बैठा हो तो माथे के बीच की एक आँख सामने देखती होगी और हथेली पीठ पीछे रखी हो तो पीठ पीछे वाला दृश्य भी देखा जा सकता है।

यह अद्‌भुत विचार उसे रात के दो बजकर पंद्रह मिनट पर सूझा था और उस समय उसके साथ कोई न था। यदि होता तो वह रामदास को खुश होकर पागल की तरह नाचते देख जरूर अचंभे में पड़ जाता। और किसी की मौजूदगी का एहसास होने पर रामदास उससे कहता—क्षमा करें, महाशय, मनोभाव की अभिव्यक्ति में थोड़ी-सी ज्यादती हो गयी।

जिस रात रामदास को 'हथेली में आँख' वाला विचार आया था, उसके दूसरे ही दिन से जैसे उसकी हथेली में सचमुच एक आँख निकल आयी हो, ऐसे वह हथेली को पीठ पीछे लेकर न दिखने वाले दृश्यों को देखने की कोशिश करने लगा। कभी वह हथेली माथे पर रख पूरा आकाश नयी आँख में समा लेने के सपने देखता, तो कभी हथेली मनचाही पोजीशन में स्थिर करके खुद भी स्थिर हो जाता। अलबत्ता इसमें उसे निराशा ही मिलती। फिर भी वह मायूस न होता। उसे दुःख भी न होता। वजह?

यह खेल उसे भा गया था। हथेली में भले आँख न हो, उसकी कल्पना में एक आँख जरूर थी–और वह आँख सब कुछ देख सकती थी। शायद इसीलिए राह चलते वह चुपचाप हथेली की पोजीशन बदला करता। वह पूरी सावधानी बरतता कि किसी का खयाल उसकी ओर आकर्षित न हो। वह पागल है, ऐसा किसी को शक न हो। मकान के किरायेदारों को तो कभी नहीं।

रामदास भूलेश्वर के जिस मकान में रहता था, उसके दस किरायेदारों के बीच एक संडास कॉमन था। भोर होते ही वहाँ लाइन लगने की शुरुआत हो जाती। रोज की तरह आज भी रामदास डालडा का डिब्बा लेकर लैटरीन के पास आया तो वह बंद था। डिब्बा नीचे रख बंद दरवाजे को वह देखता रहा। दरवाजे के ऊपर के हिस्से की एक पट्टी के सड़कर टूट जाने की वजह से लैटरीन में बैठे आदमी के खड़े होते ही उसका माथा देखा जा सकता था।

रामदास को सहज ही लैटरीन के भीतर झाँकने की इच्छा हुई। उसने हथेली टूटी पट्टी वाले हिस्से पर रखकर धीरे से अंदर खिसका दी। उसे हैरत हुई। संडास में बैठी एक औरत की साफ तसवीर उसने अपने दिमाग के पर्दे पर देखी। उसकी खुशी की सीमा न रही। लेकिन इस बार अपने मनोभाव की अभिव्यक्ति में उसने ज्यादती न की। वह केवल मूँछों में मुस्कराकर रह गया। दूसरे दिन फिर उसने संडास के बाहर खड़े होकर प्रयोग किया और अपनी सफलता पर विश्वास होने पर नये-नये प्रयोग करने के लिए उसका दिल बेचैन हो उठा। दस की टंकार पर तैयार होकर ऑफिस जाते समय रास्ते में पोस्ट बॉक्स दिखाई दिया। वह थोड़ा रुका। पोस्ट बॉक्स में उसने अपनी हथेली सरकाई और अंदर पड़ी चिट्ठियों को उसकी अदृश्य आँखों ने देख लिया। उसे इत्मीनान हुआ। इतना ही नहीं, पोस्ट बॉक्स में पड़े चिट्ठियों के ढेर पर दो मासिक पत्रिकाएँ थीं, यह भी उसने नोट किया।

थोड़ी दूर जाने पर उसकी नजर सड़कछाप एक खेल पर पड़ी। गैस लाइट के खंभे के सहारे एक आदमी हाथ में झोला लिये खड़ा था। उसके झोले में एक से सौ तक की संख्या वाली पर्चियाँ थीं। सिर्फ पच्चीस पैसे देकर झोले में से 'एक' नंबर की पर्ची निकालनेवाले को इनाम में एक ट्रांजिस्टर मिल सकता था।

रामदास के लिए इनाम जीतना और चुटकी बजाना दोनों एक ही बात थी तुरंत उसने पच्चीस पैसे का एक सिक्का देकर हाथ झोली में डाला और हथेली खोल दी। हथेली की पहली नजर से उसने ऊपर की कई पर्चियाँ देख डालीं। एक नंबर की पर्ची नजर न आने पर उसने पर्चियों के ढेर को उथल-पुथल कर एक पर्ची दो अँगुलियों के बीच फँसा बाहर खींच ली। फिर नंबर देख सामने खड़े हुए आदमी को पर्ची देते हुए उसने कहा, "भाई, भगवान की इच्छा है कि ट्रांजिस्टर मुझे तोहफे में मिले। यह पहला नंबर देखने के बाद आप भी यही चाहेंगे, ऐसी मैं उम्मीद करता हूँ।"

ऑफिस पहुँचकर ट्रांजिस्टर पर क्रिकेट की कमेंट्री सुनते हुए रामदास को अचानक खयाल आया, उसके दाहिने हाथ की हथेली कीमती है और उसका बीमा करवाना चाहिए। उसी दिन लंच-ऑवर के बाद वह एल.आई. सी. के दफ्तर में चला गया और रिसेप्शन में बैठी एक लड़की से इस बारे में पूछताछ की। रिसेप्शनिस्ट ने बीमा एजेंट श्रीमती बेंकर के केबिन की ओर अँगुली की।

रामदास उस केबिन में गया तो श्रीमती बेंकर ने सफेद साड़ी में मुस्कराकर उसका स्वागत किया। रामदास ने सामने की कुर्सी पर बैठते हुए अपनी बेजोड़ हथेली के बारे में थोड़ी जानकारी देकर उसका बीमा करवाने की बात कही। श्रीमती बेंकर मुस्कराई। रामदास की बात में उसे रस जगा था, सो पूछा, "इसका क्या सबूत कि आपकी हथेली देख सकती है?"

"बहन!" रामदास ने विनम्र होकर बताया, "आपको सचमुच आजमाईश करनी हो तो आप मेरे पास खड़ी हो जाएँ। मैं आपकी साड़ी के नीचे हाथ सरकाकर बता दूँगा कि आपके अंडरवीयर का रंग कैसा है।"

श्रीमती बेन्कर को जैसे बिजली का झटका लगा हो, ऐसे वह हिल गई। आँखें लाल हो गईं। दूसरे पल उन्होंने टेबल पर पड़ी घंटी बजाई। तीसरे पल चपरासी अंदर घुस आया। श्रीमती बेंकर ने उसे इशारे से ही समझा दिया—इस नामाकूल को धक्का मारकर बाहर फेंक दो।

रामदास ने दोनों हाथ जोड़कर अर्ज किया, "कोई गलती हो गई हो तो क्षमा

करना, बहन! लेकिन आप खुद ही चाहती थीं कि...'' उसका जुमला पूरा हो उससे पहले चपरासी ने उसे गले से पकड़कर फुटपाथ पर धकेल दिया।

रामदास का घोर अपमान होने के बाद भी उसका जरा भी असर उसके चेहरे पर दिखाई नहीं दे रहा था; बल्कि उसका चेहरा खिल उठा था। साड़ी के नीचे हाथ सरकाने का मजाक अफलातून था। अपने दफ्तर की ओर जाते हुए वह सोच रहा था। उसने कहीं सुना था, आजकल की लड़कियाँ अंडरवीयर नहीं पहनती थीं। साड़ी पहनती थीं, मैक्सी पहनती थीं, लेकिन अंदर कुछ भी नहीं पहनती थीं। क्या वह सच था?

यह रहस्य जानना रामदास के लिए जरूरी था। उसकी आँखें यहाँ-वहाँ भटकने लगीं। उसने देखा तो सामने से मिनी फ्रॉक वाली एक एयर होस्टेस आ रही थी। उस एयर होस्टेस को रोककर उसकी फ्रॉक के नीचे सिर्फ पलभर के लिए हथेली सरकानी थी। लेकिन ऐसा करने के लिए थोड़े से साहस की जरूरत थी और रामदास साहसी जीव न था। एअर होस्टेस को फटाफट कदम बढ़ाकर जाते हुए वह देखता रहा।

वह अपने दफ्तर में दाखिल हुआ तब उसका ट्रांजिस्टर बगल में बैठने वाली टाइपिस्ट लड़की अपनी मेज पर रखकर गीतों का कार्यक्रम सुन रही थी। रामदास पर नज़र पड़ते ही उसने ट्रांजिस्टर बंद कर लौटा दिया। रामदास ने उसे नम्रता से 'थैंक यू' कहकर जोड़ा, ''बहन! यह ट्रांजिस्टर मुझे बिलकुल मुफ्त में मिला है। आप चाहें तो यह आपका हो सकता है।''

''वह कैसे?'' टाइपिस्ट लड़की तुरंत बोली।

रामदस ने जवाब न दिया। वह अपने काम में व्यस्त हो गया। शाम तक वह फाइलों पर निशान लगाकर बायीं ओर बैठे सहायक को 'पास' करता रहा। शाम छः की टंकार पर काम बंद कर उसने दाहिनी ओर बैठी टाइपिस्ट लड़की की ओर देखा। लड़की उसकी ओर देख मुस्कराई। दोनों जने साथ ही नीचे उतर नुक्कड़ के एक होटल में गए और फैमिली रूम में बैठे।

''देखो, बहन!'' रामदास ने कॉफी का घूँट भरते हुए शुरुआत की, ''मुझे एक छोटा-सा प्रयोग करना है। आपकी किस्मत अच्छी होगी तो यह ट्रांजिस्टर आप जीत जाएँगी।''

''लेकिन मुझे करना क्या है?'' टाइपिस्ट लड़की बोल उठी।

कॉफी का कप अधूरा छोड़कर रामदास ने उससे खड़े होने की विनती की।

वह तुरंत खड़ी हो गई। रामदास घुटनों के बल बैठ गया और अपनी हथेली सीधी कर लड़की के दो पैरों के बीच फर्श पर रख दी। लड़की की समझ में कुछ भी न आया। वह रामदास के एकाग्र चेहरे को आश्चर्य से देखती रही।

थोड़ी देर बाद रामदास के चेहरे पर मुस्कान फैली और उसने नजरें उठाकर लड़की से कहा, ''अब ध्यान से सुनना, बहन! मैं जो कुछ कहूँगा उसमें जरा भी भूल होगी तो ट्रांजिस्टर आपका। सच बताना, आपने पीले रंग की अंडरवीयर पहनी है?''

लड़की ने आँखें झकपकाईं। रामदास मन-ही-मन खुश हो रहा था। कह रहा था, ''बहन, मैं जादूगर नहीं। फिर भी मैं कहूँगा कि आपके अंडरवीयर में दो छेद भी हैं। अब साबित कर दें कि मैं गलत हूँ और यह ट्रांजिस्टर आपका।''

लड़की ने फ्रॉक हाथ में लेकर गले तक उठा दी। रामदास फटी-फटी आँखों से देखता रहा। लड़की ने फ्रॉक के अंदर कुछ भी नहीं पहना था।

●●

सूज़ी, मेला और मैं

आकाश मैला है।

चुनरी पर लगे शीशों की दरारें मैली हैं।

करनफूल झूलते हैं।

पाँव डोलते हैं।

बैलगाड़ी आगे बढ़ती है।

फानूस झूल रहा है, वर्षों से।

छुटका गुड़वाली उँगलियाँ चाट रहा है।

झोंपड़ियों के पीछे कांपता साया थोड़ा और लंबा होता है।

हनुमान जी का जिस्म पल-पल लाल होता जा रहा है।

रंग मिट्टी का है।

बुढ़िया कहती है-बस, इससे अधिक कुछ और करना उसके लिए मुमकिन नहीं।

मैं सूज़ी के चेहरे में देखता हूँ। सूज़ी गोरी लड़की है। उसके काले ऐनक के एक कांच में मेरा प्रतिबिंब मढ़ा है। उस कांच के पीछे आँख की पुतली में मेरा वजूद होगा या नहीं यह सोचते हुए मैं शीशे को एकटक देखता रहता हूँ।

घुँघरुओं की झंकार इस समय कर्णप्रिय नहीं लगती।

बुढ़िया का घोड़ा हिनहिनाकर खामोश हो जाता है। उसकी पीठ पर बैठा कौवा उड़ता नहीं, पंख फड़फड़ाकर रह जाता है। घोड़ा फिर गर्दन झुकाकर घास में मुँह डाल देता है। धूप उसकी और कौवे की पीठ पर से होकर मेरे कंधों तक फैलती

है। मैं खिसक जाता हूँ। धूप सूजी के काले चश्मे पर बैठती है। मैं खड़ा होकर फिर अपने में खो जाता हूँ।

बुढ़िया का पोपला मुँह हँस देता है। उस हँसी में खोखले जीवन की गूँज है। उस खोखले जीवन में एक बेटा है। कुल्हाड़ी पर हाथ टिकाये कुछ फासले से हमें देख रहा है।

कहीं से पानी की एक बूँद उछलती हुई आकर सूजी के काले चश्मे पर गिरती है। सूजी चश्मे निकालकर कांच पोंछती है। मैं कनखियों से उसकी आँखों में देख लेता हूँ।

सूजी वापस चश्मा पहन लेती है।

पाँव छलांग लगाते हैं।

बच्चे लाल मिट्टी में खेल रहे हैं। पाँव एक पैर से कूदते चौकोरों से गुजर जाते हैं।

'जायंट व्हील'' में बैठी ग्वालिन के लहंगे में हवा भर गयी है।

आज बाजारू लड़की दिनभर नाचेगी। उसे नचाने का सौदा किसी बीड़ीवाले ने किया है। वह भी उसके साथ सारा दिन नाचता रहेगा। बीच-बीच में भोंपू की तरह कोई बजता रहेगा- 'लाल धागा' बीड़ी पीओ और यारों को पिलाओ।

सूजी एक कोने में बैठी है।

पाँव दोनों अँगूठों पर खड़े होकर दूर तक देखने की कोशिश करते हैन।

चिड़ियाएँ धूल में स्नान कर रही हैं।

'हूडो' नृत्य शुरू होता है।

जवानी धूल उड़ा रही है।

हाथ ऊपर उठते हैं।

पाँव झुककर भीड़ में से रास्ता बनाते हुए एक फोटोग्राफर की दुकान के सामने रुक जाते हैं। देखो! एक देहाती परिवार के सामने लकड़ी के डिब्बे जैसा कैमरा टुकुर-टुकुर देख रहा है।

फोटोग्राफर तीन बार अंदर हाथ डालकर बाहर निकालता है।

पाँव अकुला उठते हैं।

ढोली उछलता है। ढोली उछलता है। ढोली उछलता है।

सिर्फ मर्दों के लिए।

बंदर को नीचे आया देख मैं उसके सामने मूँगफली के दाने धरता हूँ।

बंदर दाँत किटकिटाता है।

कहीं से चहलकदमी करती हुई आकर पानी की दूसरी बूँद मेरी हथेली पर

गिरती है।

मैं ऊपर देखता हूँ।

आकाश अधिक मैला है।

एक छाता खुलता है। दूसरा...

मैं आकाश की छाती में देखता हूँ। वह नीला रंग कहाँ गया? मेरी रीढ़ कहाँ गयी? मैं तनकर खड़ा नहीं रह सकता। मैं सीधा बैठ भी नहीं सकता।

जीवन भर कंधे पर जुआ रखने से क्या लाभ? यह सिलसिला कभी तो बंद होना है। आज क्यों नहीं?

अब... अब मुझे स्पष्ट बता देना पड़ेगा। मैं मौत का मरीज हूँ।

हथेली में पड़ी बूँद पुँछ गयी है।

पाँव एक चट्टान के पास आकर रुकते हैं। चट्टान ऊँची है। चट्टान से ऊँचा बरगद है। पाँव बरगद पर चढ़कर आँखें फैलाते हैं। डेढ़ लाख सिरों पर से होकर आँखें फिर बरगद की टहनी पर लौट आती हैं।

बाजारू लड़की कठपुतली की तरह नाच रही है। उसकी कमर न जाने कितनी बार टूटकर जुड़ जाती है। उसके चेहरे पर की लीपापोती (जो न देशी है, न विदेशी) कृत्रिमता की सीमा के पार जा बैठी है।

जी चाहता है मैं बाँसुरी बजाऊँ।

मेले की दुकानों के टाट के पीछे से मैं भीतर झांकता हूँ। चेहरों के निर्दोष भाव मुझे अच्छे लगते हैं।

हँसते।

झुकते।

सोचते।

हैरत जताते।

आँखें चौड़ी करते।

दाँत दिखाते।

जुगाली करते।

होंठ काटते।

नाक पोंछते।

पाँव गीली मिट्टी पर रेखा बना रहे हैं। ये रेखाएँ शायद एक-दूसरे में मिलकर कोई तसवीर पैदा करें।

बाँसुरी लेकर मैं एक टीले पर बैठ जाता हूँ। यहाँ से मैं नाचती हुई लड़की को देख सकता हूँ। 'हूडो' नृत्य का मजा ले सकता हूँ। डेढ़ लाख से अधिक सिर

सामने हैं। सूजी नजर नहीं आती।

सीने में सांस भरकर मैं बाँसुरी को होंठों के करीब लेता हूँ। बुढ़िया का पोपला मुँह फिर एक बार हँस देता है। बुढ़िया का बेटा सिर्फ एक ही बार में कुल्हाड़ी को पेड़ के टूटे तने में फँसा देता है।

'जायंट ह्वील' रुक गया है।

पाँव रुक गये हैं।

आकाश झुक गया है।

मैं गौर से देखता हूँ। पाँव में गोदने हैं, पायल है, चाँदी की अँगूठियाँ हैं। धीरे-धीरे पाँव ढलते सूरज की गति से रेखाएँ मिटा रहे हैं।

मैं बाँसुरी में से थूक उड़ा रहा हूँ।

और

बारिश की एक और बूँद कहीं से उड़ती हुई आकर मेरे थूक के साथ मिलकर एक हो जाती है।

●●

बू

आदमी की बू राक्षस को आती है और कुँवारी की बू व्यभिचारी को आती है और चूहे की बू बिल्ली को आती है और रसोई की बू भूखे को आती है और लड़के की बू 'होमो' को आती है और शराब की बू पियक्कड़ को आती है और मुर्दे की बू लकड़बग्घे को आती है और जिंदगी की बू मौत को आती है और मर्द की बू वेश्या को आती है, ऐसे चंपकलाल को भी बू आयी। अफसोस कि वह सोच न सका कि वह बू किसकी होगी।

दाल में कुछ काला था। माहौल में इसकी तेज बू थी। यह कमबख्त बू किसकी है?

3 अक्तूबर

चंपकलाल नहाते-नहाते बदन मल रहा था। एक हाथ में साबुन था, दूसरे हाथ में पानी का लोटा। शरीर पर थोड़ा-थोड़ा पानी डालता था और साबुन लगाता था। फिर लोटा और साबुन रख वह दोनों हाथों से बदन मलने लगा। अचानक उसका हाथ लंगोट से फिसलकर रुक गया। उसने सोचा, बिलकुल नंगे बदन नहाने का मजा कुछ और ही हो सकता है।

बचपन के दिनों को भूल जाएँ तो यह सच है कि चंपकलाल कभी नहाते वक्त नंगा नहीं हुआ था। उसकी इच्छा हुई, आज लंगोट को पुराने संस्कारों की तरह खींचकर फेंक दे। मगर ऐसा करना मुनासिब न था। बाथरूम के दरवाजे में कुंडी न थी और घर में जवान लड़की थी।

लड़की के बारे में कुछ सोचे, इससे पहले उसके नथुने फैल गए। अचानक

उसे खयाल आया- साला! कुछ बदबू मार रहा है। साबुन के मैले झाग उसके बदन पर फैल गए थे। उसने लोटा हाथ में लिया और मैले झाग पानी के साथ बहकर नाली में उतर गए। वह खड़ा हुआ। लंगोट सरक गई। जल्दी से उसने लंगोट ऊपर खींचकर स्नानघर की खिड़की से बाहर झाँका। बाहर कोई न था।

5 अक्तूबर

चंपकलाल पान का बड़ा शौकीन था। सुबह एक पान खाता। दोपहर तक किमामवाले तीन पान चबा जाता। शाम तक पान की संख्या नौ तक पहुँच जाती और रात को सोने से पहले तेरह, चौदह या पंद्रह।

चंपकलाल सीढ़ियाँ उतरने से पहले बिल्ली को देखता रहा। वह सोच रहा था कि बिल्ली सोच रही होगी कि यह चंपकलाल रास्ता काटेगा। और बिल्ली सोच रही थी कि चंपकलाल सोचता होगा कि बिल्ली रास्ता काटेगी। हक़ीक़त में दोनों के विचार एक-जैसे थे। इसलिए बिल्ली रास्ता काटे, उससे पहले धोती का छोर हाथ में लेकर चंपकलाल सजग हो गया... साली यह बिल्ली लगभग रोज़ मेरा रास्ता काटती है। आज मैं उसका रास्ता काटूँगा। ऐसा भारी अपशकुन होगा कि वह खटारे के टायर के नीचे कुचलकर मर जाएगी।

अफसोस! आज भी हमेशा की तरह हुआ। चंपकलाल दाँव-पेच सोचता रहा और बिल्ली 'म्याऊँ' करती सामने से दौड़ गई। आज चंपकलाल को यक़ीन हो गया। साला, वास्तव में कहीं कुछ बू मार रहा है। और उसकी नजर सीढ़ियों के नीचे खड़े तीन पड़ोसियों पर पड़ी। उनमें से एक था अमथालाल। दूसरा था दलपत लंबू। तीसरा, छगन पगला। तीनों जने धीमे-धीमे बात कर रहे थे। चुपके-चुपके हँस रहे थे।

चंपकलाल देखता रहा। उसकी इच्छा हुई। वह खुद भी उन तीनों के साथ मिलकर थोड़ी-सी बू ले। लेकिन यह मुमकिन न था। कारण?

7 अक्तूबर

पानवाले की दुकान पर वह खड़ा था। पानवाले के आईने से उसे प्यार हो गया था। चंपकलाल मिल में जाने से पहले यहाँ बिना नागा रुकता। पान के बीड़े बँधाता। पान के बीड़े तैयार होते तब तक आईने में वह अपना चेहरा देखता रहता। आज भी देख रहा था।

सिर पर रखी काली टोपी उसने थोड़ी तिरछी की। कान के ऊपर और टोपी के नीचे वाले बाल उसने ठीक किए। कुर्ते की ऊपर वाली बटन में लगा गुलाब थोड़ा झुक गया था।' उसे सीधा किया। नोकदार मूँछ को और मरोड़ा। आबदार

घोड़े की तरह उसने गर्दन उठाई और होंठों पर हल्की मुस्कान ले आया। दूसरे ही पल उसकी मुस्कान जम गई।

पानवाले के आईने में उसने अपनी पीठ पीछे खड़ी रंभा बुढ़िया और जयकोरबा को देख लिया था। ये दोनों बुढ़ियाएँ उसकी ओर देखकर कानाफूसी कर रही थीं। उसने पीठ फेरकर उन दोनों की ओर देखा और हिम्मत से उस ओर क़दम बढ़ाए। वह वहाँ तक पहुँचे, उससे पहले ही दोनों बुढ़ियाएँ किसी पेड़ के सूखे झड़े हुए पत्ते की तरह आवाज़ करती बिखर गयीं।

9 अक्तूबर

सेठ मफतलाल के कपड़े की मिल में चंपकलाल हिसाब जोड़ रहा था। हिसाब में बार-बार भूल हो रही थी। और उसकी वजह थी। जमा-उधार की गिनती करता वह बू के विचार में खो जाता था। संख्याओं की कैद से निकलकर उसकी तरंगें छिपी-छिपी बातें और छिपी-छिपी हरकतों में फँस जाती थीं। खास तौर से आज उसे एहसास हुआ था... जो खिचड़ी पक रही है, वह परायी नहीं, अपने ही घर की है। क्या हो सकता है ?

उसे बीवी का खयाल आया। क्या वह बू फैला रही होगी ? दूसरे ही पल उसने यह विचार निकाल फेंका। बीवी पर उसे अटूट विश्वास था। अलबत्ता महीने के कुछ दिन उसकी बीवी जरूर बदबू फैलाती थी। लेकिन वह बदबू सामान्य थी। वैसे तो अमथालाल की बीवी भी बदबू मारती थी। छगन पगले और दलपत लंबू की बीवियाँ भी अभी चालीस में थीं

नहीं। यह तेज बू बीवी की नहीं थी। वैसे भी चंपकलाल की बीवी की उम्र बू से बुढ़ापे तक पहुँच गई थी। किसी को उससे बू आए, ऐसा उसमें कुछ बचा न था। चंपकलाल ने रमा के बारे में सोचा। रमा उसकी बेटी थी। सत्रह पूरे करके अठारह में आयी थी। आकर्षक थी। मस्त थी। चंचल थी। आँखें बड़ी और कुतूहल भरीं। नाक सुंदर मगर छोटी। चेहरा फूल गुलाबी, गोल।

गली में यह भी कहा जाता था कि क्लियोपेट्रा और रमा में काफी कुछ समानताएँ थीं। अगर रमा की नाक भी थोड़ी लंबी होती तो आज चंपकलाल की गली का इतिहास कुछ और ही होता। खैर, क्लियोपेट्रा के कई प्रेमी थे। रमा का एक। एक भी इक्कीस के बराबर। नाम : विनू। पाँच किताबें पढ़ एक गैरेज में जुड़ गया था। अब तो वह मेकैनिक कहलाता था और रोज शाम किसी की मोटर में रमा को बैठाकर घुमाने ले जाता। विनू के पास मोटरों की कमी नहीं थी। गैरेज में कम-से-कम सात-आठ मोटरें बीमार पड़ी रहती थीं। रमा को वह नयी-नयी

जगहें दिखाता था। नया-नया आकाश भी।

एक दिन रमा को मोटर में बैठाकर वह मफतलाल की मिल में ले आया और पलभर के लिए चंपकलाल की आँखें फट गईं। फिर भी चंपकलाल को दुःख न हुआ। झटका न लगा; बल्कि खुशी हुई। रमा और विनू की जोड़ी देख उसकी खुशी का पार न रहा। उसके तो सपने में भी नहीं था कि उसकी गाय जैसी बेटी किसी के प्यार में होगी। यह सब कैसे हुआ? कब हुआ? ये और ऐसे दूसरे सवाल उसके भेजे में टकराए और शांत हो गए।

"बापू!" रमा ने बेधड़क विनू का परिचय देते हुए कहा, "यह मेरा बॉय फ्रेंड है।"

हैं! इस बार आँखों के साथ चंपकलाल का मुँह भी खुल गया। खास करके बॉय फ्रेंड शब्द ने उसे चित कर डाला था। वाह, भाई, वाह! लड़की तो अंग्रेजी शब्द इस्तेमाल करने लगी।

चंपकलाल ने फिर विनू को सिर से पैर तक देखा। बाँका जवान था। मूँछें मजेदार, फैशनवाली रखी थीं। बालों में तेल की बू थी। नहीं, खुशबू थी। कपड़ों में पेट्रोल की खुशबू थी। कपड़े उसने गैरेज के मेकैनिकों के पहन रखे थे। उनमें जगह-जगह तेल के धब्बे और काले दाग थे। फिर भी चंपकलाल को विनू पसंद आ गया।

रात चंपकलाल ने यह खुशखबरी बीवी को दी। हालाँकि उसकी बीवी इतने खुले विचारों वाली नहीं थी, फिर भी पति की खुशी देख वह चुप रह गयी। पर चंपकलाल किसी को चुप बैठने दे, ऐसा थोड़े ही था। उसने बीवी को प्यार से एक चपत मारी और वह भी न मारने की जगह पर। फिर कहा, "बोल, साली! तू खुश नहीं?"

बीवी को 'हाँ' करनी पड़ी।

"तब हँम भी!"

बीवी ने हँसने की बहुत कोशिश की, हँस न सकी। इतने में चंपकलाल ने दूसरी चपत मारी। आज चंपकलाल मूड में था। बीवी को उसने चैन से सोने भी न दिया। देर रात उसे सहज ही खयाल आया, पिछले चार सालों से दोनों जने (पति-पत्नी होने के बावजूद) भाई-बहन की तरह रहते थे। चार सालों के बाद आज पहली बार चंपकलाल को लगा कि वह पति है।

11 अक्तूबर

चंपकलाल खिड़की में खड़ा-खड़ा पान चबा रहा था और गली के तीन लड़के

उसकी ओर देख (या फिर मकान की ओर देख या फिर उसकी बेटी रमा को ध्यान में रख) सीटियाँ बजाते हुए गुज़र गए। वह चौंक गया।

शाम को एक लड़का साइकिल पर सवार होकर आया और 'खुल्लम-खुल्ला प्यार करेंगे हम दोनों' गाते-गाते चंपक के मकान के सामने रुका।) फिर गीत गाया, एक हाथ से साइकिल को धकेलता, दूसरा हाथ बालों पर फेरता स्टाइल में आगे बढ़ा। उस वक्त चंपकलाल पान के बीड़े बँधवा रहा था। तुरंत उसने छलाँग मारी और उस लड़के की गर्दन पकड़ ली, "साला...!"

चंपकलाल कुछ कहे उससे पहले तो गली के सभी फालतू लोग दौड़ आये। फिर चंपकलाल पर बरस पड़े, "क्या गली में कोई गीत भी नहीं गा सकता?"

दूसरा- "चंपकलाल भाई! कांग्रेस के राज में गीत गाने की छूट है, हाँ।"

चंपकलाल-"पर मेरे घर के सामने देख गीत गाने की क्या जरूरत है?"

चौथा- "(व्यंग्य से) तेरा घर खूबसूरत है न, इसलिए।"

सभी हँस पड़े

चंपकलाल भौंचक्का रह गया। चंपकलाल को चक्कर आ गये। चंपकलाल बू का कारण जानने के लिए व्याकुल हो उठा। पर वह लाचार था। लोग पीठ पीछे उसका मजाक उड़ाते थे, और वह कुछ कर नहीं सकता था। लोग उसके परिवार की खिल्ली उड़ाते थे और वह चुपचाप देखता रहता था। लेकिन ऐसे कब तक? कितने दिन?

15 अक्तूबर

अमथालाल और चंपकलाल पड़ोसी थे। ऐसे तो उससे बतियाने की दरकार चंपकलाल ने कभी नहीं की, लेकिन आजकल हालात कुछ और थे। वह परेशान था। कुछ खलबला रहा था... उसके अपने ही घर में और वह खुद नहीं जानता था कि क्या पक रहा है। इस बारे में उसने बीवी से चर्चा की थी। बीवी ने बता दिया, "मैं क्या जानूँ?" इस बारे में उसने रमा से बात की थी। रमा ने कह दिया, "गाँव है। कुत्ते भौंकते रहते हैं।"

हक़ीक़त में चंपकलाल की चिंता यही थी। कुत्ते भौंकते नहीं थे, मौन पालते थे। ऐसा एक कुत्ता था अमथालाल। चंपक उसके घर में दाखिल हुआ। अमथालाल के मुँह से बात उगलवाने का आज उसका पक्का इरादा था।

"ओ हो हो हो हो, चंपक! अरे, आज क्या रास्ता भूल गया!" चंपक ने दीवारों को देखा। दीवारों पर शोभा देती अमथालाल की सातों पीढ़ियों की तस्वीरें देखीं और एक खाली कुर्सी खींचकर बैठ गया। उसकी समझ में यही नहीं आया कि

बात की शुरुआत कहाँ से की जाये।

थोड़ी देर बैठ, चाय-पानी पी, एक बीड़ी अमथालाल की फूँक, अमथा को एक पान खिला वह खड़ा हुआ, तब अमथालाल से न रहा गया। उसने ही पूछ लिया, ''चंपक! कुछ परेशानी हो तो बता देना। मैं तेरा पड़ोसी हूँ और पड़ोसी का धर्म निभाना जानता हूँ।''

कुछ भी जवाब दिये बगैर चंपकलाल बाहर निकल गया।

22 अक्तूबर

थका हुआ चंपकलाल मिल से वापस आया और गली में आते ही अमथालाल, छगन पगला और दलपत लंबू ने उसे घेर लिया। सवाल गली की आबरू का था। लाइलाज होकर चंपकलाल को उन्होंने रोका था।

रोकने की एक और वजह यह भी थी कि चंपकलाल ने बू की चिंता छोड़ दी थी, बल्कि बू के खेल में से वह खिसक गया था। उसने मन-ही-मन तय कर लिया था- सालो! बू का बोझ सहन नहीं होगा तब अपने आप भौंकते आओगे। और उसके आश्चर्य के बीच उसकी चुप्पी रामबाण सिद्ध हुई थी।

अमथालाल ने पहल की, ''देख, चंपक! उस रोज़ तू मेरे घर पर आया, पर मेरी जीभ न चली। दरअसल बात ही ऐसी है कि न कही जा सके, न सही जा सके।''

दलपत लंबू ने तो कह ही दिया, ''अरे, गली की इज्जत का फालूदा हो गया।''

छगन पगले ने छेदनेवाला घाव किया, ''शर्म से हमारे सिर झुक गये पर तुझे असर न हुआ। तुझ-सा बेशर्म इस दुनिया में और कोई न होगा।''

चंपकलाल ने जेब से पानी की पुड़िया निकालकर एक बीड़ा लिया और जबड़े खोलकर मुँह में डाला। फिर बारी-बारी से तीनों के सामने देख छगन पगले को खिसकने के लिए इशारा किया। छगन पगले ने समझदारीपूर्वक दो कदम दाहिनी ओर बढ़ाए और चंपकलाल ने पीछे की दीवार पर पान की पिचकारी मारी।

चंपकलाल की यह हरकत तीनों में से एक को भी अच्छी न लगी। तीनों ने आँखों से विरोध दर्शाया, फिर शब्दों से।

''देख चंपक!'' अमथालाल को कहना पड़ा, ''जो कुछ हुआ है, वह कोई मामूली बात नहीं।''

''तुझे मालूम होगा तो तेरा रोम-रोम जल उठेगा।'' दलपत लंबू ने दोनों हाथों का सहारा लेकर नाटकीय अंदाज में बताया।

''तेरी लड़की ने तो...'' छगन पगले ने शुरुआत की।

एक आलीशान होटल में रमा और विनू चाय के साथ केक खा रहे थे। और अचानक संगीत शुरू हो गया। संगीत की ताल के साथ दोनों डोलने लगे। चुटकियाँ बजाने लगे। डोलते-डोलते दोनों नाचने लगे। दोनों को नाचते देख कोई भी कह सकता था कि उन दोनों का नाच के साथ दूर का भी रिश्ता नहीं। फिर भी उन्हें किसी की परवाह न थी। प्रेम अंधा होता है, ऐसा किसी ने गलत नहीं कहा।

उन्हें हिम्मत से फ्लोर पर नाचते देख और दो-चार जोड़ों ने प्रेरणा ली और वे भी रमा-विनू के साथ हो लिये। होटल का नीरस, श्मशान-सा माहौल जीवंत हो गया। अहमदाबाद की होटलों के इतिहास में ऐसा पहले कभी नहीं हुआ। अहमदाबाद के संस्कारी बुजुर्गों ने ऐसा पहले कभी नहीं देखा। स्वाभाविक था कि उनका खून गर्म हो जाए। उनमें से किसी ने पुलिस को फोन कर दिया। पुलिस आये, उससे पहले रमा और विनू वहाँ से खिसक गए थे, यह नसीब की बात थी।

"अगर तेरी लड़की नंगी होकर गाँव के बीच नाचेगी तो इस गली को चकला बनते ज्यादा देर न लगेगी।" छगन पगले ने बात पूरी की।

चंपकलाल ने जेब से पुड़िया निकालकर एक और बीड़ा मुँह में ठूँसा। थोड़ी देर तक वह बीड़ा चबाता रहा। तीनों जने फटी आँखों से उसका चेहरा देखते रहे। न चंपक कुछ कह रहा था, न उसका चेहरा। तीनों जने उकता गए। छगन पगले की इच्छा हुई कि चंपकलाल को वह माँ-बहन की बड़ी गालियाँ दे। लेकिन उसकी यह इच्छा पूरी हो, उससे पहले चंपकलाल ने उसे एक ओर खिसकने को इशारा किया। वह न खिसका। आखिर चंपक अपने मन में समझता क्या है? एक तो उँगली पकड़कर बेटी से धंधा कराता है और ऊपर से....

चंपकलाल ने पान की पिचकारी मारी। दीवार पर नहीं, रास्ते पर नहीं, सीधी छगन पगले के मुँह पर और जैसे कुछ हुआ न हो ऐसे पीठ दिखाकर वह चुपचाप आगे बढ़ गया।

●●

रहस्य एक बालक के जन्म पूर्व हुए अपहरण का

कोई चिंतक कहता है, मनुष्य की पहचान उसकी आँखें होती हैं, किसी को पूर्ण चेहरा दर्पण-सा लगता है तो कोई विद्वान इन्सान के तौर-तरीकों से उसे ताड़ लेता है। मेरी बात और है। मैं शब्दों को पकड़ता हूँ। मेरे पाठक मुझे शब्दों के शिल्पी यानी कि कथाकार के रूप में जानते हैं।

मेरे परिचय में आनेवाला व्यक्ति अपना मुँह खोले और औपचारिकता के बाद जिन शब्दों का प्रयोग करे उनकी अहमियत मेरे लिए विशेष होती है। इन्हीं चंद जुमलों में वह अपने समस्त व्यक्तित्व को खुले आकाश की तरह मेरे आगे निर्वस्त्र कर देता है। वर्षों के अनुभव के बाद मैं इस नतीजे पर पहुँचा हूँ।

एक उदाहरण दूँगा। शबनम से आप परिचित नहीं। पिछले साल मैं भी नहीं था। मगर उससे हुई प्रथम मुलाकात का एक-एक शब्द मुझे आज भी याद है। उसने कहा था—वह कभी भी झूठ नहीं बोलती। उसी पल मैंने भाँप लिया, बिलकुल निर्दोष लगती यह लड़की झूठ बोलने में माहिर होनी चाहिए।

आप ज़रा सोचें, किसी प्रामाणिक शख्स को यह जाहिर करने की कभी आवश्यकता पड़ती है कि वह दूध का धुला है ? किसी संत ने कभी अपनी सत्यनिष्ठा के इश्तहार दीवारों पर चिपकाये हैं ? अरे, आम आदमी तक को बिला वजह अपनी सच्चाई का सर्टिफिकेट पेश नहीं करना पड़ता और यह लड़की गर्व से कहती थी कि वह सत्य की पुजारिन है।

वास्तव में शबनम को लड़की कहना भी उचित नहीं। उसकी आयु लगभग

पच्चीस वर्ष है। दूसरे, वह शादीशुदा भी है, मगर उसका छोटा कद और बालक-से निर्दोष चेहरे के कारण उसे किसी की पत्नी के रूप में स्वीकार करना मेरे लिए थोड़ा मुश्किल है।

एक दिन वह मेरे मित्र असलम का सिफारिशी-पत्र लेकर मेरे आवास पर आयी थी। उसे नौकरी की जरूरत थी, मुझे एक सहायक की। प्रश्न यह था—अपने अंतर्मन की चेतावनी सुनने के बाद उसे मैं नौकरी पर रखूं या नहीं ?

कुछ भी फैसला करने से पहले मैंने उसकी कंचों जैसी छोटी -छोटी आँखों में देखा, पुतलियों का रंग फीका हरा था। उसने काजल का प्रयोग कर नयनों को अधिक बड़े बनाने का यथासंभव प्रयास किया था। मुझे उनमें छल-कपट नज़र नहीं आया। श्वेत साड़ी में वह मौन खड़ी थी। मेरे कमरे की सजावट पर चुपके से नजरें घुमा रही थी। मैं पांव फैलाकर गावतकिये के सहारे फर्श पर बिछे गद्दे पर बैठा था। अब मैंने उसका चेहरा पढ़ने की कोशिश की ।

मुझे सफलता नहीं मिली। मैंने सिर्फ इतना नोट किया, नाक में उसने सोने के तार का बारीक छल्ला पहना था। मगर मक्कारी के सुराग का क्या ? क्या मेरा अनुमान गलत था ? मेरा कई साल का तजुर्बा बेमानी था ?

शबनम मेरे लिए चुनौती बन गयी। मैंने अपनी शंकाओं का समाधान पाने के लिए उसे काम पर रख लिया। काम यानी कि मेरे अस्पष्ट टेढ़े-मेढ़े अक्षरों वाले नये लेखों की सफाई से नकल करना। इसके अलावा चंद छोटी-मोटी सेवाएं भी थीं।

मेरे पुस्तकों की झाड़-पोंछ करना, दिन में दो बार चाय बनाना या किसी संपादक को रूबरू कहानी पहुंचाना। इस अंतिम काम के लिए उसे महीने में एकाध बार 'हुतात्मा चौक' जाना पड़ता था। बंबई के लगभग बड़े प्रकाशन-गृह उसी दिशा में थे।

एक बात स्पष्ट कर दूँ। मेरे दो आवास हैं। एक उपनगर सांताक्रुज में, जहां मैं अपनी पत्नी तथा एक बच्ची के साथ रहता हूँ। दूसरा जुहू के सागरतट पर है। रोज़ाना सवेरे मैं ऑटो कर अपने इस दूसरे घर आता हूँ और सारा दिन, कभी रात भी यहाँ बिताता हूँ। अलबत्ता शबनम का समय मैंने दस से पाँच का रखा है।

पहले दिन वह आयी तो मैंने अपनी ताजा कहानी उसे साफ हर्फों में नकल करने को दी। तुरंत वह खिड़की के पास सजायी हुई मेज-कुर्सी पर जम गयी। मैं भी अपने काम में व्यस्त हो गया। मुझे यह भी आहट नहीं लगी कि वह कब अपनी जगह से सरककर रसोईघर में गयी और कब उसने चाय बनायी।

उसने झुककर ट्रे के साथ चाय का कप मेरे सामने फर्श पर रखा, तभी मुझे

खयाल आया कि दो घंटे गुज़र चुके थे। सामान्यत: मैं अपने विचारों में खो जाता हूँ। तब न दीन का रहता हूँ, न दुनिया का। इसी कारण आये दिन पत्नी से मेरी झड़प हो जाती है।

पत्नी का यह आक्षेप लगाना सही है कि वह नयी साड़ी पहनकर मेरे सामने परेड करती है फिर भी मेरा ध्यान उसकी तरफ आकर्षित नहीं होता। मैं भी घिसे हुए ग्रामोफोन रेकॉर्ड की अटकी हुई सूई की भांति एक ही दलील दोहराता हूँ, गलत समय पर उसे नयी साड़ी नहीं पहननी चाहिए। सृजन-क्रिया में व्यस्त सरस्वती पुत्र और अंधे में अधिक अंतर नहीं होता।

शबनम फिर अपनी जगह पर बैठ गयी थी। मैं गर्म चाय की चुस्कियाँ लेते हुए उसके सामने देख रहा था। मुझे लगा उसके अंग-उपांगो में चर्बी का प्रमाण थोड़ा-सा ज्यादा था और इसी कारण उसका जिस्म गुदगुदा लगता था। चेहरा गोल और रंग सांवला था। वैसे तो वह निम्न मध्यमवर्ग की थी, पर फैशन की पत्रिकाएँ देख मॉडल जैसी दिखने के उसके बालिश प्रयास छिपे नहीं रहते थे। रूज़, पाउडर, काजल आदि प्रसाधनों का इस्तेमाल कर उसने अपने चेहरे को काफी हद तक उभारा था, मगर उसकी एड़ियों में पड़े चीरे उसकी असलियत की चुगली करते थे।

एक सप्ताह में उसने मेरी पत्नी का स्थान ले लिया। हमारे बीच शारीरिक संबंधों का प्रश्न नहीं था। वह उतने ही उत्साह से मेरी देखभाल करने लगी, जितना कि मेरी पत्नी ने विवाह के प्रारंभ के दिनों में दर्शाया था।

शबनम को सौंपी गयी जिम्मेदारियों में मेरे कुर्ते का खुला रह गया बटन लगाने का काम नहीं था, मेरी धूल सनी कोल्हापुरी चप्पलें साफ करने का नहीं था, मेरे बाल बिखरे देख मेरे आगे कंघी बढ़ाने का नहीं था।

अपने काम में भी वह उतनी ही चौकस थी। सुंदर, चिपचिप, साफ अक्षरों में वह मेरी रचनाएँ कॉपी कर मेरे सामने रख देती। मुझे अचरज इस बात का होता कि पूरी ईमानदारी के साथ अपना काम निबटाने के बावजूद उसकी नज़रें मेरी हर हरकत का निरीक्षण कैसे करती होंगी?

दोपहर भोजन के समय वह मेरे घर से आता टिफिन खोल, सारे पकवान एक थाली में सजाकर मेरे सामने खड़ी हो जाती। काम में मैं व्यस्त होऊं तो वह बुत की तरह चुपचाप मेरा इंतज़ार करती। कभी इच्छा न होने पर भी मुझे खड़ा होना पड़ता।

जो मेज़ मैंने उसे लेखन-कार्य के लिए दी थी, वह खाने की मेज़ बन जाती। जब तक मेरी थाली पूर्ण न होती, वह किसी पाँचसितारा होटल के बैरा की तरह

जरूरी अंतर रखकर मुझे भोजन करते हुए देखा करती। फिर उसकी बारी आती। वह अपना प्लास्टिक का छोटा-सा,मगर फैन्सी डिब्बा खोलकर अकेली खाने बैठती। मुझे यह उचित नहीं लगा।

एक रोज मैंने आग्रह कर उसे मेरे साथ भोजन के लिए बैठाया। उसने अपने डिब्बे से एक पेटिस लेकर मेरी थाली में रखा। मैंने अपनी थाली से फिरनी की कटोरी उठाकर उसके सामने रखी। उसकी जुबान खुल गयी।

पहली बार उसने अपने निजी जीवन की बातें मुझसे कहीं। वह बेहरामपाड़ा की झुग्गी-झोंपड़ियों के बीच कहीं एक टिन के शेड में रहती थी। आठवीं कक्षा तक पढ़ी थी। उसका पति अनपढ़ था, आलू-प्याज का ठेला लेकर गली-मुहल्ले में आवाज़ लगाते हुए घूमता था। रात में पीकर शोर-शराबा करना और कभी जोरू की धुनाई भी—यह उसका शौक़ था।

मुझे सहज ही विचार आया, इन जानकारियों में से आधी सच और आधी झूठ हो सकती हैं। अपने पति के बारे में उसने जो कुछ भी बताया, वह मेरी हमदर्दी हासिल करने का एक और प्रयास था। फिर भी मैं विश्वास के साथ नहीं कह सकता था। वह बातें इतनी निखालिसता से करती थी कि उसकी प्रामाणिकता पर शंका करना मुझे अपराध-सा लगा।

मैं दुविधा में उलझा था कि उसने हौले से बताया, ''मैंने आपकी एक ताज़ा कहानी पढ़ी।''

चंद पल मैं उसके सामने स्थिर दृष्टि से देखता रहा, ''कौन-सी कहानी?'' मैंने पूछा तो उसने 'सबरंग' पत्रिका का ज़िक्र किया, जिसमें उन दिनों मेरी कहानी 'बीती हुई शाम का कैफे' प्रकाशित हुई थी। मुझे सचमुच हैरत हुई। बंबई की जिस बदनाम बस्ती में शबनम रहती थी, वहाँ तक साहित्य का पहुँचना सिर्फ मेरे लिए ही नहीं, सभी कथाकारों के लिए गर्व की बात थी।

मैंने अपने संशय को डांवाडोल होते हुए देखा। यह लड़की शातिर नहीं हो सकती। मेरे आगे झूठ बोलकर उसे लाभ भी क्या होने वाला था? क्या वह मुझसे धोखाधड़ी करना चाहती है? कुछ चुराने के इरादे से उसने मेरे यहाँ काम स्वीकारा है।

वैसी बात होती तो नौकरी के लिए वह किसी साहूकार की पेढ़ी पर जाती, मुझ जैसे फटीचर के यहाँ न आती। दूसरे, मेरा मित्र असलम उससे परिचित था। कम-से-कम वह मुझसे ठगी नहीं कर सकती थी।

आखिरी दस वर्षों में मित्रों-परिचितों को नजरों से तौलने में मैंने शायद ही गच्चा खाया होगा। आज मुझे अपनी भूल स्वीकारनी पड़ी।

दूसरे महीने से शबनम ने फूल खरीदना शुरू किया। सुबह दस बजे वह काम पर आती, तब लंबी डंडीवाले थोड़े गुलाब के फूल अपने साथ लाकर एक गिलास में सजा देती।

"शबनम!" मुझे टोकना पड़ा, "माहवार मैं तुम्हें सिर्फ पाँच सौ रुपये देता हूँ। उनमें से तुम इस तरह रोज़ाना महंगे फूल खरीदोगी तो तुम्हारे पास बचेगा क्या?"

"मेरी फिक्र आप न करें।"

"तब कौन करेगा?"

जाने कैसे यह चिकना प्रश्न होंठों से फिसल गया। मेरी आँखों में पहली बार उसने अपनी आँखें पिरोकर तुरंत नज़रें झुका लीं। मेरे इन तीन आत्मीय शब्दों ने हमारे रिश्ते की सीमारेखा मिटा दी। उसने वास्तव में मेरी पत्नी का स्थान ले लिया।

मैं कोई ब्रह्मचारी न था, न ही साधु-संत। अकेलेपन का लाभ लेकर मैंने किसी को फुसलाया नहीं था। उस पर ज़बरदस्ती नहीं की थी। पलभर आप ही सोचें, कोई लड़की पहले आपके कमरे में कदम रखे, फिर आपकी आँखों में बसे और फिर चुपके से आपके दिल में उतर जाए तो आप क्या करेंगे?

हम दोनों के बीच जो कुछ हुआ था, दोनों की इच्छा से हुआ था। हम दोनों जानते थे-- हम शादीशुदा हैं। मैं एक बच्ची का पिता हूँ। वह बाँझ थी।

जाने कैसे मेरे मन में फिर शंका उठी, क्या वह सचमुच विवाहिता है? अपनी फाइल से असलम का लिखा हुआ सिफारिशी-पत्र निकालकर मैंने फिर एक बार पढ़ा।

"मियाँ आसिफ!" उसने मित्रभाव से लिखा था, "इस पत्र के साथ शबनम को भेज रहा हूँ। तुम्हें जैसे सहायक की ज़रूरत है, उससे ज्यादा नहीं, तो थोड़े गुण मैंने इस लड़की में देखे हैं। खास तो यह कि इसकी इबारत पिरोये हुए मोतियों का सिलसिला है।" अंत में उसने दस्तखत किये थे।

शबनम शादीशुदा थी तो असलम ने ज़िक्र क्यों नहीं किया? या फिर वह सूचना अनावश्यक लगने पर उसने नज़रअंदाज की थी?

उससे मिलकर शबनम के निकाह के विषय में जानने का मैंने निश्चय किया। इसका एक कारण यह भी था कि मैं दीवारों से बातें करने लगा था। मेरी चाल बदल गयी थी। मैं चलता नहीं था, गेंद की तरह उछलता था। प्रौढ़ावस्था में डग भरने के बजाय मैं उलटे पाँव वापस युवावस्था में दौड़ गया था।

अब तक शबनम भी अपने प्यार के ठोस सबूत दे चुकी थी। अंत में उसने अपना शरीर भी मुझे सौंप दिया। कभी भावावेश में आकर वह कहती, "आसिफ,

मेरा हाथ न छोड़ना, वर्ना मैं ज़हर खा लूंगी।''

उसे त्याग देने का अब प्रश्न नहीं था, क्योंकि उसकी कोई विशेष मांग नहीं थी। उसने कभी ऐसा इंगित नहीं किया था कि हमें तलाक़ लेकर शादी कर लेनी चाहिए। वह चाहती तो अपने पति से अलग होकर मेरी दूसरी पत्नी बनने के लिए आग्रह कर सकती थी।

एक इतवार को मैं असलम को उसके घर, डोंगरी के इलाके में जा मिला। उसका कारोबार ग्रिटिंग कार्ड्स बेचने का था। अतः दो बड़े डिपार्टमेंटल स्टोर में स्टॉल रखकर उसने सेल्सगर्ल बैठायी थी। अपना लगभग समय वह समाजसेवा में बिताता था। बेहरामपड़ा की बस्ती उसका कार्यक्षेत्र था।

''अस्सलाम अलेयकुम, राइटर साहब।'' मेरा स्वागत चौखट पर करते हुए उसने चुटकी ली, ''जुहू के समंदर की लहरों से मुँह मोड़कर हुजूर को ग़रीबों की इस बस्ती में आने की ज़हमत कैसे लेनी पड़ी?''

जिस चाली-सिस्टमवाले मकान में वह रहता था, उसमें दो कमरों को जोड़कर उसने एक छोटा-सा साफ-सुथरा फ्लैट बनवाया था। हम कुर्सियाँ डालकर बॉलकनी में बैठ गये। उसके मधुर कटाक्ष का मैंने अभी कोई उत्तर नहीं दिया था। जिज्ञासावश उसने ही आगे जोड़ा, ''शबनम भाग तो नहीं गयी है न?''

''नहीं-नहीं।'' मैं बोला। अपने आगमन के बारे में कोई बहाना बनाना अब आवश्यक हो गया। सच मैं बता नहीं सकता था, फिर भी मुझे शबनम के विषय में अधिक-से-अधिक जानकारी उससे उगलवानी थी।

आखिर मैंने कहा, ''मैं तुम्हारा शुक्रिया अदा करने आया हूँ।''

''तब फोन कर दिया होता।'' यों ही वह थोड़ा हँसा, फिर जोड़ा, ''यार आसिफ, हक़ीकत में तुम दोनों को एक-दूसरे की जरूरत थी। शबनम को काम की, तुम्हें सहायक की। मैंने सिर्फ दोनों पार्टियों को मिलवाया है।''

उसकी पत्नी आयशा कॉफी के तीन कप लेकर आयी और हमारी चर्चा पर ब्रेक लगा। बॉलकनी में तीसरी कुर्सी रखने की जगह नहीं थी। असलम खड़ा हो गया। हम दोनों के हाथों में एक-एक कप थमा कर चंद मिनटों के लिए आयशा मेरे पास बैठी। उसने भी शबनम का विषय छेड़ा, ''कैसी है हमारी कथाकार?''

सहज ही मुझे भ्रम हुआ, ''भाभी!'' गर्म कॉफी का घूँट लेते हुए मैंने पूछा, ''आप किसका ज़िक्र कर रही हैं?''

उत्तर, पत्नी की कुर्सी की टेक लिये हुए खड़े मेरे मित्र ने दिया, ''तुम्हारी असिस्टेंट का।''

मैंने नज़रें उठाकर उसके सामने देखा। ''शबनम खुद राइटर है, ऐसा उसने

तो कभी नहीं जताया।''

''शायद हिम्मत नहीं जुटा सकी होगी।''

''लेकिन...!''

''वैसे आयशा ने कथाकार शब्द का प्रयोग मज़ाक में किया है।'' असलम ने तुरंत स्पष्ट किया, ''सच यह है कि शबनम को लिखने का शौक है और अपनी सूझ-बूझ के मुताबिक वह कुछ-न-कुछ लिख लेती है। अलबत्ता अब तक उसने ऐसा कुछ खास नहीं लिखा जिसे शाया किया जा सके!''

''तुम्हें उसे प्रेरणा तो देनी चाहिए न।''

कॉफी पूर्ण करते हुए उसने खड़े-खड़े ही एक नज़र पत्नी पर बिछायी और हल्के शब्दों में बताया, ''उसके लिए तुम्हारी भाभी की इजाजत लेनी जरूरी है।''

एक साथ हम तीनों हँस पड़े।

असलम के घर मैं देर शाम तक रुका रहा और डिनर भी वहीं लिया। इस समय के दौरान मुझे चुभते हुए थोड़े और प्रश्नों के उत्तर मिले और थोड़ी नयी गुत्थियाँ भी सामने आयीं।

यह सच था कि शबनम शादीशुदा थी, मगर उसका पति आवारा न था। कभी भी उसने नशा कर उधम मचाया हो या पत्नी की धुनाई की हो ऐसा स्वीकार करने को असलम राज़ी नहीं था, क्योंकि उसे शराब पीने की आदत नहीं थी।

तब शबनम झूठ क्यों बोली ? इसका उत्तर मैंने पहले ही सोच लिया था। मेरी हमदर्दी हासिल करने के उसके प्रारंभ के प्रयास मुझसे अनजान नहीं थे।

मुझे अफसोस तो इस बात का हो रहा था कि आखिरी छः महीनों के सजग प्रयासों के बाद मैं उसका सिर्फ एक झूठ पकड़ने में सफल रहा था और वह भी कोई ऐसा ज़हरीला नहीं था कि किसी को हानि पहुँचा सके।

घर लौटने से पहले आयशा ने मुझे एक और जानकारी दी और मैं फिर चक्कर में पड़ गया। मेरा ऐसा अनुमान था कि शबनम ने आर्थिक कारणवश मेरे यहाँ नौकरी करना स्वीकारा था। मगर आयशा के बताये मुताबिक उसके पति की रोज़ की आमदनी पचास रुपयों से कम नहीं थी।

तब वह मेरे यहाँ किसलिए काम करती थी ?

यह सवाल मुझे देर रात तक परेशान करता रहा। वह ऊँचे घर की पाँचसितारा लड़की होती तो मैंने तुरंत दो और दो चार का जोड़ लगा लिया होता, घर पर बेकार बैठे-बैठे वह ऊब गयी होगी। मगर यह समस्या गरीब कन्याओं की नहीं होती।

क्या वह मेरी रचनाओं से प्रभावित होकर मेरे पास आयी होगी ? यह मुमकिन था, पर दावे के साथ नहीं कहा जा सकता। फिर भी इतना निश्चित था। मेरा मन

कहता था कि वह कोई आशा लेकर आयी है। कुछ अपेक्षा थी उसकी और वह अपेक्षा क्या होगी, यह तब जाना जा सकता है, जब मैं उसके आर-पार देख सकूँ। उसके शब्दों द्वारा उसके व्यक्तित्व को समझने में कहीं मैंने ठोकर खायी थी।

शबनम मेरे लिए सचमुच एक अजूबा थी। रोज उसका एक नया रंग मेरे सामने आता था और इसी कारण वह मुझे अपने लहू में फूल की तरह महकती नज़र आने लगी थी। (साधारण के बजाय रहस्यमय स्त्रियाँ पुरुष को जकड़ रखने में शायद ही नाकाम होती हैं।)

दूसरे दिन उसे किसी फिल्मी गीत की ताल पर डोलती हुई आयी देख मेरे दिल में उसके लिए विशेष स्नेह उभरा। मैं उसे बगल में लेकर फर्श पर बिछे गद्दे पर बैठ गया। पैर फैलाते हुए उसने अपना सिर मेरी छाती पर टिका दिया।

प्रेम के तीव्र आवेग के साथ मेरे मस्तिष्क में समांतर प्रश्न भी दौड़ रहे थे। मैं यह जानने के लिए उत्सुक था कि मेरी इस उभरती, गुमनाम लेखिका ने अब तक क्या और कैसा लिखा होगा? मुझे यह भी जानना था कि मेरे यहाँ नौकरी पर लगने के पीछे उसका इरादा क्या हो सकता है?

मैं जबान खोलूँ इससे पहले उसने विस्फोट किया, "आसिफ़, मैं माँ बनने वाली हूँ।"

सारे प्रश्न धरे के धरे रह गये। मेरे दिमाग़ में एकाएक हाहाकार शुरू हो गया। तूफान में पेड़ के पत्ते खड़खड़ाते हों, ऐसी वह डरावनी आवाज़ थी। अलंकृत शैली में कहूँ तो सौ-सौ बूढ़ी चुड़ैलों का वह एक मिला-जुला कहकहा था।

अब मैं भरोसे के साथ जानता था कि वह शादीशुदा है, गर्भधारण के विषय में अधिक चिंतित होने की मुझे आवश्यकता नहीं, फिर भी संजीदगी से मैं सोचता रहा। आखिर एक निर्णय पर आते हुए मैंने उससे कहा, "गिरा डालो।"

मेरे सीने पर से चेहरा उठाकर मेरे सामने देखते हुए उसने सवालिया निगाह उछाली। मुझे स्पष्टता करनी पड़ी। "तुम नहीं चाहोगी कि हमारा बच्चा झुग्गी-झोंपड़ियों के मैले माहौल में पले!"

उसने कोई जवाब नहीं दिया। बस, टकटकी बाँध कातर दृष्टि से मेरे सामने देखती रही। उसका हँसता-खेलता चेहरा पीला पड़ गया था। उसकी आँखों में आँसू छलछला रहे थे। आखिर वह रो दी। पहले सुबक-सुबककर, फिर खुलकर।

उसकी वेदना से मैं अनजान नहीं था। उसकी शादी को आठ साल बीत चुके थे, फिर भी उसका पति उसकी सूनी गोद भरने में निष्फल रहा था। नियति की विचित्रता भी कैसी थी कि दहलीज से बाहर उसे गर्भ रहा।

थोड़ी देर बाद शांत होने पर उसे परिस्थितियों के साथ वास्तविकता का भी

आभास हुआ। मैंने सौ-सौ के दस नोट गिनकर उसके सामने बढ़ाए। काँपते हाथों से वे उसने स्वीकार कर लिये।

"किसी अच्छे नर्सिंग-होम में नाम दर्ज करवाकर पहला काम तुम्हें यही करना है।" मैंने ताकीद करते हुए उसे बताया।

वह चार दिन तक गायब रही। उसके बगैर के वे दिन मैंने पल-पल गिनकर बिताये। आखिरी बार वह गुलाब का जो गुच्छा लायी थी, वह भी मुर्झाकर गिलास की किनार पर लुढ़क गया था।

पाँचवें दिन वह आयी तब उसके चेहरे पर सन्नाटा था। गर्भपात की पीड़ा से स्त्री गुजरती है तब कोख के बालक के साथ उसकी अपनी चमक भी मिट जाती है।

उसने दिन मैंने छुट्टी मनायी। मैं उसे करीब के चाइनीज रेस्तरां में खाने के लिए ले गया। यहाँ के नैसर्गिक खुले वातावरण में उसने भोजन लेते हुए मन खोलकर बातें कीं।

जिस नर्सिंग-होम में उसने गर्भपात कराया था, वहाँ की एक नर्स उसी के इलाके में कहीं रहती थी। यह एक नयी मुसीबत खड़ी हो गयी। वह नर्स हमारा राज़ फाश कर दे तो उसका नतीजा क्या होगा, इसकी कल्पना ने ही मेरे जोड़-जोड़ ढीले कर दिये।

इसमें जितना भय मुझे था, उतना उसे भी था। एक साथ शायद दो घर टूटें! मेरी प्रतिष्ठा की धज्जियाँ सुर्खियाँ बन अखबारों में उड़ें सो अलग। "फिर तुमने क्या सोचा?"

"आपके दिये हुए तनख्वाह के पाँच सौ रुपये मेरे पास थे, वे मैंने उसका मुँह बंद करने के लिए दे दिये।"

"पर इसकी क्या गारंटी कि वह हमारा राज़ गुप्त रखेगी?" मैं व्याकुल हो उठा।

उसने उतनी ही स्वस्थता से बताया, "आसिफ, वह सिर्फ इतना जानती है कि मैं बच्चा गिराने आयी थी। आपसे उसे कोई मतलब नहीं है।"

मैं थोड़ा निश्चिंत हुआ। शबनम की ओर मेरा आदर भी बढ़ा। बिना मेरा सहारा लिये उसने नर्सिंग होम अकेली जाकर अपने मनोबल का परिचय दिया था। तिस पर मेरी सलाह मान उसने अपना वैवाहिक जीवन भी दांव पर लगा दिया था।

वह परिचित नर्स उसके पति से मिलकर सब कुछ उगल दे तो यकीनन शबनम का पति उसकी बुरी तरह मरम्मत कर उसे मरे हुए कुत्ते की तरह घरद्वार से बाहर फेंक दे।

भोजन के बाद बैरा को बिल चुकाते हुए मुझे खयाल आया, शबनम को मैंने खर्चे के लिए हजार रुपये दिये थे और वह अपने पाँच सौ रुपये भी फूँक आयी थी। तुरंत मैंने सौ-सौ के पाँच नोट और गिन दिये।

चाइनीज रेस्तरां से बाहर निकलकर हम समुद्रतट पर आये। दोपहर के इस समय भीड़ न होने के कारण हम बेफिक्री से हाथ में हाथ डालकर सुनहरी रेत पर चहलकदमी करते रहे, किनारे के जल में पाँव भिगोकर लहरों से खेलते रहे। बच्चों की तरह एक-दूसरे पर पानी उड़ाते रहे।

मौसम खुशगवार था, जनवरी का शीतल सूरज हमारे लिए चंद्रमा बना था। नीला आकाश साक्षी था। यह हमारी अंतिम मुलाकात थी।

दूसरे दिन शबनम काम पर नहीं आयी तो मैंने सोच लिया, शायद उसकी सेहत नादुरुस्त होगी! कल हम देर तक पानी में भीगे थे। आज उसे जुकाम हुआ होगा।

एक-एक दिन करते हुए हफ्ता बीत गया। अब बुलबुलों की तरह शंकाएं-कुशंकाएँ उठने लगीं। एक साथ कई चिंताओं ने मेरे मन को घेर लिया। शबनम को किसी महारोग ने लिटा दिया होगा? उस निर्दयी नर्स ने ब्लैकमेलिंग शुरू कर उसकी जिंदगी खतरे में डाली होगी? क्या उसके पति को हमारे राज का पता चल गया होगा?

मुझमें इतना साहस नहीं था कि मैं उसकी बस्ती में जाकर टोह लूँ। मैंने फिर एक बार असलम से संपर्क साधने का निश्चय किया। जाने क्यों मैं उसके घर जाने के अवसर टालता रहा। शायद मेरा संकोच मेरे आड़े आया था। शायद भीतर के अपराध-बोध ने मुझे उस तरफ जाने से रोका हो!

घटनाओं के इस सिलसिले को एक साल बीत गया। महानगर की व्यस्तता में शबनम की याद लगभग मिट गयी। पर जब कभी मुझे उसका मधुर स्मरण हो आता, मैं उसके बारे में सोचते-सोचते उसके चरित्र के विषय में सोचने लगता, हमारी प्रथम मुलाकात के शब्द मेरे भीतर गूँज उठते, "मैं कभी भी झूठ नहीं बोलती।"

ये शब्द शबनम की मौजूदगी में ही अहमियत खो चुके थे। मैंने मन-ही-मन स्वीकार कर लिया था, मनुष्यों को उनके शब्दों से तोलने के मेरे तरीके में कहीं एक छेद है।

और—

एक रिश्तेदार की शादी में अकस्मात मेरी मुलाकात असलम और आयशा से हुई। दुआ-सलाम के बाद इस बार मैंने ही शबनम का विषय छेड़ा, "भाभी, क्या खबर है आपकी महान लेखिका की?"

"वह तो ऐश करती है।"

मैंने अपने मनोभाव को अंकुश में रखते हुए व्यंग्यभरे शब्दों में पूछा, "क्या लॉटरी-वाटरी लगी?"

"वैसा ही समझ लो, आसिफ भाई। वह माँ बनी है।"

मेरे मस्तिष्क में फिर हाहाकार शुरू हो गया। वही बूढ़ी चुड़ैलें, जैसे श्मशान में इकट्ठा होकर कहकहों के साथ हँस रही थीं।

आयशा ने आगे बताया, "वह लड़की सचमुच खुशकिस्मत है। औलाद की खातिर उसका शौहर दूसरी शादी करने के फ़िराक में था और उसके पाँव भारी हुए।"

आयशा लगातार बकवास करती रही। मैं काठ के उल्लू की तरह उसके सामने देखता रहा। मेरे बालक का उसके जन्म से पहले अपहरण हुआ और मेरी विवशता यह है कि मेरे होंठों पर मोहर लगी है।

●●

खनक

टोपा बाहर निकल गया।

टाइपिस्ट भास्कर राव, कांतिलाल और स्टेनो शैला अफसरों के पीछे समूह में बाहर आये और बिखर गये। टोपा ने कलाई-घड़ी में देखा—एक बजकर दस मिनट। चेहरा घुमाकर दफ्तर की इमारत को देखा। वह उसे शार्क मछली के विशालकाय और खुले जबड़ों जैसी लगी। रोज़ाना वह अपने आपको धकेलकर अंदर डालता था और समय पूरा होने पर बाहर फेंक देता था।

धीरे-धीरे आगे बढ़ता हुआ वह बस-स्टॉप तक आया और कतार में खड़ा हो गया। स्टोनो शैला उसके पास ही खड़ी थी। मंद-मंद मुस्करा रही थी। टोपा को भी मुस्कान बिखेरनी पड़ी, होंठ दबाकर।

पीछे के काफे-मद्रास के उठते शोर और फौलाद की प्लेटों की आवाज़ ने उसकी भूख जगा दी। आज शनिश्चर था। आधा दिन बीत जाने पर बाकी आधा सवाल बनकर उसके ज़ेहन पर छाया था।

घर जाने की इच्छा न थी। वह बस-स्टॉप पर ही खड़ा रहा, यह सोचते हुए कि कहाँ जाया जाए ? और एक के बाद एक दो बसें आयीं, रुकीं, शैला को उड़ाकर चली गयीं। उसके बाद आये यात्री भी गायब हो गये थे।

वह दुविधा में खड़ा था। अभी तक वह फैसला नहीं कर पाया था कि बाकी आधा दिन घर पर बिताया जाए या किसी मित्र के यहाँ! (इसकी वजह शायद उसका खाली पेट थी) ढीली हो गयी पतलून उसने दोनों हाथों से खींचकर ऊपर चढ़ायी और वह काफे-मद्रास में चला गया।

शोरगुल, भाप और सड़े-गले मेज-कुर्सियों से फैलती हलकी बू के बीच उसकी पतलून फिर से टाइट हो गयी। पेट अब खाली नहीं था। दिमाग भी तर था। बिल चुकता कर वह बस-स्टॉप के करीब आया और सामने खड़ी बस के प्रवेश तक जाकर फुटपाथ पर लौट आया।

उसके पाँव अनिश्चित डग भरते माइकल के घर की दिशा में बढ़ रहे थे। माइकल पियक्कड़ था। इसी कारण उसे बियर का खयाल आया, पसंद आया। ताज़गी के लिए वह जरूरी था। फिर? थोड़ा आराम और थोड़ी बकवास और थोड़ी हँसी और थोड़े लतीफे और...

माइकल चुटकुलों का शहनशाह था। खासकर मांसाहारी व्यंग्य और जब वह एक पैग लेता तब उसके लतीफों की सीमा का विस्तार आकाश को छू लेता।

"ऐ... माइकल!" मकान के आगे खड़े होकर वह दहाड़ा। उसकी नज़र तीसरी मंजिल के एक झरोखे पर ठहरी थी। चंद पलों के लिए वह टकटकी बांधे देखता रहा। एक बार फिर उसने जबड़े खोले। अबकी वह गेंद की तरह शब्द उछाले इससे पहले ही माइकल की पत्नी रीटा झरोखे में आयी, फिर हाथ से इशारा किया।

"कब आयेंगे?"

फिर एक बार संकेत में जवाब मिला। उसने गरदन झुका दी, दोनों हाथ पतलून की जेब में डाले और चहलकदमी करता, कुछ सोचता खान के मोहल्ले की ओर मुड़ गया।

मोहम्मद अली रोड, भिंडी बाजार, कसाई गली, मुंडा गली, पाला गली और सभी मुसलमान। खान भी मुसलमान था। डबल ग्रेजुएट था। पाँच वक्त की नमाज़ पढ़ता था और इतवार के दिन रेस के मैदान में उसकी मौजूदगी भी निश्चित होती थी।

मोहर्रम में, खासकर शबे आशूर को सीना चीरकर खून बहाने में वह कभी पीछे नहीं रहता था और क्रिसमस में शराब पीकर वॉमिट करने में भी उसका जवाब नहीं था। अजीब स्वभाव, लेकिन टोपा को पसंद था।

खान के मकान के पास आकर उसने एक नजर ऊपर डाली और सीढ़ियाँ चढ़ गया। एक़... दो... तीन... आठ... बारह... दूसरी मंजिल। उसने दरवाजे पर दस्तक दी।

"कौन?" अंदर से आवाज़ उठी।

"मैं... सुशील टोपा।"

दरवाजा खुल गया। "जरा एक मिनट!" कहकर खान अंदर गया और बीवी को चिलमन के पीछे धकेल तुरंत वापस भी लौट आया, "आ जाओ।"

टोपा दाखिल होकर सोफे पर बैठ गया। अचानक उसे महसूस हुआ—वह काफी चला है, काफी थका है। सिर पीछे की ओर ढलक गया। कुछ देर के लिए आँखें बंद कर वह खामोश पड़ा रहा।

"दफ्तर से आये?" खान उसके सामने बैठा था।

"हूँ।"

"खाना खाया?"

"हूँ।"

"होटल में?"

"हूँ।"

खान उसकी बंद आँखों को देखता रहा। "झपकी लेना हो तो वहाँ लेट जाओ।" उसने लंबे, सोफा-कम-डबल बैड की ओर निर्देश किया।

"ताश खेलेंगे।" टोपा ने आँखें खोलकर कहा और कुछ पलों के लिए पलकें फिर गिरा दीं। खान ने सिर खुजलाया। खड़ा हुआ। साइड बोर्ड खोला। ताश के पत्ते लेकर वह सोफे के पास वापस आया। टोपा की आँखें खुली थीं। अब वह थोड़ा चुस्त लग रहा था।

"क्या खेलोगे?" खान के पूछा।

"रमी।"

"इंटरनेशनल?"

"हूँ..."

"सूखी या गीली?"

टोपा ने जेब से बटुवा निकालकर दस-दस के दो नोट तिपाई पर रखे।

खननननननन...

उसने आँखें उठायीं। चूड़ियों की आवाज़ थी वह। चिलमन के पीछे कहीं से उठी थी। उसने नजरें झुकायीं, ताश के पत्ते पीसकर बीच की तिपाई पर रखे।

"काटो।"

खान ने दो हिस्से किये।

"बीवी को कब ले आये?" टोपा ने पत्ते बाँटते हुए पूछा।

"पिछले हफ्ते। शादी के बाद हम साथ नहीं रह पाये थे। तुम क्या नहीं जानते, पहले महीने में ही उसने टांय-टांय शुरू की और मैंने उसे तड़ीपार कर दिया था।"

टोपा ने बाकी पत्ते नीचे रखकर अपने उठा लिये। लाल का सत्ता, नव्वा, गुलाम, काली के तीन पत्ते। तुरुप के पाँच (एक ओर खिसकाये) और फूल के...

खननननननन...

नजरें उठाने की इच्छा हुई। साहस नहीं कर सका वह। सिर्फ कनखियों से देख लिया। वही सफेद चिलमन, कमरे को दो हिस्सों में बाँटती, एक दीवार से दूसरी दीवार तक फैली।

उसने पत्ता उठाया और कुछ सोचकर वापस फेंक दिया।

''शुक्रिया।'' खान ने मुस्कराकर कहा और वही पत्ता उठा लिया। टोपा ने अपने हाथ के पत्तों का क्रम बदला, खान के फेंके हुए पत्ते की ओर देखा। वह था काली का इक्का। निकम्मा था। उसने नया पत्ता उठाया।

खननननननन...

और फेंक दिया।

''शुक्रिया।'' खान ने उठा लेते हुए फिर कहा।

''मैंने क्या फेंका?''

''लाल की बेगम।''

''उफ! पछतावे की सिलवटें उसके माथे पर उभरीं। काली और फूल की रानियाँ उसके हाथ में थीं, वे निकम्मी हो गयीं।

सात मिनट तक पत्तों का सिलसिला (उठाना, क्रम में रखना, फेंकना) चलता रहा।

खान ने पत्ता दबाया।

''खेल पूरा?''

जवाब में वह हँसा और अपने पत्ते खोल डाले। टोपा ने गौर से देखा—दो 'रन' और....

''कितने पॉइंट?''

टोपा ने एक 'रन' और एक 'सेट' को अलग कर पत्ते सामने रख दिये। 'बयालीस'।

पत्ते इकट्ठे कर खान पीसने लगा। टोपा की आँखें उसके हाथों पर टिकी थीं, ध्यान चिलमन के पीछे हो रही हलचल पर। दबे पाँवों की चहलकदमी, दबी-दबी आवाज़ें, दुपट्टे की सरसराहट और उसकी जिज्ञासा जाग उठी।

इसके पहले भी वह कई बार खान से 'रमी' और 'फ्लैश' खेल चुका था। कभी क्लब में, कभी पिकनिक पर, कभी उसके घर भी। इसी सोफे पर बैठकर उसने कई बार खान को मात दी थी। तब किसी ने उसकी एकाग्रता में बाधा नहीं डाली थी। था भी कौन? खान और चहारदीवारी—बिना चिलमन की, सूनी, कुआंरी।

''काटो!'' खान ने पत्ते उसके सामने रखे। नया खेल शुरू हुआ। वही

सिलसिला शुरू हुआ। (पत्ते उठाना, क्रम में रखना, फेंकना) वही खनक उभरी... खननननननन... वही हश्र हुआ। वह दोबारा हारा।

"तुम्हारा ध्यान आज खेल में नहीं!" खान ने उसके चेहरे पर के भाव पढ़ने की कोशिश करते हुए व्यंग्य किया, "शायद हमारी भाभी की याद आयी होगी।"

टोपा के होंठों पर फीकी मुस्कराहट फैली और धीरे-धीरे बिखर गयी। "नहीं," उसने बताया, "थक गया हूँ।"

"मैंने पहले ही कहा था, एक झपकी ले लो। तुम नहीं माने। खैर, अब भी कुछ नहीं बिगड़ा। हम घंटा भर बाद भी खेल सकते हैं।"

"यही ठीक रहेगा।"

खननननननन...

खान ने चिलमन की ओर देखा, टोपा के सामने देखा। "सही वक्त पर चाय आयी।" वह खड़ा होकर परदे की ओर बढ़ा। टोपा ने चेहरा उठाया, झटके के साथ। खान की पीठ उसकी तरफ थी, फिर भी चिलमन के बीच से निकले एक हाथ को वह कलाई तक देख पाया। उस हाथ में चाय की ट्रे थी, चमड़ी गोरी थी, सूरज की पहली किरणों में स्नान करते बगुले के पंख जैसी। बाकी जिस्म को उसने कल्पना में देख लिया।

खान ने ट्रे अपने हाथ में ली। टोपा पत्ते इकट्ठे करने लगा। चाय का एक कप उसके सामने रखा गया। अब विश्राम का प्रश्न नहीं था। उसने कप उठाया। होंठों तक लाकर वापस रख दिया। चाय गर्म थी, महक बुरी न थी, रंग भी मनपसंद था।

अबकी साहस कर उसने एक चुस्की ले ही ली। होंठ जल उठे। जबान बिलबिला उठी, फिर भी उसने चाय का जायका पकड़ लिया।

"बेगम के हाथों बनी चाय शायद तुम पहली बार पी रहे हो!" खान ने चाय को तश्तरी में डाल फूँक मारनी शुरू की।

"स्वादिष्ट है।"

"सच?"

टोपा ने सिर हिलाकर 'हाँ' कहा।

"लेकिन तुम्हारी बीवी के हाथ की मसाला चाय का मजा कुछ और ही होता है।"

"बात सोचने की जरूर है।" उसने हँस देते हुए कहा और सोच में डूब गया। वह नाजुक हाथ, चिलमन के बीच से उभरा संगमरमर का ख्वाब। और जिस्म? संगमरमर में तराशा हुआ जीता-जागता बुत। आकाश से उतरी हुई एक परीजाद,

वीराने में खिला एक फूल।

ठंडी हो गयी चाय का कप उठाकर वह एक ही सांस में गटक गया। ''दिलो-दिमाग फ्रेश हो गया।'' भीतर पैर पसारते खयालों के कूड़े को झाड़ते हुए उसने कहा, ''ताश मुझे दो!''

खान ने पत्ते उसके हाथ में धर दिये। नये खेल की शुरुआत हुई। तिरछी आँखों से टोपा के चेहरे में देखते हुए उसने एक पत्ता उठाया और फेंक दिया। टोपा ने नीचे पड़े हुए पत्ते को देखा, हाथ के पत्तों पर नजरें घुमायीं और उठा लिया।

''पहली बार तुम्हारा फेंका हुआ पत्ता काम आया है।'' उसने निकम्मा पत्ता फेंकते हुए खुशी का इजहार किया।

खान ने ताश पर से पत्ता उठाया और मुस्करा दिया।

''क्या आया?''

''ज़ोकर।'' और उसे-सही क्रम से लगाया। ''यह लो।'' दूसरा पत्ता फेंकते हुए वह बोला, ''तुम भी क्या याद करोगे कि किसी दिलदार से तुम्हारा पाला पड़ा है।''

टोपा ने वह पत्ता उठाया...

''मैंने क्या कहा था?''

और वापस तिपाई पर रख दिया। ''सॉरी!'' उसने दूसरा उठाया और-

खनननननन...

वह भी हाथ से छूट गया।

''तुमसे कुछ भूल तो नहीं हो रही है न?'' खान ने हैरत से पूछा।

''क्यों?''

''तुमने कौन-सा पत्ता फेंका है?''

''काली का नौवा।''

''ठीक से देखो!''

उसने नजरें झुकायीं। अट्ठा था। झपटकर वह उठाने गया। खान ने उसके हाथ को रोका। ''एक बार फेंका हुआ पत्ता दोबारा उठाने की इजाजत नहीं।'' और उसने अपने पत्ते खोलकर बिछा दिये।

''पचहत्तर पॉइंट।'' टोपा ने अपने पत्तों का पंखा दिखाते हुए कहा।

''आज तुम नहीं जीत सकोगे।'' खान ने हिसाब का जोड़ लगाया, ''जानते हो, अब तक तुम्हारे कितने पॉइंट हुए हैं?''

टोपा ने उसकी आँखों में देखा।

''दो सौ पचहत्तर।''

टोपा ने हिसाब कर तेरह रुपये पचहत्तर पैसे गिन दिये। ''अब मैं चलूँगा।'' खड़े होकर उसने खान से हाथ मिलाया। फिर याद आ गया, एक हाथ कलाई तक और वह तेजी से बाहर निकल गया।

घर के करीब आने पर उसने कलाई-घड़ी में देखा—रात के ग्यारह बज चुके थे। सीढ़ियाँ चढ़कर वह कमरे में आया तो उसकी नजर खर्राटे लेती पत्नी पर पड़ी। उसके पाँव रुक गये। पत्नी ने सिर्फ चोली और पेटीकोट पहना था। चोली के पाँच बटनों में से एक टूटा था। दो खुले थे। पेटेकोट घुटनों के ऊपर चढ़ आया था।

टोपा ने करीब पड़ी एक चद्दर उठायी और पत्नी के शरीर को पाँवों से लेकर गले तक ढांप दिया।